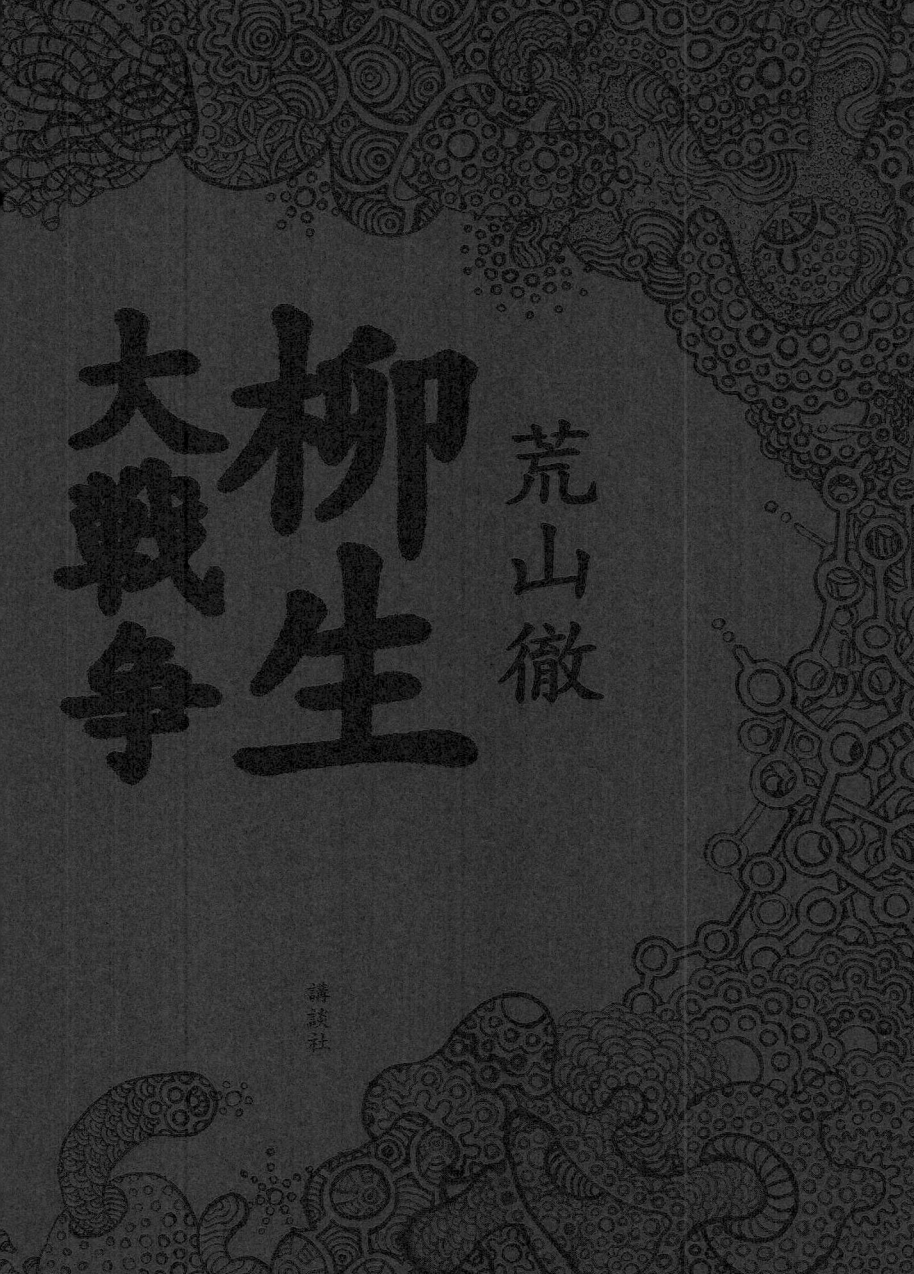

柳生大戦争

荒山徹

講談社

目次

装画／田内万里夫
装丁／坂川栄治＋永井亜矢子（坂川事務所）

柳生大戦争

第一部　剣神降臨ノ巻

一

海岸は爽颯《さっそう》の気が満ちていた。夜が明けたばかりだ。朝陽に斜照された砂浜の、その高貴な輝きは、遠目に望む蓮華《れんげ》の群れのよう。打ち寄せる波は眩《まぶ》しいほどに白く、空には紫雲たなびき、今にも三尊来迎《らいごう》の時かと思われる。内心に漲《みなぎ》った志と、まさしく呼応する光景ではないか——。

晦然《かいねん》は暫《しば》し足を留め、已《おの》が行手に視線を投げた。輒《すなわ》ち、昧爽《まいそう》の海を眺めやった。潮風が僧衣の裾を翻《ひるがえ》し吹き過ぎてゆく。群青《ぐんじょう》色の海面に、昇ったばかりの陽球が金色の矢を疾《はし》らせている。なんという清浄さ。なんという荘厳さか。苦難の予想される旅ではあれ、出立に、かくも相応《ふさわ》しい朝はあるまい。いや、今回の渡海が実に御仏の祝福するところであると、この瞬間、彼は心から確信し得たことであった。

だが——。

「——お待ちくださいませっ、猊下《げいか》」

「——どうかお考え直しを」

「——思いとどまりください。我ら一同の願いでございます」

喧噪《けんそう》は、海岸にまで追ってきた。口々の訴えは、聞き入れられぬほどに怒号と化し、海岸の爽気は忽《たちま》ちに乱される。

晦然は振り返った。一群の僧侶が、今にも彼に取り縋《すが》らんばかりに附き随《したが》っている。その数、ゆうに二百人を超していよう。彼らがその数にものを云《い》わせず、つまり実力行使に出ず、どころか指一本も晦然に触れようとしないのは、彼我を隔てる法階――僧侶としての階級の差が、あまりに違いすぎるからであった。晦然は、禅宗の最高位たる大禅師に昇って久しく、さらにこの年の三月、国師に封ぜられたばかり。国師とは、文字通り一国の師たるの意だ。国王の、政治上、学問上、修養上の最高顧問である。げに晦然こそは、高麗《コリョ》国における〝法皇〟の地位にあるのだった。

晦然は僧侶の群れを眺めまわした。知らぬ顔が多い。数日前から逗留《とうりゅう》している寺のこととて、全員の僧を見覚えるに至っていないのは当然だが、にしても、その寺の僧数は三十人に満たぬはず。寺を出てから、彼は一度たりとも振り返らなかった。渡海の中止を求める声――連呼を、悲鳴を、叫喚を、すべて背中に聞き流してきた。その数が漸《ようよ》う増していることは察せられたが、よもや七倍にまで膨れ上がっていようとは。さては、晦然国師渡海の急報が、深夜から明け方にかけ近隣の寺刹《じさつ》を駆け巡ったものと思われる。僧衣に身を包んだ者は半分足らず、あとの半数は寝衣の乱れたまま。素足の者も見受けられ、取るものも取りあえず駆けつけてきた、といった態《てい》であった。

「いま一度申し渡す」

晦然は云った。半刻前、逗留先の寺を出るに際し、彼を止めようとした寺僧たちに告げやった言葉を、そっくり同じに口にした。

「わしを止めんとするは徒爾《とじ》なると知れ。わしはわしの決意を以《もっ》て往くからだ。さなり、これは天竺《てんじく》に渡るより意味ある行《ぎょう》である。仏の道に叶《かな》う行である。何人たりとも阻《はば》む能《あた》わず」

七十八歳とは思われぬ、気迫に満ち、凜然《りんぜん》として力強い声である。僧侶たちは警策に搏《う》たれたように、はっとその場に平伏せんばかりになった。

晦然と歳を同じくすると見える一人の老僧が、よろめく足取りで進み出るや、かきくどく如《ごと》くに訴えた。

「されど猊下。海は、海は、危のうございまする。遥カニ対馬島《ツシマ》ヲ望ムモ、大洋万里風濤《フウトウ》ノ天ヲ蹴ルヲ見、危険カクノ如シ、安《イズクン》ゾ軽々シク進ムベケンヤ——。これは、かつて元帝に倭国使行を命ぜられた黒的、殷弘《いんこう》の二使が渡海を断念し、復命した時の言葉でございますぞ」

「ならば、わしも、貴僧に答えるに元帝の言葉を以てせんか。——風濤ノ険阻ナルヲ以テ辞ト為ス勿《ナカ》レ」

老僧は色をなした。

「これはしたり。成程《なるほど》、元帝は倭国に軍を、それも二度に亘《わた》って派遣いたしました。しかし、その孰《いず》れも大風狂浪により悲惨な結果と相成ったではございませぬか。まさに風濤険阻の言辞が現実のものとなったのです」

「では見てみよ、海を」

晦然は半歩退き、老僧のため視界を開いてやった。海面はますます明るく、鷗《かもめ》が群れを成して舞い始めている。

「どうだ、穏やかなものではないか。風濤険阻とは程遠い。これぞ海路なり。御仏がわしのため海路を開いてくださったのだ」

「海ほど変わりやすいものはありません」

と、これはまだ少年のように若い僧侶が声を上げた。

「仏門に帰依《きえ》する前、わたしは漁師をやっておりました。だからよくわかるのです。嵐は突然襲って参ります」

「案ずるな。船を操る者は厳選した。わしの弟子だが、元は船乗りだった者たちだ。雲を読み、風を視《た》るに長けている。危うくなれば直ちに引き返すよう申しつけてもある。対馬島まで半日の航海という。なれば、今日の夕方には、わしは対馬におる。それから壱岐《いき》島を経、さらに海を渡り、運に恵まれれば、明後日には博多に着いていよう」

「危ないのは、それからでございます」

蒼白《あおじろ》い顔の、如何《いか》にも学問僧といった青年が、代わって云った。

「二度も攻めかけられ、倭国も甚大な被害を蒙《こうむ》ったと聞いております。元を、高麗を怨《うら》む心は、我らの想像を遥かに超えるものがありましょう。侵した者は容易《たやす》く己が行為を忘却し去り、侵された者はいつまでも怨みを忘れずと申します。況《ま》してや、先の遠征からまだ二年しか経《た》っておりませぬ。時が怨みを流し去った暁《あかつき》ならばともかく、自国が戦場となった記憶も生々しき今、倭人の土地に御足をお踏み入れなさるなど、むざむざ殺されにゆくようなものでございます。憚《はばか》りながら敢《あ》えて申し上げます、猊下のお振舞いは、暴虎馮河《ぼうこひょうが》の極みと存じまする」

青年僧の、怯《ひる》むことのない熱血の直言に煽《あお》られたか、僧侶の群れから再び「どうか思いとどまりください」という声が澎湃《ほうはい》と沸《わ》き上がって、浜辺一帯をどよもした。

「くどい」

晦然は声を荒らげた。一剣を振るうにも似て、手にした錫杖《しゃくじょう》を砂に突き立てた。波の引くが如く声は収まった。

「わしは倭国を攻めに行くのではない。我が高麗の兵士が、元帝の野望によって蟻《あり》のように遠征に駆り出され、挙句《あげく》、倭国の海に藻屑《もくず》となって沈んだ——彼らは成仏することもならず、異国の海の底で苦しんでおる。その彼らの魂を鎮め、成仏させてやるためにこそ行くのだ。これは高麗国の大禅師であり国師たるわしの務めである。輒ち、国事である。わしが行かずして誰が行く」

国事。その二文字に晦然は思わず力を込めた。そう、国事なのだ。同胞たる高麗兵のため国家的な供養を営まねばならない。彼らがまさに命を落としたその戦場で——。

だが、そんなことが認められようはずもなかった。国師たる晦然の願いであれ、王がそれを許さない。ひとつには、宗主であり、岳父でもある元帝を憚るからだ。未《いま》だ元帝は第三次倭国遠征の野心を捨て去ってはいないのである。そのうえ、倭国との間には和平が締結されておらず、つまり今なお両者は交戦状態にある。そんなところに、本人が望んだからとて王が国師の派遣を認めるなど、断じてありえないことだった。だからこそ、晦然の企図が——本来なら国事でありながら——彼個人の私事、秘事に帰せざるを得なかった所以《ゆえん》なのである。

「皆も知るように、倭国も同じく仏教を奉ずる国だ。いかに我ら高麗に怨みをいたすとはいえ、わしのこの思いをわかってくれぬはずがない」

「わかってなぞくれませぬ。嗟乎《ああ》、猊下は甘うございますぞ」

切歯扼腕《せっしやくわん》するような声があがった。寝衣をはだけた、顔も身体も屈強そうな中年の僧が声の主であった。その顔は刀創と火傷《やけど》で無惨なものである。頭を剃《そ》り上げていなかったら、迚《とて》も僧侶だとは思われぬ。

「貴僧、倭国を蔑するか。所詮は仏の慈悲もわからぬ、海島の野蛮人と見るのか」

晦然は鋭く問い返した。と、中年僧は声を落として返答した。

「そうではございませぬ。我ら高麗兵の犯した罪が大きすぎるゆえ」

「何？」

「倭国にて、我ら高麗の兵が如何なる蛮行を繰り広げ、積み重ねたか、畏《おそ》れながら、猊下にはどれほど伝わっておりましょうや。我らは、倭兵と戦ったのみではございませぬ。倭人の老若男女をなぶり殺しにしたのです。女と見れば捕らえて犯し、串刺しにした子供の数を競い合い、乳飲み子の股を笑いながら裂《さ》いて回ったのです。面白半分に耳や鼻を削《そ》ぎ落としました。泣き喚く女子供の掌に穴を穿ち、綱を通し、数珠繋《じゅずつな》ぎにして引き摺《ず》り回しもしました。この手で……」

中年僧は両手を突き出した。指は、左右どちらも五本残ってはいなかった。挑むような目で晦然を見つめ、いったん拳《こぶし》を突き合わせると、両腕をゆっくりと開く仕種《しぐさ》をしてみせた。赤子の股を引き裂く動作であるらしかった。それから僧は、指の不揃いに欠けた手で合掌《がっしょう》した。閉じた目から涙が流れた。

「命からがら帰り着くや、わたしは仏門に身を投じたのです。倭国の人間を野蛮人と蔑するのではありませぬ。しかし猊下、今、あの国に渡ることだけは、どうかお止めくださいませ」

晦然は暫《しばら》くの間、沈黙した。そうであったか。目の前の僧が疑念したように、彼はかかる残虐行為を一度たりとも耳にすることがなかった。寧《むし》ろ、野獣のような残忍な倭兵に、遠征軍がどれほど苦戦したかということばかりを聞かされてきたのである。晦然の脳裡《のうり》に、これまで幾百回と描かれてきた未来図が、また立ち現われた。捕らえられ、一言の弁明も許されず、刑場で処刑される己の姿。大勢の倭国人が復讐《ふくしゅう》の色に目を輝かせて見守る中、刑台に縛りつけられ凌遅《りょうち》の刑にかけられる——手足をバラバラに切断されてゆくのだ。僧侶たちの憂慮は、晦然自身も密かに抱くところであった。が、その惨《むご》たらしい未来図が、今この時ほど鮮明なことはなかった。

「それでも——」

晦然は、己の胸に雕《きざ》みつけるような声音で云った。

「それでもわしは行かねばならぬ、倭国に」

僧衣の両袖を大鷲の翼の如く翻し、錫杖を両手で握ると、砂に突き立てたまま横に三間《げん》ばかり歩を進めた。そのぶんの長さの線が一本、砂の上にくっきり引かれた。僧侶たちと晦然を隔てる一線である。

「見送りはここまでにせよ。構えてこの線を越えてはならぬぞ」

錫杖を抜き上げると、晦然は後も見ずに歩き始めた。残された僧たちは、目の前に引かれた線を凝視し、うなだれ、もはや誰も動こうとはしなかった。

二

晦然の倭国渡海の企ては、彼の一番弟子である混丘《こんきゅう》と、極秘の裡《うち》に進めてきたものであった。

——この夏、晦然は故郷慶州《キョンヂュ》に住まう老母を奉養しなければならぬという名分を以て、広明寺の住持を辞し、延《ひ》いては王都開京《ケギョン》を退去するを允許《いんきょ》された。無論、渡海のための口実である。帰郷した晦然には、王命で麟角寺が下賜された。麟角寺は新羅《シルラ》善徳女王の十二年（六四三）、元暁《ウォニョ》大師が創建したと伝わる古刹であったが、晦然が住持するには大規模な重修の必要があった。近侍中郎将の金龍剣が工事を監督している間、晦然は慶尚道《キョンサンド》の諸寺巡視を掲《かか》げて旅する機会を得た。次第に南へと下り、海浜に近づいていった。そして竟《つい》にこの合浦《ハッポ》で船を手に入れ、弟子の中から操船の経験のある者を選び出し、決行の日を決めたのだった。水夫に擢《ぬ》かれた弟子たちは、無謀が過ぎると反対したが、晦然の説得に最後は折れた。が、やはり国師の身を案じる一人が土壇場で裏切り、昨夜遅く、彼の計画は露見するところとなったのである。

波打ち際に沿って歩き続けると、やがて海に向かって長く突き出した木製の突堤が見えてきた。桟《さん》橋《ばし》である。その先に、水夫を含めて十人も乗れば手狭になるほどの小船が繋留されていた。五人の操船手が今しも帆柱《ほばしら》を立てんと作業中である。

晦然の険しい目は、桟橋の付け根——砂浜に群れる人並みに向けられた。五十人は集まっているだろうか。孰れも僧侶たちで、全員が正装し、旅具まで携《たずさ》えていた。当初の計画では、この桟橋で彼を待ち受け、倭国への船出を見送るのは、一番弟子の混丘ただ一人であったはずだ。

「——猊下だ」

「——猊下がお見えになったぞ」

何かを真剣に論じ合っていたらしい旅装の僧侶たちは、晦然が近づいてくるのに気づくや、わっと彼を取り囲んだ。

「猊下、珍極でございますっ、わたしを、わたしをお連れくださいっ」

「お一人では不便でございましょう。どうかこの慧《けい》丘《きゆう》に御身の回りの世話をっ」

「いいえ、わたくしに。いざとなればっ、わたくし智誠めが身を挺して猊下をお守りいたしますっ」

口々に叫び募る。同行を志願し、しかも先回りしていただけに、彼らの意気は盛んであった。その輪に外《はず》れ、呆気にとられて立ちすくむ混丘の姿がある。

「待て待て」

晦然は錫杖を掲げ、一同を黙らせた。

「貴僧らの志、この晦然、誠に忝《かたじ》けなく思うぞ。さりながら、あの船を見よ。小さい。実に小さいなあ。皆を乗せることは、出来ぬ道理だ」

「それはわたくしどもとて心得おります。お供できるのはせいぜい五人までかと。よってただ今、籤《くじ》にてその五人を選ぶ算段をしておったところにございます」

清潔な風貌の僧侶が代表して云った。果たしてその左手には、十数本の紙縒《こよ》りが握られている。

それを眼にしなかったように、

「しかも、海は危ない」

と晦然は云った。先ほど、彼を止めようとした僧侶たちの言であったが、それを逆用するのを躊躇《ためら》うものではない。

「空は変わりやすく、嵐は突然襲ってくるという。残念ながら貴僧らは何らの助けにもならぬ。もし海で落命するのが御仏の課した定めというならば、死ぬるはこのわし一人で充分だ」

「陸でならば、お役に立ちまする」

「危ないのは、倭国の土を踏んでからだ。思うてもみよ。二度に亘って侵攻され、家を焼かれ、親兄弟、子供たちを殺された倭国の民は、およそ我ら高麗人を許すまい。そのようなところに、なにとぞ我が同胞の高麗兵を弔《とむら》わせてくれと出かけても、容易く願いが叶えられると思うてか。我らは侵略者なのだ。何と虫の好い——そう憫笑《びんしょう》され、殺されるであろう。わしは七十八歳になる。が、将来ある貴僧らがそのようになることを、わしは大禅師として、高麗国の国師として、許すわけには参らぬのだ」

「その危険は、猊下とて同じはず。それでも猊下だけ倭国に向かわれるのですか」

「わしの決めたことだ。わしだけの使命である。貴僧らが追随するは認めぬ」

論理でもなく、説得でもない。晦然は己の決意を口にしたのだった。その一瞬、高麗仏教界の最高位を極めた超人的風格が全開となって、旅装の僧侶たちは畏怖する者の如く、その場に膝《ひざ》をついた。

晦然の老顔に莞爾《かんじ》とした笑みが浮かんだ。

「それでよい。それでよいのだ。この高麗の地より、愚僧の無事を祈ってくれよ」

「おお、猊下――」

「大禅師――」

晦然を呼ぶ彼らの目には、歓喜の涙が溢《あふ》れていた。

「では、後は頼んだぞ」

混丘に別れの言葉を告げ、桟橋に足を運ぼうとした時である。晦然は背後に馬の嘶《いなな》きを聞いて振り返った。砂丘を駆け下り、砂煙を巻き上げ疾走してくる――六騎。

「待たれよ！　待たれよ！」

そう大呼しながら、またたくまに迫り来たった。馬を駆る六人は武人の扮身《いでたち》。馬の動きに合わせて帽子の上まで跳ね上がる索状のものは、蒙古《もうこ》風に結い上げた弁髪であった。すわ蒙古兵――と身構えたのは一瞬のこと、すぐに、そうではないことが瞭《あき》らかになった。

「これは国師。何処へ行かれます」

一人が弁髪を揺らして馬を降りた。武将としては小柄《こがら》な男だった。この合浦一帯を治める地方長官――金州《クムヂュ》鎮辺万戸府の府使たる朴碧岩《パクペグアム》将軍である。配下らしい五人は、馬上から油断のない視線を注ぎかけてくる。

高麗人が蒙古人の弁髪を真似る――それは征服者に対する恭順の意であり、阿《おもね》りであった。国王にしてからが頭髪を剃り、弁髪を垂らし、蒙古服を着ているのである。況《いわん》や地方の軍人役人に於《おい》てをや、だ。

朴将軍は桟橋の先に目を止め、忽ち頰を強張《こわば》らせた。

「あの船は何でござろうや。高麗兵法要のため国師が倭国に渡らんとしつつあり。さような噂を聞きつけたと注進する者あって、まさかと思えど捨て措《お》けもならず、こうして急ぎ駆けつけて参った次第にござるが、よもや国師は——」

「朴将軍」

晦然は笑みを浮かべたまま悠然と弁髪の府使に歩み寄り、その耳元に囁《ささや》いた。

「王の密命」

「な、何と——」

大声を上げそうになる朴碧岩を、咎《とが》める目で制し、なお彼一人にのみ聞こえる声で言葉を続ける。

「国王殿下におかれては、倭国に高麗征討の懼《おそ》れあるを憂《うれ》えられ、愚僧に諜者の役を密かにお命じになられたのだ」

「倭国が、高麗に攻め入ると？」

問い返す朴碧岩の声も囁きに近い。

「さよう。その虚実を探るが愚僧の役目。古来、戦時にあって僧侶は、諜者として使われたものなれば、まさに適役といえよう。高麗の国師たるこの晦然が諜者とは、さすがの倭国人でも思うまい。そこが殿下の狙い。高麗兵の法要は口実にすぎぬ。方便である。いや、方便とは云い過ぎた。二次的な目的と訂正いたそうか」

天晴《あっぱ》れなり。この言こそ方便、晦然一世一代の大嘘、当意即妙の言い逃れであった。よしや、倭国に向かうためならば、地方役人の一人や二人、いくらでも騙《だま》してくれん。

「…………」

突如、朴碧岩が昏迷《こんめい》の表情に陥《おちい》った。王の密命、諜者、倭国の高麗征討——それらの言葉が、この武人から俄《にわか》に判断力を奪ったようである。すかさず晦然は畳《たた》み掛けた。

「倭国の高麗征討計画が事実なれば、ことは急を要する」

この一言が、朴碧岩の疑念を決定的に粉砕した。府使は背筋を立て、晦然を崇拝の目で見つめた。

「猊下、どうぞご無事で！」

三

一対の鷗が船の上を舞っている。合浦を出帆した時には十数羽いた。時間の経過につれ一羽、また一羽と脱落し、一刻《とき》余を経て残るは二羽のみ。つがいであろうか。仲良く後を追ってくる。

「ふうむ、対馬まで附いてくるつもりか」

晦然は呟くように云った。

「猊下を先導しようというのでしょう。殊勝な鷗でございますなあ」

帆綱を操っていた法蓮が耳聡く聞きつけて相槌を打つ。法蓮は十年前まで、対馬との貿易船の船頭を務めていた経歴の持ち主で、今回の晦然の渡航には欠くべからざる存在であった。残る四人の水夫役の僧侶も、法蓮が択《えら》んだ者たちなのである。

六人を乗せた船は、海原を滑るように帆走していた。時は九月の半ば、晩秋の頃だが、海は穏やかで、鏡面を往くが如くである。巨済島《コヂェド》と加徳島《カドクド》の間を走る水道を抜けたところであった。緑の島々は背後に消え去り、行手には見渡す限りの大海原が広がっている。遥か水平線の先に、うっすらと青みがかって霞んで見えている島影こそは対馬、とのことであった。

〈——何とも近いものだな〉

改めてそう思わざるを得ない。

彼我の近さが実感されると、安堵感が胸を浸した。とりあえず高麗出国は叶ったのである。ふと、晦然は猛烈な眠気に襲われた。昨夜遅く計画が露見し、その対応に追われ、一睡もできなかった。

密かに欠伸をかみ殺していたが、その仕種を見かねたか、法蓮が声をかけてきた。

「どうぞお休みくださいませ、猊下。対馬までは今しばらくかかります。海のことはわたくしどもにお任せを。お目覚めになれば、対馬——輒ち倭国にございます」

「では、そうさせてもらおう」

倭国に足を踏み入れれば、どのような運命が待っているか予想もつかぬ。よしんば窮地に陥ったとせんか、それを切り抜けるのは己の智慧《ちえ》と勇気、そして交渉術である。睡眠をとり、気力と体力を恢《かい》復《ふく》しておくのが賢明というものだ。晦然は船端に上体を凭《もた》せかけ、静かに目を閉じた。

〈目覚めれば倭国、か〉

倭国へ赴《おもむ》く——。半年前までは、思ってもみないことだった。すべては、国師に任じられた夜に始まったのである。得意の絶頂にあったその夜に。


高麗王国は、前王朝の新羅王国に優るとも劣らぬ崇仏国家であった。王室の手厚い保護を受けた仏教は、護国鎮護、祈福禳災《じょうさい》の法として社会に深く浸透していった。全土に数多くの寺院が建てられ、巨費を投じた各種の法会《ほうえ》が無数に営まれた。

高麗仏教の特徴は、新羅末に受容された禅宗が独自の発展を遂《と》げ、新たに成立した天台宗（教宗）とともに、禅教両宗体制が確立したことにある。この潮流の中で、海東天台の開祖と称される大覚国師義天、白蓮結社を創設した円妙国師了世、華厳《けごん》教学の復興者である均如大師、高麗独自の禅宗を創唱した仏日普照国師知訥をはじめ、後世に名を残す高僧名僧が輩出した。

すべての祭政一致の国家がそうであるように、高麗においても仏教は大いなる権力を振るった。王権と癒着《ゆちやく》した寺院には、広大な寺領が与えられた。そこでは耕作、牧畜、酒造、製塩の農工業が行なわれ、寺院はそれらを販売して商行為に乗り出し、得られた利益で高利貸業を手広く営んだ。納税は免除されていた。いわば仏教界は、国家の中の国家だったのである。

その仏教界の最高職である国師に、晦然は任じられたのだ。実利的な権益、権力を手中に収め、国王からも敬される権威をも得たことになる。

〈我が生涯最良の日だ〉

王の御前を退出し、酔いに蹣跚《まんさん》とした足どりで王宮の一室に戻った晦然は、豪華な寝台に倒れ込み、法衣が乱れるのも構わず手足を伸ばした。表情をだらしなく緩め、改めて歓喜を味わった。長い儀式の間、王や居並ぶ百官の前では到底見せられぬ姿であった。

〈もっと酒が欲しい。そうだ、美童美女も侍《はべ》らせてくれん〉

彼の王宮ともいうべき広明寺に戻れば、それこそ盛大な祝宴を誰憚《はばか》ることなく張ることができる。已《すで》に彼の側近僧たちが明日以降の宴《うたげ》の準備を進めているはずであった。が、待てぬ。待てぬ、待てぬ、待てぬ。この歓びを、今日というこの日のうちに、もっともっと実感したかった。

「混丘」

一番弟子を呼ぼうと、寝台で上体を起こした時である。燭台の炎がふっと消え、寝室の中は闇の帳《とばり》に閉ざされた。ただの闇ではなかった。どろりと油を流したような粘液質の闇黒《あんこく》が彼の周囲を浸していた。

「混丘」

声は虚《むな》しく闇の中に吸い込まれてゆく。

と、前方に蒼白い光が二つ、三つ、仄《ほの》かに灯った。

それでもまだ晦然は落ち着いていた。成仏しきれぬ死者の霊が彼の仏力に縋ってくるのは、ありふれたことなのである。

〈亡霊か〉

だが――。

次の瞬間、晦然は心からの恐怖に見舞われた。粘液質の感覚の正体は、水であった。闇の中ではなく、水の中に彼はいた。仄暗い水中――海の底のようである。無数の兵士が彼を取り囲んでいた。戦い敗れ、海底に沈んだ高麗の兵士たち。怨みの表情を貼りつかせている者はまだいいほうで、魚に顔肉をかじりとられた者、腐肉を海藻のように纏《まと》いつかせている者、腐肉を漁る小蟹や蝦蛄《しゃこ》が眼窩《がんか》を出入りしている髑髏《どくろ》……それら有象無象《うぞうむぞう》が水を掻《か》き分けて晦然に向かって押し寄せてくる。

『――お、おまえたち、何やつかっ』

総毛立つ思いで晦然は叫んだ。これまでにも諸々の亡霊怨霊の類いを霊視してきた晦然であったが、かくも凄《すさ》まじい光景は初めて目にする。

兵士たちは一斉に答えた。東征軍、東征軍、東征軍、と。

ああ、彼らであったか――晦然は即座に理解した。九年前と二年前、二度に亘って元軍と倭国を襲い、大風に遭って海に消えた高麗軍の兵士たち。彼らこそは、その無念を含んだ怨霊なのだと。

『――何しに、何しに参った』

恐怖の裏返しで声が威嚇《いかく》的になった。訊《き》くまでもない。怨霊の求めることは一つ、成仏である。だが、そのためには、彼らが無念の死を遂げた場所に赴かねばならぬ。輒ち、倭国に。

『国師陛階《しょうかい》を祝いに参った』

亡霊兵士たちの答えは瞭らかに晦然への意趣を含んでいた。国師、国師、国師……と彼らは水の中でゲラゲラ笑った。

『二年前、猊下は我らを見送った。よもや忘れたとは云わせぬ』

晦然は声を呑んで頷く。慥《たし》かにそうであった。――二年前の夏、高麗国王は第二次東征軍の大艦隊を激励すべく、開京の王宮を出駕した。慶州に行在所《あんざいしょ》を置き、仏師として晦然と、修禅社第六世教主の冲止《ちゅうし》を招いた。冲止は王の招聘《しょうへい》を拒絶した。各地を巡歴し、倭国征伐の徭役《ようえき》に苦しむ民百姓を慰撫して回っていたからである。晦然は馳せ参じた。いそいそと。王の歓心を、寵愛を得る絶好の機会である。ゆめ逃してはならぬ。その一心で。

果たして王は晦然を嘉《よみ》した。彼を随え慶州から合浦に下ると、元・高麗連合軍四万二千の出陣を見送った。晦然は壮行の法会を盛大に執行した。

『猊下は我らの勝利を祈ってくれた』

『倭国占領を祈ってくれた』

『なれど祈りは――フフフ、さっぱり効かなんだなあ』

兵士たちの怨霊は声を揃えて笑った。その不気味な声は、晦然の脳髄でどよんでいるように聞こえた。

『猊下は己のために祈っておったのかもしれぬ』

『国師に任ぜられたく、とな』

『では祈りが叶ったわけであるか。かかる慶賀が他にあろうか』

『――あやかりたきものよ』

『――あやかりたきものよ』

『――あやかりたきものよ』

亡霊兵士たちはその言葉を呪詛《じゆそ》のように呟きながら、晦然の身体に絡みついてきた。その感覚の何という不気味さ、冷たさ、そして重さ。深い深い海の底の、そのまた底へと引きずりこまれてゆく恐怖に、たまらず晦然は気を失った。

四

翌朝、晦然を起こしに参じた世話係の当番僧は、入室を禁じられた。晦然は食事も摂らず、誰にも会わず、午前中いっぱい室内に閉じ籠ったままだった。扉の外には、すすり泣き混じりの読経の声と、悔悟懊悩《おうのう》の滲《にじ》んだ叫び、煩悶《はんもん》するが如き物音が断続的に洩《も》れてきた。晦然を案じる僧侶たちが遠慮がちに声をかけても返事はなかった。実にこのとき晦然は、己の来し方を振り返っていたのである。

晦然は高麗第二十一代王・熙宗の二年（一二〇六）慶尚道慶州の属県である章山《チヤンサン》に生まれた。俗名を金見明《キムギヨンミヨン》と云い、貧乏郷吏の家柄である。貧しい家の子が出世するには仏門に入るのが早道だ。晦然は九歳にして出家させられ、郷里を遠く離れた全羅道海陽《チヨンラドヘヤン》（現在の光州《クアンヂユ》）の無量寺《ムリヤンサ》で仏法を学び始めた。具足戒を受けたのは十四歳の時、雪嶽山陳田寺《ソラクサンチンヂヨンサ》の長老・大雄《テウン》からである。陳田寺は禅寺で、新羅の後期、唐《とう》から本格的な南宗禅を伝来した道義ゆかりの名刹だった。つまり晦然は禅宗の僧侶となったのである。伝来当初、新羅では華厳宗、法相《ほつそう》宗などの教学仏教が主流で、実践を尊ぶ禅は人気を得ず、高麗の初期においてもそうであった。しかし、晦然の時代には事情が一変していた。武臣が政権を簒奪《さんだつ》したからである。

晦然が生まれる三十六年前――輙ち高麗第十八代王・毅宗《ウィジョン》の二十四年（一一七〇）、宮廷の武臣たちが処遇に対する不満から叛乱を起こし、彼らを虐げていた文臣たちを皆殺しにして政権を奪った。無力な王は有名無実と化し、武臣たちが血で血を濯《あら》う権力闘争を繰り広げた末に、国権は崔忠献《チェチュンホン》将軍の手に帰した。崔将軍は仏教界の再編に乗り出した。それまで主流だった華厳宗、法相宗などの教学仏教は、文臣たちの門閥貴族体制と結託しており、その一掃を狙ったのである。崔忠献は禅宗を首位と位置づけた。かくて禅宗は隆盛し、出家の目的を出世第一におく晦然も、禅宗優勢の風潮の中、当然の如く禅宗を選択したわけである。

晦然は修行を積み、二十二歳で僧科に応試し、合格する。僧科とは、僧侶の国家試験制度のことだ。官吏登用のための科挙制度に倣《なら》い、僧侶も国家によって選抜登用しようというものである。

二十六歳を迎えた年、恐るべき国難が到来した。蒙古軍の侵入である。高麗は徹底抗戦を決意し、首都を開京から江華島《カンファド》に移して戦時体制に突入した。武臣政権ならではの機敏果断な対応だ。蒙古軍の侵攻は断続的ながら七次、ほぼ三十年間の長きに及んだ。高麗は官民あげて決死の祖国防衛戦を繰り広げた。僧侶も続々と軍に身を投じた。第二次侵入に際し、蒙古軍総司令官サリスタイ将軍を弓で射殺した金允侯《キムユンフ》も、僧籍から還俗して戦った一人である。だが晦然は抗戦に加わらなかった。宝幢庵、妙門庵など包山の諸寺刹の住持を務めながら禅の修行、参究に没頭した。後に彼は対蒙抗戦期間の自分を振り返って「潜蹤秘跡」と韜晦《とうかい》している。露骨な言辞を以てすれば、現実から逃避し、経典に埋もれ、学究的な〝修行〟に励んでいたわけだ。その甲斐《かい》あって、禅僧としての法階は着実に上がっていった。三十二歳で三重大師、四十一歳で禅師に昇格し、五十四歳で最高位である大禅師に任ぜられた。その同じ年、高麗は三十年の果敢な抗戦も虚しく蒙古――輙ち元帝国に降伏した。

ほどなく晦然は王命によって首都江華島に招聘される。武臣政権は瓦解《がかい》し、王政が復古したのである。新たな支配者である元帝の庇護《ひご》宜《よろ》しきを得た高麗王の下で、晦然は活発な活動を繰り広げてゆく。雲門寺で大蔵落成会が催された時に主導僧を務めたのは晦然であった。最高の栄誉である。彼の盛名はますます高まった。かくて彼の未だ叶えられざる望みは唯《ただ》一つ、国師の地位のみとなった。第二次東征軍の壮行に際し、王の呼び出しに応じ晦然が七十六歳という老齢を押して、それこそ犬のように直ちに駆けつけたのも、国師の地位が狙いだからだった。

狙いは図に当たった。竟に二年後、彼は宿願の国師に任ぜられた。慶州の片田舎に生まれた貧乏郷吏の伜が、一国の師に、国王の最高顧問の地位に昇ったのである。しかして意《おも》わざりき、得意絶頂のまさにその夜に、倭国の海底に沈み、未だ成仏せざる高麗兵の亡霊群に襲われようとは！

〈――自分は、何を成したのだ〉

己の生涯を省察しつつ、晦然は必死に考え続けていた。『重編曹洞五位《そうとう》』の刊行であろうか。あれは中国曹洞宗の偏正五位《へんしょうごい》説に彼が補注を加え編集したもので、いわば代表作といってよい。他にも著作類は夥《おびただ》しく、『大蔵須知録』『語録』『祖図』『偈頌《げしょう》雑著』『諸乗法数』『祖庭事苑』『禅門拈頌《ねんしょう》事苑』等々あって、すべて合わせれば百余巻に達するかと思われる分量だ。しかし、それが何だというのか。沙門《しゃもん》の本分は、使命は、生者の悩み、苦しみを救うものではなかったか。死者を成仏させてやることではないのか。これまでおまえが誰の心を救済したというのか。無縁仏の一つも弔ってやったことがあったろうか。国王の歓心を買うため、仏の名の下に同胞を戦場に送り出し、その骸《むくろ》を冷たい海の底に沈めたままで、ああ、何が国師であろう！

正午を過ぎてまもなく、晦然は部屋から出た。隣室には、師の異変を密かに聞きつけた弟子たちが大勢集まっていた。彼らは斉《ひと》しくほっとした面持ちになった。国師の顔にも態度にも、昨夜までと変わったところは何も認められなかったからである。

『猊下――』

一番弟子の混丘が進み出た。まだ三十三歳の若さだが、晦然は以前より彼を後継者に指名していた。

『広明寺にお戻りくださいませ。祝宴の準備はすべて整っておりまする』

『混丘よ――』

晦然は微笑を浮かべて答えた。

『無用となれり』

あの夜、自分は覚醒したのだ――晦然は確信する。目が覚めたのだ、生まれ変わったのだ。真の仏職者となるために。真の国師となるために。いいや、国師なぞもうどうでもよいことだ。倭国に往き、あの無惨な姿で訴えに現われた同胞たちを一刻も早く成仏させてやらねばならぬ。そして……。

「猊下、猊下――」

緊迫した声で晦然は眠りの世界から引き戻された。法蓮に肩を摑《つか》まれ、激しく揺さぶられていた。その顔には、ただならぬ色が浮かんでいる。

「如何《いかが》した」

「嵐が」

法蓮の視線の先を追って、晦然も空を仰いだ。西南の彼方から真黒い雲が渦を巻きつつ急速に近づいている。鷗の姿は一羽もない。

「あっという間のことでした。少し前までは雲一つなく晴れ上がっていたのですが」

「対馬は――」

「まだ向こうです。嵐に捕らえられるほうが先でしょう」

晦然の問いを先回りして法蓮は答えた。

「残念ですが、引き返すより他に手はありません」

「是非もないか」

晦然は承諾した。黒雲が水平線の先に触手のように伸びて、対馬は影も形も見えなくなっている。鏡のように穏やかだった海面に白い小波が立ち始めたと思うや、いきなりという感じで船が大きく揺れ始めた。風をいっぱいに孕《はら》んで帆が怪鳥の鳴き声のような音をたてた。帆綱が張り詰め、帆柱が不気味に軋む。

「帆を降ろせっ。帆柱を倒せっ」

法蓮が声を張り上げる。その指示に四人の水夫は的確に動いた。が、そうする間にも黒雲は毒液のように広がって、みるみる真昼の空を蔽《おお》いつくしてしまった。視界が灰色一色に塗り潰《つぶ》されたようだった。南西の彼方で稲光が明滅し、波立つ海面を疾って雷鳴が伝わってきた。

「大きな嵐ですが、ご安心ください」

法蓮が云った。が、その声は恐怖で完全に裏返っており、蒼白の顔色は、無言の裡にこう告げていた。これほどの大きな嵐、経験したことがありません、と。

帆柱こそは帆船の脚である。それを倒しておいて、もはや引き返すも何もないということは、いかな晦然にもわかった。

雨が降り始めた。まさに車軸を流すような凄まじい勢いの雨だった。まともに目を開けていられない。船尾で梖《かじ》を握る二人の姿が影絵のようにおぼろに映じる。

〈なぜだ〉

不意に怒りが込み上げてきた。この渡海を阻まんとするのは誰か。痛ましい死を遂げた無念者の回《え》向《こう》に赴こうとする一僧侶を、なぜ邪魔せんとする。

倭国の守護仏か。——ならば云おう。我は貴国を攻める者には非《あら》ず。

高麗兵の亡霊か。——ならば云おう。我は汝らを救済しに参るのだ。

いざ海路よ、開かるべし。晦然は立ち上がった。舳先に陣取り、読経をするために。だが、強風に圧《お》し揉《も》まれ、荒れ狂った海面に翻弄《ほんろう》される船の上では、もはや遅きに失した。吹き殴る雨と風に、彼は二、三歩と行かず足を滑らせ、顚倒した。

「猊下っ」

法蓮が這い寄ってきた。晦然を助け起こすと、手にした帆綱で彼の身体を舷側に結わえつけてゆく。

「何をするのだ、法蓮」

「もはやこうするより仕方ありません。まもなく船は木っ端微塵《みじん》になりましょう。こうして縛りつけておけば、運さえよければ——」

刹那《せつな》、大きな波浪が左横から襲ってきた。その一撃で法蓮は船から投げ出され、波間に没して見えなくなった。

「法蓮っ、法蓮っ」

晦然は絶叫を放った。

と、さらなる大波が来た。船が波の上に浮かび上がった感覚がして、しかも空中で反転すると、逆さになって海に落ちた。舷側に繋縛された晦然は、船と運命を共にするも同然である。海中では渦巻きが生じていた。船がバラバラになる――そう思ったのが、最後の意識だった。

五

子供たちの歌声が聞こえてくる。何という可愛らしさだろう。純真無垢で、どんな高僧の読経よりも聖なる敬虔《けいけん》さを帯びている。何を歌っているのか。まるで極楽にでもいるかのような安らかな思いで晦然は耳を傾《かたむ》け続けた。――やがて気づいた、歌詞が高麗の言葉ではないことに。

〈――ここはどこだ？〉

心急《せ》いたその瞬間、彼はまぶたを開いていた。

粗末な小屋の中のようだった。荒く丸太を組んだ方々から、陽光が矢のように射し込んでいた。壁には莚《むしろ》、荒縄、網、漁具が吊るされている。

漁師小屋か？　その片隅に板が敷かれ、彼は横たえられていた。黒い僧衣は、ひどく破れていたが、辛《かろ》うじて原形を留めてはいるようだ。

目の端で、白いものが動いた。女――まだ若い娘の白い顔が、驚きの表情を浮かべてこちらを窺《うかが》っている。彼女は声を張り上げた。異国の言葉、異国の――倭国の言葉だ。

「お坊さまが、お目覚めになられたよお」

頭の中で高麗の言葉に変換するのに数秒の時間差を要したが、娘が口にしたのは間違いようもなく倭国語だった。娘は戸口に走り寄ると、木の扉を開け放ち、外に向かって再び大きく叫んだ。

「お坊さまがよお、お目覚めになられたんだよお」

やがて、小屋の中に何人もの男女が駆けつけてきた。みな野良着姿ではあったが、高麗の民の着衣とはまったく違っていた。では、やはり倭国に流れ着いたのだ。あの嵐の中を助かったのみならず、目的地である倭国に辿《たど》り着くことができようとは。これぞ仏の加護でなくんばなんであろう。晦然は上体を起こそうとした。が、全身にまだ力が入らない。そろりそろりと両手を動かし、なんとか胸の上に乗せて合掌した。

すると、その姿が倭国の者たちにも何かしら感銘のようなものを与えたようである。好奇の表情が幾分か改まって、彼らは誰からともなくその場にひざまずき、同じように合掌した。晦然を拝んでいるように見えた。手を合わせ、頻《しき》りに呟いている。晦然は耳を澄ました。

――南無妙法蓮華経……。

そう聞こえた。

〈法華経か！　倭国では法華経を主流とするか〉

軽い驚きがあった。晦然は禅僧ではあったが、参禅修行の余暇に大蔵経を読み、諸宗派の信仰にも幅広い関心を抱いていた。文殊《もんじゅ》菩薩《ぼさつ》の感応を得たと称したこともあれば、観音真言の功徳を強調したこともある。だが、法華経に、正式には「妙法蓮華経」に、さほどの重きを置いて考えたことはなかった。あくまで仏職者の素養として記憶していたにすぎない。抑《そもそも》、法華経を所依《しょい》の経典とするのは天台宗である。天台宗は中国において華厳宗と共に双璧と称されたほど重要な宗派であったが、なぜか新羅では公認されず、高麗になって名僧義天が出たことで漸く興隆した。いわば新興の宗派といってよい。その経典を題目として、倭国の貧しい漁民が唱えているということが晦然を驚かせたのだった。

「そなたらが、わしを助けてくれたのか」

ただでさえ喋《しゃべ》りつけない倭国の言葉を、晦然はゆっくりと喋った。たどたどしさは、しかし漁民たちの不審を招かなかった。蓋《けだ》し衰弱のせいと思ったのであろう。

「今朝方、浜に打ち上げられておりました」

赤銅色の日焼けがひときわ濃い、髭面の男が神妙な面持ちで答えた。

「そうか」

この感慨は、とにかくも己の倭国語が通じたことへのものである。次いで晦然は日付を訊いて絶句した。合浦を出帆して、なんと五日が過ぎていた。

「船が難破したのでございますな。お坊さまの身体には、板っ切れがきつく結ばれておりました。ようなされました。あれがなければ海に沈んでおられたことでございましょう」

――こうして縛りつけておけば、運さえよければ――。

法蓮の最後の言葉が甦った。

「わし一人であったか？」

その問いの意味を漁民たちが理解するには、多少の時間が必要だった。

「流れ着いておりましたのは、お坊さまお一人にございます」

髭面の男は目を伏せ気味にして答えた。

晦然は瞑目した。いや、法蓮が、法蓮たち五人が、自分と同じようにどこかの浜に打ち上げられていることを仏に祈った。

厳《おごそ》かな空気がこの場を支配した。やがて晦然は訊いた。

「ここは何処かな」

「若狭、にございます」

ワカサ——聞いたことがなかった。地名だというのか。ワカサなる倭国語で思い浮かぶものといえば「若さ」の他にない。晦然は倭国の地理には暗かった。対馬、壱岐、そして博多にのみ行ければよかったのだから当然である。抑、倭国地図にしてからが作られてはいない。晦然の表情を読んだか、髭面の男は繰り返した。

「若狭の国でございますよ」

この答えが、さらに晦然を混乱させた。国であると？　ワカサ国？　では、倭国ではないというのか。

「倭国——いや、日本国のはずだが」

習慣上、つい倭国と口を滑らせたが、正式名称が日本国であることは、晦然も夙《つと》に知っている。『高麗王朝実録』に「日本」の二文字が初出するのは、第七代王穆宗《モクチヨン》の二年（九九九）の条で、「日本国人ノ道要弥刀等二十戸、来投ス。之ヲ利川《イチヨン》郡ニ処ラシメ、編戸ト為ス」とあるのがそれだ。倭というのは蔑称である。気をつけねば。以後は、日本と口にするのだ。日本、日本人、日本語、と。晦然は自分に言い聞かせた。

「…………」

今度は、髭面の男の顔に途惑いの色が刷かれる番だった。——ニッポンコク？　彼は復唱し、仲間の顔を見回したが、うなずき返す者はない。

晦然も途方に暮れて云った。

「ともかく、わしは対馬島を目指して船出したのだがな」

「ああ、対馬でございますか」

今度は明確な反応があった。髭面の男は一瞬、顔を輝かせたものの、やや気の毒げな表情になっ

て、

「対馬とは、また遠く流されておしまいになったものでございますなあ。対馬はこの若狭より遥か西にございます。対馬とは百五十里も離れておりましょうか」

なんと百五十里（六百キロ）も海を流されたのか！　と驚いたのは後になってからのことだ。このとき晦然は、日本の一里が高麗の一里の十倍であることを知らず、したがって日本里の十分の一（六十キロ）の漂流と計算したのである。――ならば対馬、壱岐を越え、博多近辺にでも流れついたのではあるまいか。

「訊《たず》ねるが、この近くに博多というところはないか」

「博多は対馬の近くでございます」

「存じておる。対馬を越えて博多に用があったのだから」

「ですから博多も遠うございます」

「遠い？　たかだが百五十里ではないか」

そんな嚙み合わぬやり取りがあって、髭面の男は思い余ったように訊いた。

「お坊さまは、どちらのお寺の御方でございますか」

「わしは高麗の僧だ」

「？」

「高麗国より海を渡って参った」

漁民たちの間に不思議そうなざわめきが起きた。互いに顔を見合わせ、コウライ、コウライコクと呟き交わしていたが、突然、年嵩の女が心づいたように、

「高麗って、対馬の北にある……」

「さよう。その高麗国だが」

刹那、漁民たちの顔が一変した。

「コクリだっ」

「コクリの坊主だぞっ」

晦然を指差し、烈しい叫びが迸《ほとばし》った。髭面の男も目を怒らせている。穏やかで、友好的で、寛厚でさえあった空気は、忽ち剣呑なものに一変した。

六

「ムクリ、コクリと申してな」

兼盛《かねもり》が云った。

「ムクリは蒙古、コクリは高麗が訛ったものであろう。とにかく、蒙古とお手前の国、高麗の軍勢は、対馬、壱岐、博多で悪鬼のように惨たらしい狼藉を働いた。土民たちはムクリコクリの仕業と恐れおののいた。つまりムクリもコクリも、悪鬼という意味となる。頑是ない子供がぐずれば、ムクリコクリがやって来るぞ、一気に股を裂かれてしまうぞと親は脅すそうな。すると、子供はたちどころに泣き止むという」

「…………」

晦然は溜息をついた。悲しい話だ。哀れな話だ。高ク麗シキ国――高麗という誇らかな国の名が、この日本では悪鬼の代名詞として使われ、これから先も伝えられてゆくだろうことを、彼は高麗人の一人として耐え難い思いで聞いた。

晦然は寝具の上に上体を起こしている。そこまで体力を取り戻していた。若狭の浜に打ち上げられているのを発見されてから、七日が過ぎている。食事と休養をたっぷり与えられ、五日間に及んだ海上漂流による心身の耗弱は日を追って恢復した。七十八歳という年齢を考えれば、奇蹟という言葉ではまだ足りないほどだ。

ここは、最初に目を覚ました、浜辺に立てられていた漁師小屋ではない。漁民たちが訴え出たことで、この辺りを治める領主の館に運び込まれたのである。領主というのが目の前にいる兼盛だ。正式な役職名と姓名を聞かされてはいたが、衰弱しきった頭では覚えきれなかった。今のところは兼盛殿と呼びかけて通じているものの、いずれ問い直さねばなるまい。

兼盛は毎日、晦然を見舞った。目的は訊問だった。晦然は体力の許す限り答えた。自分が何者であり、なぜ今この時期に日本に渡ってきたかを包み隠さず話した。日本の言葉に通じているわけも語った。輒ち、高麗には日本から来投——移住した民が少なからず、その中には出家する者もおり、晦然は僧房で彼らから日本語を学んだのである。ちなみに彼は中国語、契丹語、西夏語、蒙古語、安南語をも操り、語学の面では学究僧の面目躍如であった。

兼盛は三十代半ばの武人である。剽悍《ひょうかん》な顔立ちだが、目には知性の光があった。晦然を問うにしても、声を荒らげるでもなく、あの漁民たちのように敵意、憎悪を向けることもなかった。といって、高麗兵を成仏させに渡海したという晦然の言辞を、頭から信じたわけではない。今もなお彼を諜者と見做し、その疑いを解いてはいなかった。

諜者として疑われる——その恐れは、充分にあった。

——古来、戦時にあって僧侶は、諜者として使われた。

出発を阻まんとした朴碧岩将軍に晦然はそう云ったが、これは事実である。就中《なかんずく》、史上最も有名な逸話《いつわ》は道琳《どうりん》のものだ。——高句麗《コグリヨ》と百済《ベクチエ》が攻防を繰り広げていた頃、高句麗から道琳という僧侶が罪を得たと称し、百済に亡命してきた。このとき百済の蓋鹵《ケロ》王は碁《ご》を大変好んだが、道琳が碁を能くすると聞き、宮廷に呼んで対手《あいて》をさせた。果たして道琳は名手であったから、王は彼を大いに敬して上客として扱い、やがて昵懇《じつこん》の仲になった。王の信頼を勝ち得た道琳は、言葉巧みに王の政策に口を出すようになった。かくて道琳にそそのかされた王は、宮殿造営を手始めに土木事業に血道を上げ、その結果、国庫を蕩尽《とうじん》し、使役された国民の怨嗟《えんさ》の声は津々浦々に満ちた。道琳は高句麗に逃げ帰って長寿王《チャンスス》に成果を報告した。長寿王は三万を以て百済を攻めた。王都は陥落し、蓋鹵王は捕らえられ、高句麗に亡命していたかつての逆臣たちに唾《つば》を吐きかけられて殺される——という屈辱の最期を遂げた。

日本でも間諜僧の暗躍が行なわれていたに違いない、と晦然は推測する。だが、かりにも自分は高麗の国師であり、大禅師だ。疑いはすぐに晴れよう。そう信じていた。にも拘らず、国師の威光、大禅師の地位など、国が違えば何ほどのものでもないことを彼は思い知らされたのだった。

日を重ねれば訊問する種も尽きてゆく。自ずと晦然のほうから問うことも多くなった。晦然を諜者と見なす兼盛は、当然のことながら答えを拒《こば》み、あるいははぐらかす。ただし当たり障《さわ》りのない問いなれば答えた。例えば今の、コクリとは何か——というような。とはいえ晦然にはもうコクリの話題を続ける気は失せた。問いを変えた。

「鎌倉からの答えは如何？」

「お手前のことを報せたのは、まだ三日前のことだ。さようすぐ返事が参るはずもない」

晦然の処遇は兼盛の一存では決めかね、鎌倉の幕府に指示を仰がねばならぬとのことであった。

「若狭から鎌倉までは遠いのかな」

すると兼盛は、あるかなきかの笑みを口辺にそよがせた。

「成程、鎌倉までの距離を知らんとするの意図であったか。危ない哉《かな》、危ない哉」

殆《ほとん》どはこの調子であった。

晦然は中庭に目を投じた。白砂が踏み跡ひとつなく掃かれ、大小の庭石が趣き深く配置されている。禅寺の趣向を取り入れているようであった。しかし、庭の尽きる両端に、槍を抱えた武士の姿が目に入る。監禁されているのではなかったが、こうして四六時中、見張られているのである。

「南無妙法蓮華経」

ふと言葉がついて出た。

「何と申された」

「いや、あの漁師たち。そう唱えていたが、この国では天台宗が盛んであろうか」

「あれは――」

兼盛はいったん答えかけたが、それが差し障りのないものかどうか吟味するというように言葉を切って、

「――あれは日蓮宗と申す」

「日蓮宗？」

「日蓮なる、元は天台宗の僧が、法華経を至上として立てた宗派でな。南無妙法蓮華経の題目を唱えれば救われるというので、下民たちの間で結構な人気を集めている。他宗派をくそみそに貶《けな》しながらな」

「ほう、どのように」

「念仏は無間地獄の業、禅宗は天魔の所為、真言は亡国の悪法、律宗は国賊の妄説《もうせつ》、とか」

晦然は笑いを抑えきれなかった。

「禅宗は天魔の所為、か。フフ、なかなか激烈な仁ではないか。それでは非難された宗派、為政者が堪るまいに」

「幕府も日蓮を危険視してな、幾度も弾圧を加えたのだが、結局のところ許された」

「なぜかな」

「他国侵逼《しんぴつ》の難——輒ち、蒙古来襲の予言的中を以て」

「そは寔《まこと》なりや？」

俄に関心が湧いた。事実とすれば、彼こそは護国の僧ではないか。なろうことなら会ってみたい、その日蓮という僧侶に。

晦然の内心を読んだように、兼盛は首を横に振りつつ云った。

「寔とは伝われど……もはや詳しいことは知り難い。日蓮は昨年、武蔵の国にてこの世を去ったと聞いておる」


鎌倉からの指示は日を経ても来なかった。

「返事の来ないほうが、お手前の身のためと存ずる。鎌倉に連れてゆかれ、問い質《ただ》された挙句に、首を刎《は》ねられるのがおちであろうから」

兼盛は、やや同情した口ぶりで晦然に云った。艱難辛苦、九死に一生を得て日本に渡海した高麗の僧に、次第に感じるものがあるようであった。

「八年前のことになる。最初の寇掠《こうりゃく》があった翌年のことだ。蒙古皇帝が使者を送って参った。彼らは鎌倉に留め置かれたが、やがて処刑された。諜者と見なされたのだ」

「わしは諜者ではない、兼盛どの。いや、諜者と思われ、処刑されてもよい。ただ、その前にわしを博多へやってほしいのだ。未だ成仏しきれぬ高麗の哀れな兵たちのために」

「わたしにそんな権限はない。すべては鎌倉が決めることだ。楽観はせぬがよいと云っているのだ。鎌倉はこの兼盛以上にお手前を疑うはず。いや、報復、見せしめのため、問答無用で命を奪うやも知れず」

「………」

兼盛に何を云っても無駄であった。晦然は庭に目を遣り、警固の武士を見つめて、溜息混じりに懇願した。

「外が見てみとうなった」

兼盛の館に留め置かれて、もう二十日近くになる。風景といえば、相も変わらぬ中庭だった。いくら奥深さを秘めた禅風の庭であっても、常に眺めていては飽きが来る。

兼盛がうなずいた。

「よかろう。ただし、誰とも言葉を交わしてはならぬ」

言葉を交わすどころではなかった。二人の武士に前後を挟まれた晦然が道を行くと、誰もが憎々しげな顔を向けて、口々に叫ぶのだった。

「コクリめ」

「何しに来た、コクリ、コクリ坊主」

大人たちがコクリ、コクリと大声を上げるのを聞いて、子供たちは電撃に触れたように遊びを止め、悲鳴じみた声をあげて自分の家に駆け戻っていった。晦然はうなだれずにはいられなかった。この若狭が襲われたわけではない。対馬、博多から百五十里も距たっているというではないか（日本の一里が高麗の十倍であることは、つい先日兼盛から説明を受けていたから、その遠さはよくわかる）。ムクリコクリの悪行は、よほど遠方にまで喧伝《けんでん》されているらしい。晦然は重い足取りで進んだ。つとめて風景を目にし、心を慰めようとした。

小高い山が海の近くまで張り出すように迫っている土地であった。全山が紅葉して、夏の息吹をまだ残しているような群青色の海と対照され、息を呑まんばかりの美しさである。鈴生りに実をつけた熟柿の朱色が目に染みる。空気は爽《さわ》やかに澄み、高麗ほど乾燥していないのが肌に心地よい。実に平和で、のどかな景色であった。その中で晦然は、コクリ、コクリと罵《ののし》られているのである。同胞の高麗兵が犯したという蛮行の罪科を、一身に浴びているのだった。このようなことのために老齢を押し命がけで海を渡ったのではなかった――。

気がつくと、足は止まっていた。彼は監視役の武士に云った。

「もはやよい」

七

翌日、竟に鎌倉からの使者が来た。目つきの鋭い二人の武士だった。晦然は二人の前に引き据《す》えられた。彼らは冷ややかな視線で晦然を眺めやるだけで、訊問するでもなく、一言も口をきかなかった。やがて、兼盛に向かってうなずいた。

兼盛が代弁して告げた。

「お手前は、これより鎌倉に護送される」

その顔は妙に白っ茶けて、頬が微かに強張ってもいた。

「承った」

晦然としては、漸くの出立を歓迎する思いだ。いつまでも兼盛の館に留め置かれていては埒《らち》があかぬ。最終目的地は博多にせよ、まず鎌倉である。鎌倉は、北条なる執権者の住まう、事実上この国の首都であると聞く。では鎌倉で訊問を受け、諜者の疑いを霽《は》らすが先決であった。この若狭のような辺陲《へんすい》らしき地とは違い、鎌倉ならば当代の知識人が集まっていよう、宋から渡来した僧侶もいるはずだ。晦然が高麗国の大禅師であり国師であることの重みは、きっと理解される。兼盛は、鎌倉に行けば首刎ねられると思い込んでいる様子だが、そのようなことのあろうわけがない。高麗兵を成仏させんとする晦然の至誠は必ずや通じる。鎌倉行きは、博多へのさらなる一歩なのだ。

駕籠が用意された。竹材を格子状に編んだ駕籠で、高麗において罪人の押送用に使われるものと大同小異の代物である。

「籠の中の鳥であるな」

微笑を浮かべて自ら駕籠に入った。

「法難と心得られるがよろしかろう」

しかつめらしい顔をして兼盛が云った。

〈法難か――〉

仏法を広めようとしたがために受ける迫害を法難という。新羅、高麗と、国家が仏教を手厚く保護したから、新羅の僧、高麗の僧は法難とは無縁だった。僧侶が法難に遭ったのは伝来当初の一時期に過ぎない。その代表は新羅における異次頓《イチャドン》である。晦然は官撰史書『三国史記《サムグクサギ》』の一節を思い浮かべた。――新羅の法興王は仏教を盛んにしようと企図したが、多くの貴族が反対し、意を叶えることが出来ずにいた。そこで、異次頓という側近の僧侶が己の命と引き換えに一計を案じた。王は仏教公認の可否を問うべく群臣会議を開いた。貴族たちは断乎反対の論陣を張った。

――今、僧徒ヲ見ルニ、童頭異服、議論ハ奇詭《キキ》ニシテ常ノ道ニ非ズ。今、若《モ》シ之ヲ縦ニセバ、恐ラクハ後悔有ラン。臣等、重罪ニ即クト雖《イエド》モ、敢ヘテ詔ヲ奉《タテマツ》ラズ。

異次頓は反駁《はんばく》する。

――今、群臣ノ言フハ非ナリ。夫《ソ》レ、非常ノ人有レバ、然ル後ニ非常ノ事有リ。今、仏教ノ淵奥ナルヲ聞ケドモ、恐ラクハ［卿等ハ］信ゼザルベカラザランヤ。

両者の主張に耳を傾けた後、王が異次頓に云う。

――衆人ノ言、牢《カタ》クシテ破ルベカラズ。汝独リ言ヲ異ニス。両《フタ》ツナガラ従フ能ハズ。

そして異次頓を処刑するよう命じたが、これこそ異次頓の画策であった。死に臨んで異次頓は高らかに云い放つ。

――我、［仏］法ノ為ニ刑ニ就《ツ》ク。仏ニ若シ神［聖ナル霊力］有レバ、吾死シテ必ズ異事有ラン。

果然、その首を刎ねるや、切口より噴出した血は白きこと乳の如く、人々は異変に驚き恐れ、かくて仏教は公認されるに至ったという（及斬之、血従断処湧、色白如乳、衆恠之、不復非毀仏死事――『三国史記』新羅本紀・法興王十五年条）。

その故事を胸宇に反芻《はんすう》しながら、自分は異次頓以来の法難者やも知れぬ、と晦然は思いに耽《ふけ》った。

正午を期して出発した。鎌倉からの使者二人、兼盛とその配下の武士が四人、駕籠を舁《か》く下人が交替番も含めて四人、これに晦然を入れて一行は十二人であった。使者と兼盛は太刀を佩《は》いていた。高麗の直刀と違い、彎刀《わんとう》――反りが入っている――である。僧である晦然の目にも、その形状は特異なものと映じた。兼盛配下の四人は太刀の他にも弓矢を携行していた。これまた、高麗の短弓に較べると、かなりの大弓であり長矢だった。

澄みきった蒼穹《そうきゅう》が広がっていた。里人は目に憎悪の色を控え、神妙な面持ちで行列を見送った。野良仕事の道具を放り出し、合掌する者もいた。彼らも兼盛と同じく、晦然が鎌倉へ処刑されに送られると思っているようであった。

里を抜けると、すぐに山道となった。行列は黙々と進んだ。太陽の位置から、おおむね南に向かっているとだけ察せられた。晦然は駕籠に揺られながら心穏やかだった。格子越しに望まれる異国の秋の風情を堪能するうち、漸う日が傾きはじめた。

「――お手前は、日蓮に関心がおありのようであったな」

唐突に、兼盛が口を開いた。晦然が景色を愛《め》でる邪魔にならぬようにとの配慮であろうか、兼盛は駕籠の斜め後ろを歩いていた。行列の前方を行く二人の鎌倉からの使者が振り返ったが、別段、これといって咎める素振りは見せなかった。

晦然は静かにうなずいて、

「ムクリコクリ……誰もがムクリコクリと責め立てる。だが、敢えて云おう。ムクリとコクリは決して同じではない。コクリもかつてはムクリに侵されたのだ。ムクリに――蒙古めに最初から屈したのではない。高麗は戦った。しかるに蒙古は容赦《ようしゃ》がなかった。残忍に殺し、家を焼き、多くの民を捕虜として連れ去った。白骨が山野をおおった。戦いは三十年の長きに及んだ。その末に、力尽き、蒙古に降伏したのだ。そして、日本への遠征に駆り出された……。もしも、もしも高麗に日蓮あれば如何ならん、そう思うてもみたくなろう」

「…………」

「いや、わしに高麗の奮戦を云う資格はないのだ。高麗の民が戦い、日本では日蓮が蒙古襲来の予言を叫びたてていた頃、わしは山に籠り、ひたすら仏法の参究に明け暮れていたのだからな。そうして得た大禅師であり、国師の尊号だ。翻って日蓮は、法難を得たという。日蓮と晦然――釈尊が、孰れを真の仏職者としてお選びになるか……。わしが日蓮なる聖者に思いをいたさざるを得ぬ、これが真意である」

聞いていたのかいないのか――このとき兼盛は駕籠の脇をつっと離れ、足を急がせて前方の使者二人に追いついた。小声で何事かを囁くと、使者は無言で首肯し、道を譲って行列の後方へ退いた。これより兼盛が先頭となって駕籠を先導する。

「日蓮の法難は幾度もあったと聞く」

晦然に背を向けたまま兼盛は語り始めた。

「布教を始めてまもなく、念仏信者の地頭が彼を殺そうとした。このときは恩師の力で難を避けた。鎌倉に乗り込んで活動中、念仏者が彼の庵室に放火し、乱入してきた。日蓮は辛うじて刃を逃れ、鎌倉を脱出してことなきを得た」

「…………」

「翌年、鎌倉に戻ると、今度は幕府の命により伊豆へ流罪にされた。しかし、これも二年足らずで赦免となった」

「…………」

「故郷へ帰ったところ、かつて彼を殺そうとした地頭がまたしても襲撃してきた。門弟二人が討死し、日蓮も刃傷を負ったが、命に別状はなかった」

風景が変わった。行列が間道に入ったのである。鬱蒼《うっそう》と繁る樹木の、獣が往来するような狭い道だった。両側から伸びた枝葉が駕籠を掠《かす》めて、耳障りな音をたてた。

「幾度も死地をくぐり抜けた日蓮は、ますます意気盛んとなった。各地を巡って、布教に全力を傾けた。他宗派を邪宗と誹謗する矛先は鋭さを増す一方だった。竟には幕府も放置できなくなり、再び日蓮を捕縛した。評定所で糾問が行なわれた。今度は佐渡への流罪が言い渡された」

不意に眼前が明るくなった。森の中に、そこだけ空き地が拓けていた。小さな古刹が朽ち果てた姿を晒《さら》している。折りからの燦然《さんぜん》たる夕陽を浴びて輝き、不気味とも荘厳ともつかぬ、ある種、非現実的で、絵画的な光景が展開されていた。

「――だが、佐渡流罪とは名目だった。弟子たちの目を晦《くら》ますための方便であった」

兼盛の言葉は、いつしか読経のような抑揚を帯びている。

「幕府は日蓮を死刑にすることに決めていたのだ。日蓮は、ものものしい警固のもと護送され、磯づたいに七里ヶ浜を進んだが、龍ノ口というところで行列は止まった」

行列は止まった。

八

「降ろせ」

兼盛が命じた。

駕籠が地面に降ろされた。

「日蓮は、泣いて取り縋る門弟に、こう云って誡《いまし》めたそうな。これこそは法華経を信ずる者の本懐なり――と。さて、此処がお手前の龍ノ口である」

「わしを斬る、と？」

澄んだ声で晦然は訊いた。

「鎌倉はこう返事してきた。高麗僧の鎌倉に入るるを要せず、宜しく斬るべし」

「…………」

「なお、大禅師、国師を称するに鑑《かんが》み、後患を慮《おもんぱか》り、隠密裡に斬るべし──これほどの門前払いとは、この兼盛も思わなんだ。さ、出られませい」

下人が駕籠の扉を開けた。晦然は逆らわなかった。身を屈め、外に出ると、大きく伸びを一つした。

二人の使者が近づいてきた。刀の柄《つか》に手をかけている。検分役ではなく、彼らこそが執行者であった。

「短い付き合いであった。お手前と知り合うたのも、何かの縁と思ったが……」

そこまで云って、兼盛は声を呑み、ねじるように顔を背けた。

「兼盛どの。どうか最後まで語って聞かせられよ」

「──最後まで？」

「日蓮の法難を。龍ノ口では、どう切り抜けたのかな」

兼盛は泣き笑いの顔になって云った。

「奇蹟を以て」

「奇蹟」

「介錯役の武士が刀を振り上げた瞬間、まばゆい光が空に輝きわたり、武士の目は眩《くら》み、刀は折れた。兵士たちは逃げ惑い、なすすべを知らなかったという。結局のところ、幕府は日蓮を佐渡へ流し、それも三年足らずで罪を解いた。かかる奇蹟、しかしお手前に起こるとは思われぬ」

「成程――衆、之ヲ恠《アヤ》シミ、復夕仏事ヲ非毀《ヒキ》セザルナリ、というわけであるか」

「何と申された」

「いや。奇蹟なら、我が国にも起こらなかったわけではないのでな」

異次頓の故事を脳裡に思い浮かべつつ、晦然は膝をついた。

謀られた――という憤りは、意外にもなかった。問答無用に死ねという処置への怒りも湧かなかった。高麗で国師にまで昇った高僧の自分が、異国で犬のように斬られるという最期を、惨めとも思わなかった。心は、あくまで真夏の海の夕凪《ゆうなぎ》を思わせて、熱く、静謐《せいひつ》だった。ただ、所期の目的である高麗兵士の供養を果たせなかったことに一抹の心残りがあった。が、法難によって死ぬこと、異次頓以来の殉教者になるのだということに、彼は不思議な満足感を覚えていた。

――願わくは、この死を以て、不運なる高麗兵が成仏されんことを。

辺りは静まり返った。兼盛の左右に四人の家臣が居並び、厳粛な顔で晦然を見つめている。駕籠を舁いていた下人たちは、その後ろに下がり、早くも両掌を合わせていた。夕陽に黒みが増している。

「世話をおかけいたしたな、兼盛どの」

晦然は笑みを見せた。その笑顔を、二人の使者にも向けた。

二人は依然として無表情だった。晦然の涼やかな笑みに促されるように、一人が、腰に佩いた太刀をすらりと抜き上げ、ゆっくりとした足どりで背後に回った。

晦然は合掌し、目を瞑《つぶ》った。声には出さず心の中で「文殊五字呪《もんじゅごじじゅ》」を念誦《ねんじゅ》する。太刀が頭上に振り上げられる気配が背中に感じられた。

軈《やが》て――。

ビュッという、空気を切り裂く鋭い波動を彼の鼓膜は捉えた。続いて、

「うう」

苦悶の呻き声。

無意識のうちに晦然は目を見開き、背後を振り返った。

介錯役の使者が、太刀を取り落としたところだった。晦然の首を斬り落とすはずであった太刀を。使者は不様によろめき、右手を顔の半面に当てた。指と指との間から、みるみる鮮血が噴き出してゆく。

「如何いたしたっ」

もう一人の使者が叫んだ。油断なく太刀の柄に手を走らせようとして、次の瞬間、ゲッという声をあげて仰《の》け反《ぞ》るや、同じように手で顔を押さえた。

「御使者――」

駆け寄ろうとした兼盛が、不意に足を止める。

「や、天狗っ」

「天狗だっ」

駕籠舁きの下人たちが口々に叫び立て始めたのである。

「――何」

下人らの指差す方向に兼盛が慌《あわ》てて顔を向け、晦然もその視線を追った。

深い杉木立ちの中に、白い鳥が翼を広げていた。三丈（約九メートル）ほどの高さに張り出した太い枝の、その上だ。いや、鳥にしては大きすぎよう。晦然は目を凝らした。すぐに、それは両腕を左右に大きく広げた人間だということがわかった。白装束。翼と見えたは、腰まで届く大きな袖であっ

た。左手に長い杖を握っている。

「怖《お》じるな。天狗であるものかは」

兼盛は下人たちを叱咤《しった》すると、配下の四人に冷静な口調で命じた。

「弓を射よ」

晦然は、家臣たちの流れるような動作を見守った。矢をつがえ、弦を引き絞り、続けざまに放つ。ヒュンッ、ヒュンッという弓弦《ゆんづる》の音をたて、矢は白装束の怪人に向かって次々と射かけられた。すると怪人は、階《きざはし》でも降りるような容易さで一本下の枝に飛び移った。四本の矢はその頭上をかすめ、虚しく杉木立ちの奥へと吸い込まれていった。

「――やはり天狗だっ」

下人たちがおののきの声をあげる。

兼盛は苛立《いらだ》ちの色を顔に刷いた。

「おのれら、よく狙えっ」

家臣たちが狼狽《ろうばい》気味に第二矢をつがえんとし、未だ樹上にある白装束の怪人は大きく右腕を振るった。

「ぎゃっ」

右端の武士が悲鳴をあげ、晦然の横に顚倒した。額《ひたい》が柘榴《ざくろ》のように割れて、血が噴き上がっている。石礫《いしつぶて》でもあろうか。僅《わず》かに遅れて、その隣の武士も弓矢を投げ捨て、顔を押さえて蹲《うずくま》った。が、その間に、残る二人の武士が第二矢を放っていた。

杉の木が激しく揺れ、白い振袖が大きく翻った。怪人が足元の枝を蹴ったのだ。宙に飛び上がったその姿は、やはり鳥だったのではと思われるほど優雅であった。二本の矢はまたも虚しく――今度は彼の足の下を間一髪過ぎ去っていった。空中で三回転すると、杉の根元に見事な着地を決めた。そのしなやかな動作は、鳥から一転、猫を想起させた。

怪人は眼前に杖を水平に突き出すように構え、タタタッと駆けてくる。晦然はあっと叫んだ。その顔貌たるや、恐るべき異形者のものだったからだ。朱の漆を塗ったような艶やかな肌、カッと見開かれた金色の両眼——しかし何といっても特徴的なのは、一尺近い長さを以て隆々と突き出された鼻であった。あたかも、雄渾巨大な朱塗りの男根が、間違って鼻と入れ替わってしまったようである……。

怪人の疾走は、武士たちに第三矢をつがえる余裕を与えなかった。彼らは弓を擲《なげう》つと、あたふた太刀を抜いた。晦然が息を呑んだ時には、速影と化した怪人と武士たちの身体が交差していた。

それこそ一瞬の出来事だった。夕陽を鋭く照り返した二本の白刃は、怪人の脇腹へと左右から確実に送り込まれた——ように晦然の目には見えた。が、体勢を崩したのは武士たちのほうだった。二人はものも云わず、ゆうらりと地面に倒れた。どちらも白目を剝《む》いて悶絶していた。

「…………」

長鼻の怪人は杖を両手で握り、顔の右半面に拳を引きつけるように構えながら、倒した二人の様子を窺うようだったが、すぐに身体を反転させた。最初に石礫に撃たれた二人の使者が、この間に気を取り直し、怪人の背後から一太刀浴びせようと迫っていた。憤怒の形相《ぎょうそう》は、額から流れ出る血で朱に染まり、彼らもまた異形の者めいている。

晦然の目からも、二人の使者は剣の遣《つか》い手と思われた。それほどの殺気と自信が濃厚に放たれていたのである。一人が素早く踏み込んだ。晦然の首を斬ろうとしたほうだ。裂帛《れっぱく》の気合とともに、上段から怪人の頭上に白刃が振り下ろされる。

怪人の杖捌《さば》きは、今度は緩慢としたもののように映じた。その軌道を、晦然ははっきりと追うことができたからである。杖の先端は、下方から春風のようにゆるゆると繰り出されて来た。そして使者の左手首を的確に捉え、跳ね上げた。速度において遥かに優っていたはずの使者の剣戟《けんげき》が、何故かくも容易く止められてしまったか、晦然にはわからない。ただ——杖が一瞬、座禅修行に用いられる警策のように錯覚された。骨の砕かれるような鈍い音が響き、使者の手から剣が落ちる。使者の身体も、己の剣を追うように横転した。

もう一人の使者が後退する。怪人の尋常ならざる杖捌きを目の当たりにし、認識を改めたようであった。乱杭歯《らんぐいば》を剝き出すと、その顔は手負いの野猿にそっくりとなった。威嚇的な唸《うな》り声をあげ、右に左に、上に下に、構えを縦横に変化させる。剣尖が目まぐるしく移動した。怪人はつかつかと進み、またしても警策を打ち下ろすような感じで杖の一撃を加えた。杖は剣尖の防禦《ぼうぎょ》をあっさりと抜いて使者の頭頂部を直撃、彼を昏倒せしめた。

怪人の杖は動きを止めず、横殴りに後方を薙ぎ払った。その円軌道上に、白刃を抜いて今しも背後から斬りつけんとしていた兼盛の首があった。踏み潰された蛙のような声を咽喉《のど》奥から吹き出して、兼盛も気絶した。

「…………」

晦然は、正座し、合掌した姿勢のまま、茫然と辺りを見回した。彼がそうなるはずであったのに、代わって七人の武士が倒れている。五人は失神、石礫を顔に浴びた二人は抵抗する気力を沮喪して動かず、駕籠舁きの下人たちは、あるいは廃寺の後ろへ、あるいは杉木立ちの中へと、四人が四人とも逃げ散っていた。

怪人が晦然の前に立ちはだかった。無言で見下ろすこと暫し、不意に左手を伸ばしてきた。大根が引き抜かれるように、晦然の身体は怪人の肩に軽々と担ぎ上げられた。

九

若い女が手を支えた。先刻、食事を給しに来たのと同じ女であった。晦然はようやく彼女を冷静に観察する余裕を得た。長い黒髪を中央から分け、背中に垂らしたままだ。束ねてもいなければ、高麗の女のように結い上げてもいない。高貴な身分の者に仕える、おそらく女官であろうか――彼女の着衣からそう推測された。とはいえ、その着衣もまた高麗の女官とは似て非なるものであった。袴《はかま》は襞《ひだ》を寄せた直線的かつ男性的なもので、優雅な曲線を描く高麗女官のものとは何とも対照的だ。袖がむやみに大きく、裾を長く引き摺《ず》る衣をいちばん上にまとっていた。

「どうぞこちらへ――」

「何処へ参るのかな」

晦然は訊いたが、女は答えなかった。例によって、微風に吹かれて水面に起こる波紋のような笑みを返しただけだ。

あれから――どれほどの時間が経ったのであろう。長鼻の怪人は晦然を肩に担ぐや、走り出した。迚も人間とは思われぬ速さ、脚力だった。一言も口をきかず夕闇の山中を疾走し、やがて晦然は眠ってしまったのである。怪人が何者で、どこへ連れていかれるのかという恐怖より、自分が九死に一生を得たという安堵感が込み上げてきたせいであった。加うるに、荷物のように担がれ不自然な姿勢を強《し》いられているというのに、怪人の肩の上は妙に居心地がよかった。怪人の〝配慮〟が感じられた。

目を覚ますと、滑らかな肌触りの布団《ふとん》の中に横たえられていた。微かな痛みを身体の節々に覚えたが、それはこれまでの緊張が弛んだ証《あかし》のようであった。闇の中で目を凝らせば、調度など豪華なもので、貴人の住まう屋敷の一室と思われた。

晦然が覚醒したのを知ったかのように、襖《ふすま》が開いて、若い女が現われた。燭台に火を灯し、晦然に緑茶を勧めた。そのような場合に問うべきことを晦然は口にしたが、女は微笑を向けるだけで言葉を発さなかった。一度姿を消し、今度は膳を掲げて戻ってきた。膳には素焼きの器と匙《さじ》が載っていた。食事は、薬草がたっぷりと入った粥であった。晦然が食し終わるまで女は部屋の隅の置物になったように静かに控え、空《から》になった器を膳ごと下げていった。そして、もはや戻って来ないのではと思われた頃、三度《みたび》姿を現わし、どうぞこちらへと晦然を促したのである。

何処へ参るか、という問いに答えは得られなかったものの、自分を助けてくれた者が目通りを申し付けているのだろうとは察しがついた。手燭を提げて長い廊下を行く女の後について晦然は歩を進めた。

やがて――白檀《びゃくだん》の香りが微かに流れてきた。香が焚《た》きしめられているのだ。廊下の突き当たりの一室に入ると、女が指で指し示した辺りに晦然は着座した。正面に御簾《みす》が垂れており、部屋を二つに分かっている。女は御簾に一礼し、晦然にも頭を下げると、室外に去っていった。長衣の裾が床《ゆか》と擦れる音が、暫くの間、晦然の耳に残った。左右に燭台が置かれ、炎が蠟を溶かしている。その灯りに目が眩んだが、慣れてくると、御簾の向こうに泰然と鎮座した人影が朧げながらも判別できるようになった。容貌までは瞭らかでないものの、あれは冠《かんむり》であろうか、頭上で微かに揺れる山鳥の尾のような垂纓《すいえい》が真っ先に晦然の目を引いた。

「気分は如何か」

若い声だった。力強い響きだ。明朗さ、英邁さがその声に表われている。

「良好にございます」

晦然は冠の主に向かって叩頭《こうとう》した。

「危ないところで愚僧をお助けくださいましたよう存じまする――何れのお方におわしましょうや」

「わたしは、太上天皇である」

瞬間、晦然ははっとなって口を噤《つぐ》んだ。天皇――倭王の自称が、そのような称号であるということを即座に思い出したのである。かつて晦然に言葉を教えた日本僧が、日本国のあらましを語ってくれたことがあったのだ。

それに拠《よ》れば――。

日本では、天皇を称する一族が日本王として長く君臨してきたという。が、高麗が一時期そうであったように、奇《く》しくも時を同じくして武臣の擡頭《たいとう》するところとなった。武臣たちは天皇家を傀儡《かいらい》にして政権を奪った。高麗は侵略者たる蒙古と王家が結んで武臣政権を倒した結果、王政が復古したが、日本では未だに武臣が執権している――と。

〈では、天皇が、名のみの日本王が、わしの命を救ったということなのか〉

いや、ただの天皇ではなく、太上天皇というからには、已に譲位しているのではあろうが、それにしても――と晦然は奇異の念に打たれずにはいられなかった。

声は続いた。

「天皇位を我が子に譲って九年になるが、世仁《よひと》はまだ十七歳。宮廷の実権は、今なおわたしの手にある」

すると、今の日本王は八歳で王位に――成程、幼王というわけだ。どのような事情かは知らぬが、武臣たちの介入によるものであろうとは察しがつく。高麗においても王の廃立は、武臣政権の擅《ほしいまま》にされたのである。一人が弑逆《しいぎやく》され、多くの廃王、廃王子が僻地《へきち》に流され死んだ――。

「――陛下」

他に言葉が見つからぬ。已むを得ず晦然は陛下と口にした。王ならば殿下であった。しかし相手は、実態、日本王でありながら、夜郎自大にも「皇」を名乗っている。輒ち、皇帝である。皇帝とは、王を冊封《さくほう》する至高の存在であって、唯一無二の存在だ。陛下――その敬称を以て呼びかけねばならなかった。一方、高麗には、王はあれど皇帝がいない。新羅の昔より連綿として中国皇帝に臣従してきたからだ。新羅王、高麗王は、中国皇帝から冊封される臣下なのだ。新羅王は大唐帝国皇帝より王に封ぜられた。高麗王は後唐帝国皇帝に始まり、後晋帝国皇帝、後周帝国皇帝、大宋帝国皇帝、大遼帝国皇帝、大金帝国皇帝より王として任ぜられ、そして今、高麗にとっての皇帝は、独り大元帝国皇帝クビライ・カーンのみであった。その高麗の民、高麗の国師である以上、いかで倭国王を、日本国王を、陛下と呼ぶべけんや――そこに晦然の一瞬の躊躇《ちゆうちよ》があったのである。

弾けるような笑い声があがった。開放的で爽やかな笑いだった。

「陛下はよせ。王の一人も従えぬ者が陛下などと、気恥ずかしい限りだ。どうだ、わたしは朕と称しておらぬだろう。天皇――こればかりは是非もないな。律令に天皇と、正式には明神御宇日本天皇《あきつみかみ》と、はっきり定められているのだから」

晦然は呆気に取られた。晦然が躊躇う理由を即座に察してみせたのみか、見事なまでの自己相対化ぶりであった。

「では、殿下」

「おっと、殿下は然らず。わたしは貴国の王の如き中国皇帝の臣下ではないのでな」

「されば何とお呼び申しあげれば――」

「皆はわたしを院と呼んでいる。この院の名を以て、亀山の院と」

「亀山の、院」

晦然は首を傾《かし》げた。中国皇帝と対等たらんとして天皇を称しながら、院号で呼ばれているとは、げにも不可思議な慣習というべきだ。

「ようぞ海を渡って参られた、晦然国師」

亀山院の声が敬意を帯びた。

「我が国は目下、貴国高麗を不倶戴天の仇敵と憎んでいる。高麗人は生かして返さぬと息巻いている。そこへ御坊は大胆にも乗り込んで来られた。聞けば、博多の沖に沈んだ高麗の兵士を弔うためという。わたしは心を揺さぶられた。何という胆力、何という崇高さであろう。僧というものは、こうでなくてはならぬ。いや、翻って我が国に御坊の如き快僧の幾人やあらん。――会ってみたい、心からそう願った。かかる高麗僧の目的、叶えさせてやりたいものよ、と。しかるに鎌倉は、御坊を密かに殺すことに評議一決したという。まず御坊を取り調べるより、高麗憎しの情の先走る余り、問答無用、直ちに斬り捨ててしまえの声が圧倒的であったとか。嗟乎、小心もここに極まれり」

亀山院はいったん言葉を切ると、

「鎌倉の動静は、色々な手段でわたしの耳に入るようになっているのだ」

痛快そうに笑ったが、すぐに悔しさを滲ませた口調になって語を継いだ。

「――だが残念なことには、いくら幕府の動きを知ったところで、武士どもを制御する力は、わたしにはない。今の世、天皇とは無力という言葉と同義語なのだ。かつては、近衛の兵どもを思いのまま使役することができたという。しかし承久の御代、我が曾祖父たる顕徳（後鳥羽）天皇が武家に一敗地に塗れ、遠く隠岐島に流されしよりこのかた、宮廷は武力を持つことを禁じられてしまった。といって、幕府が隣国の国師を殺すのを、指を咥えて傍観していられようか。そこでわたしは呼んだのだ、大和の天狗を」

不意に晦然は、背後に人の気配を感じて振り返った。いつのまに——。密かに入ってきたのか、あるいは元よりいたか。巨大な一尺鼻を隆々とそそり立てた白装束の怪人が、平然と胡座《あぐら》をかいていたのである。

亀山院が命じた。

「面をとれ、悪十《あくじゅう》。そして名乗れ」

天狗、さらには悪十とも呼ばれた怪人は小さく点頭すると、両手を後頭部に回し、紐《ひも》を解いた。朱色の仮面が剝離した。

その下から現われた人間の顔を——輒ち直接の命の恩人である男の顔を、晦然は見つめた。まだ若い男だった。一見すると粗削りした容貌ながら、まずは整った顔立ちといっていい。眼が深山の湖のように澄んで、知性がたたえられている。ただしその眼は一つだけだ。刀の鍔《つば》が眼帯代わりに右眼の上に当てられている。子供に慕われそうな陽性で快活な快男児という印象だが、どこか奔放不羈《ほんぽうふき》の色が漂ってもいる。頭は剃らず、髪を纏めて無造作に結い上げていた。後頭部から茶筅《ちゃせん》が突き立っているように見える。その髷《まげ》をザワザワ揺らして晦然に一礼すると、彼は名乗った。

「——柳生悪十兵衛《やぎゅうあくじゅうびょうえ》にござる」

十

「悪十——悪十兵衛の剣の腕は、御坊もご覧になられた通りであろう。もっとも、斬ってはならぬと命じてあったので、悪十は杖を使ったようだが」

「見事な腕前でございました」

晦然はうなずくと、身体を柳生悪十兵衛に向けて頭を下げた。

「愚僧のお命をお救い下さり、寔にありがたく存じまする」

「や、お平らに」

悪十兵衛は、決まり悪げに頭をかきながら云った。

「おれは院に命じられたことをしたまで」

「悪十は、わたしの股肱の臣でな。かかる危急の時、役に立ってくれる。——改めて礼を申すぞ、悪十」

亀山院が労《ねぎら》うように云った。

「何の。いつなりと大和の天狗をお呼びくだされませ。今回は、間に合ったのが幸いでございました」

悪十兵衛が答える。主従の間の親密さを晦然は察した。

「さて、御坊は——」

亀山院は再び晦然に向かって声を発した。

「折角の高麗国よりの賓客だ。時が時ならば国賓として待遇せねばならぬ。いや、平時では、頼んでもおいそれとは来ていただけぬお方であろう。その御坊が非常の手段で海を渡り、わたしもまた非常の手段を以て御坊をここにお迎えいたした。一と月、せめて数日なりとも歓迎の宴を張り、歓待の限りを尽くしたきところ。高麗とはいかなる国か、いろいろと話していただきたい。わたしは禅に関心を有するゆえ、高麗の仏教についても知りたきことが多々ある。また、御坊にもこの国のことを知っていただきたいと思う。高麗と日本は海を挟んだ隣国同士だ。かの寇掠の再びなからんためには如何すべきか——得べくんば、それも話し合いたい。しかし、遺憾ながら時間がない」

「と、仰せられますと？」

亀山院の言葉に同感していただけに、晦然は訝しんだ。

「幕府を侮《あなど》ってはならぬ。何者かが護送使一行を襲撃し、御坊を奪い去ったこと、もはや急報されていよう。時間的に鎌倉にはまだであろうが、ここ京都の六波羅《ろくはら》探題には確実に伝わっていると見なければならない。何者の仕業なりや——彼らは考える。幕府の決定に歯向かった者は誰か、と。疑いの目は、いずれ確実にわたしに向けられる」

「六波羅探題とは？」

「朝廷を監視する目的で幕府がこの京都に設置した」

「この悪十が院に仕えておること、六波羅が知っているとは思いませぬが」

悪十兵衛が口を挟んだ。

亀山院は沈痛な声で応じる。

「北条時村は切れ者だ。こたびの件で知るところとなろう」

晦然は改めて胸を搏たれる思いだ。己が秘刀ともいうべき柳生悪十兵衛の存在が露見する——そこまでの覚悟を以て、亀山院は自分を救おうとしたのだ。

「彼らは御坊の行先も知っている。博多に向かい、成仏せざる高麗兵を回向するのが目的だと知っている。御坊の姿容《すがたかたち》さえも知っている。博多まで各国の関所に御触れが飛ぶだろう。かかる僧侶を通すな、と」

「だから、斬っておけばよかったのです。さすれば——」

不羈というより、無邪気と形容すべき声で悪十兵衛が云った。

「口を慎《つつし》め、悪十」

亀山院は悪戯っ子を叱《しか》るように窘《たしな》め、

「そうなる前に、御坊は出発なされねばならぬ。これより直ちに」

「直ちに？」

「博多まで悪十に案内させる。供養を終えられれば、すぐに高麗へお帰りなされよ。船も用意いたす。幸い、彦山《ひこさん》の修験僧たちが、わたしに意を通じている。彼らを動かそう。悪十、お前に院宣を託す」

「御意」

悪十兵衛はするすると膝行《しっこう》した。御簾がわずかに巻かれ、奉書が渡されると、

「では、御坊」

晦然を促した。

晦然はいったん腰を上げかけたが、思い直して再び膝を揃えた。

「暫く――。院よ、今、暫くの間、愚僧の言葉に耳をお傾けいただけませぬか」

「何であろう」

「愚僧が命を賭して海を渡ったのは、勿論《もちろん》、無念の思いを含んで博多湾に沈みし高麗の兵士を供養するためでございます。この真情においては何一つ嘘偽りがない。しかるに、今一つの目的あり。――いや、と申して、貴国の現状を偵察することには非ず。日本で何を見、何を聞いたか、高麗に戻った後に一切喋るつもりはござりませぬ。ただ、貴国の為政者に是非とも質したき一つの問いかけを有しているのです」

「その問いとは?」

「日本はなぜ蒙古を撃退し得たのか」

「…………」

「我が高麗は蒙古に屈し、いかで日本のみ撃退することが叶ったのか――この問いでございます」

「…………」

「仏の道を歩む者として、言葉を換えて申し上げれば、仏の加護はなぜ日本にのみあったのか、となりましょうか」

「仏の加護――」

「我が高麗の仏教は、その建国当初より鎮護国家を第一義とする護国の法でした。蒙古侵入の国難を顧みず学問参究に〝潜蹤秘跡〟していたこの愚僧でさえも、日々、文殊五字呪を念誦し、仇敵退散の祈りを怠ることはありませなんだ。高麗は国をあげて仏に祈っていたと、さよう申し上げても過言ではございませぬ。蒙古と抗戦しながら八万大蔵経を再雕《さいちょう》したのは、その最たる表われでございましょう」

大蔵経――蔵は、すべての教理を収蔵するの意味で、仏の説法である「経」、僧の戒である「律」、教理の議論である「論」の、いわゆる三蔵からなる仏教聖典の総集だ。高麗では、成宗《ソンヂョン》十年(九九一)、韓彦恭《ハンオンゴン》が「北宋勅版大蔵経」を将来し、自前の板刻に乗り出した。当時、高麗は北の強国契丹帝国の軍事的圧迫を受けていたので、その侵攻を仏力で撃退すべく、国家事業として大蔵経の造版を図《はか》ったのである。その甲斐あってか、契丹軍の三度に及ぶ侵略を攘《はら》うことができた。ところが、契丹には効いたこの大蔵経も蒙古には力を発揮せず、所蔵先の符仁寺ごと版木は灰燼《かいじん》に帰してしまった。これに懲りず高麗は、やはり仏力で蒙古軍を撃退すべく、新たな大蔵経の雕刻に取りかかったのである。この再雕大蔵経は板数が無慮八万枚余りあることから「八万大蔵経」とも別称される膨大なもので、抗戦期間中、完成までに十六年の歳月を要した。が、そこまでの努力を傾けても、仏は願いを叶えてくれなかった。高麗が蒙古に降伏するのは、八万大蔵経の完成から八年後のことであった。

「――仏は高麗を見放したのでございましょうか。聞くところに拠れば、貴国の日蓮なる僧侶は蒙古の襲来を予見し、その対策を広く訴えたとか」

「待たれよ」

亀山院は片手を上げて晦然を制した。

「日蓮はともかくも、我が国とて同じだ。国をあげて仏の御力に縋ろうと祈った。各地の寺では、異敵降伏の祈願、祈禱が連日のように行なわれた。その声は天に響き、山川草木を揺るがした」

「おお、やはり日本も――」

「さよう。仏に祈り、神に祈った」

「神？　さて、神とは？」

晦然の問いかけに、不意に亀山院は沈黙した。代わって柳生悪十兵衛が云う。

「御坊、蒙古と高麗の水軍が、二度までも大風でやられたことは知っておられよう。御家人どもは、その大風をこう呼んでいる。神風と」

「神風ですと？　仏風でなく？　なぜでござろうや」

「そ、そこまでは考えたことはないが、祈りに応じた神の力で吹いた風だからだろう」

悪十兵衛は、面喰《めんく》らったように晦然を見返した。

〈何なのだ、彼らのこの途惑いは……〉

晦然のほうこそ二人の反応に面喰らわざるを得ない。

このとき亀山院がようやく口を開いた。

「もしや、御坊、高麗には……」

晦然はうなずいて答えた。

「神なるもの、高麗にはござりませぬが」

十一

夜の明けきらぬうちに二人は出発した。柳生悪十兵衛は従来の通り山伏の姿だ。ただし刀鍔の眼帯の代わりに、経文が書かれた白布を斜めに巻いている。晦然も同様に山伏に身を窶《やつ》した。迅速《じんそく》な行動が幸いしたか、摂津《せっつ》、播磨《はりま》、備前、備中、備後、安芸《あき》、周防《すおう》と陸路を急ぐ二人の旅は順調だった。街道の関所、関所に手配の御触れが回っている様子はなく、豊前国彦山の山伏であることを証明する往来手形を示せば、どこもあっさり通過することができた。二人は祖父と孫を装っていた。柳生悪十兵衛は二十二歳と云う。七十八歳の晦然とはそのような間柄を称しておかしくない年齢差であった。

道中、徒然に交わす話から、晦然は悪十兵衛の素性《すじょう》をほぼ知った。柳生一族は、大和国春日神社の神人の家柄で、悪十兵衛の父である柳生大膳永家は、大柳生、坂原、邑地《おおじ》、小柳生と四つの郷があるうち小柳生ノ庄の領主ということであった。悪十兵衛は大膳永家の嫡男に生まれ、幼い頃から剣の腕前に頭抜けた天稟《てんぴん》を発揮した。独学でさまざまな剣術を編み出し、長ずるにつれ剣で身を立てる誓いを己に立てた。

「いつの日か、我が剣術を柳生流と名付け、日本六十余州に広めるつもりでござるが、そのためには

──」

剣術者として名をなすより、まず有力者の引きを得ることが肝心であった。時代は北条一族が栄華を極めている。その汁に群がる者で已に厚い層が形成されており、今さら悪十兵衛の割り込む余地はない。そこで彼が目をつけたのが朝廷であった。亀山院が触れたように、六十二年前の承久の乱によって宮廷は軍事力の保持を禁じられていた。悪十兵衛の売り込みを、亀山院は待っていたように受け容《い》れたのである。

「拙者、北条の世はそう永く保たぬと踏んでおります。いずれ天皇親政の世が必ず来るであろうと。かくなれば、我が柳生流剣術は天皇の剣術、輒ち日本の剣術として江湖に迎えられ、拙者の宿願は果たされると存じております」

悪十兵衛は快活に己の志、夢を語った。そこまで話さずとも、と思われることまで明け透けに喋った。命の恩人との意識からではなく、一個の好青年として、次第に晦然はこの柳生悪十兵衛という純な若者に魅かれていくものを感じた。祖父と孫を装って話していると、ある瞬間、自分はほんとうに悪十兵衛の祖父なのではと錯覚されることが多くなった。妻を娶《めと》らず、子を生《な》さず、したがって孫などいない晦然には、我ながら不思議に思うしかない心の動きであった。

「悪十兵衛どのは妻帯を？」

「しております。昨年、初めての子を得たばかり」

「ほう、男児か女児か」

「男にござる。敬愛する父永家の偏諱《へんき》を頂戴し、永珍《ながよし》と名付けましたが、早いうちに剣術を仕込み、我が柳生流の継承者にせんと考えております」

子供が可愛いというよりも、剣のことしか悪十兵衛の頭の中にはないようであった。しかし、その偏りぶりが少しも厭味でなく、それどころか、この若き剣客の心の涼やかさを感じさせ、晦然はますます好感を抱いたことである。

しかし、惜しむべし、そんな悪十兵衛であっても、晦然が断じて理解できぬ部分があった。彼が仏を信じていないことである。

「仏など、あるものかっ」

その点に関してだけ、悪十兵衛は奔放な口調で吐き捨てるように云うのだ。

「あんなもの、釈迦《しやか》ってやつが作り上げたもので、心の弱い人間がありがたがって飛びついているだけだ。それを信じて、祈りだの、行だの、もう莫迦《ばか》らしくて仕方がない」

晦然を何者か弁《わきま》えたうえでの、この不敵さである。

最初、晦然は驚愕《きようがく》して、

「や、雇い主の亀山院はご存知なのか」

と、窘めるよりも、思わずそのほうを心配してしまったほどだった。

「知らぬわ」

あっさりと悪十兵衛は云ってのけた。

「そんなこと、正直に云うものかよ」

「わしなどにそのようなことを話して、大丈夫なのか」

「お祖父《じい》さまだから話したのだ」

そう返されるや、晦然は陶然となり、仏の否定は仏道に生涯を捧げてきた自分を否定するのと同じだという怒りを忘れ、この罰当たりめがっと叱りつけるのを忘れ、仏の教えを懇々切々と説くことも忘れ、要するに高僧として悪十兵衛を叱咤説諭することなどどうでもよくなってしまい、理解できぬままに彼を受け容れたのだった。

〈――お祖父さまだから、か。フフ〉

相好《そうごう》が崩れた。

悪十兵衛はなおも言葉を継いだ。

「神も同じだ。神など、あるものか。神ってのも、まやかしだ」

「神もか」

亀山院の前で、自ら神風を口にしたのと同じ人物とは到底思われぬ。

「亀山院も、神に祈ったから神風が吹いたと仰せであったが」

「けっ、何が神風だ。神風なんて、糞喰《くそく》らえだ。あんなもの、季節外れの暴風と、季節通りの台風が起こっただけだ」

いつまでも晦然の前で駄々子のような振舞いはないと思ったか、悪十兵衛は照れたように首をすくめ、口調を改めると、

「いや、拙者が懸念《けねん》するのは、神仏に祈れば願いは叶うという、神まかせ仏まかせ、他力本願の風潮が蔓延することなのです。ことに此度の〝神風〟は、国の守りに絡むものだけに、後々悪影響を及ぼす恐れなかからんかと懸念されるのです。日本は神の護り給う神国だからと驕《おご》り昂《たかぶ》り、いずれまた異敵侵略の危機に晒された場合も、神に祈れば必ずや神風が吹いてくれるだろう――そう慢心、楽観してしまうのが何よりも恐いのでござる。国を護るものは、神でもなければ、仏でもない。自己と冷厳に向き合い、現実を見据える謙虚な心と、――剣です」

粛然たる面持ちで悪十兵衛は云い、仏が否定されているにも拘らず晦然は不思議な感銘を受けた。

「そして、剣を以てしても、時に敗れるを覚悟しておかねば。ともかく、神仏を信ずるなど百害あっ

て一利なし。この悪十兵衛、よし神に遭わば神を斬り、仏に出くわせば仏を斬る所存でござる。これを柳生流剣術の口伝として、子々孫々受け継がしめるつもりでおります」

「悪十兵衛どの」

「悪十と呼び捨て下され、お祖父さま」

「血気の剣術者なだけかと思うておったが、なかなかの哲人だな、悪十は」

「何、鉄人ですと？　おう、如何にも鉄人悪十でござる」

悪十兵衛は陽気に笑ったが、また冷静に立ち戻って、

「いや、神を信じることの利は、一つだけあると申せましょう」

「ほう、それは」

「此度の元・高麗連合軍との戦い、我が国の武士は皆、神を奉じて戦いました。互いに利害を異にする武士たちが、それなりに一致団結、一つになって戦えた。これは同じ神を、日本の神を信じていたればこそ、です」

「日本の神――自国の神を、か」

「残念ながら、仏に、そのような効能はござらぬ。仏は所詮、蕃神なれば」

「や、まさしく……」

確かにそうであった。悪十兵衛にして見事に喝破《かっぱ》してみせた如く、仏とは、元を糾せば蕃神――異国の、インドの神なのだ。仏に祈るとは、輒ち異国の神を拝み、その効能に縋るということであった。それでは、自国の神を戴けば、勇猛果敢に戦えるというのだろうか。

神、神、神――。神なき国に生まれた晦然には、いま一つその感覚がわからない。自国の神とは何であろう。以前、彼に言葉を教えた日本人僧侶からは、日本では仏のみならず神への信仰が盛んであ

ると聞いていた。神とは、厠《かわや》神や竈《かまど》神など土着の淫祀《いんし》邪教の類いならんと、その時は気にも留めなかった。かかるものなら、高麗にもあるのだ。だが今にして知る——日本の神は固有の名前があり、系譜があり、それらを祭る社があり、どのような活動をしたかさえも古記録に留められているという。つまり高麗における土俗信仰とはまったく別ものの体系であるようだ。

しかも神への信仰と仏への信仰が、半々で共存しているとは！　拮抗ではない、共存なのだ！　もっと正確にいえば、半々で共存しているのではなく、「本地垂迹《すいじゃく》」などと云って、完全に重複して共存しているらしいのである！

晦然の感覚からすれば、あり得ないことであった。否、否、否、断じてあってはならないことであった。しかし現実には、そのあってはならない日本が蒙古軍を撃退し、高麗は惨めに降伏したのではなかったか。この彼我の差は何か——。

ただ一つ、神の有無である！

〈神を知らねばならぬ、日本の神を知らねばならぬ、国に神があるということ、国家的な神があるということを知らねばならぬ〉

急くような気持ちで晦然はそう思った。だが、その点、悪十兵衛はまったくの役立たずだった。春日神社の神人の一族であるというのに、神を否定し、剣神ならば信じると言い放って憚らぬこの愛すべき青年剣客は、晦然の問いを満足させるほどの知識を有してはいなかったのである。挙句、答えに詰まると、悪童に戻った口調でこう放言した。

「神なんて、所詮捏造《ねつぞう》だ。天照大神《あまてらすおおみかみ》、素戔嗚尊《すさのおのみこと》だとか云っても、どうせ後から勝手にでっちあげたものに決まってる。でなきゃ、先祖を神と呼んでるだけだ。高麗に神がいないのがそんなに気になるのなら、お祖父さまが造ればいいじゃないか、高麗の神を」

十二

満月が皓々《こうこう》と夜道を照らしている。歩けば歩くほど山中の奥深くに分け入ってゆく、そんな感覚で、人家の灯かりなど期待できそうになかった。月明かりだけが頼り——と云いたいが、なまじ今夜は望月だからと、日暮後も足を延ばした結果が、宿を逸することになってしまったのだ。今さら引き返すもままならぬ。連日の強行軍が災いし、晦然の両脚は棒切れのようであった。

「すまぬ、お祖父さま」

悪十兵衛が呻《うめ》くように云い、足を止めた。お祖父さま——今ではすっかりそれが口について、人前でなくとも自然にそう呼びかけている悪十兵衛だ。

「おれが判断を誤まった。やはり先の宿場で泊まるべきだった。今日中に赤間ヶ関に着いておこうと焦《あせ》ったのが原因だ」

悪十兵衛が焦るのも無理からぬ理由があった。恐れていたことが——晦然の人相書きが本夕刻、竟に関所に出回り始めたのだ。幸いにも、実物とあまり似ておらず、今日のところは無事に通り抜けられたが、この先、詮議の厳しい関所によっては、足止めを喰らうことも考えられる。悪十兵衛は、手配書が九州に伝わるより先に、赤間ヶ関から海を渡ってしまおうと気を逸《はや》らせたのだった。

「おまえの落ち度ではない、孫よ」

晦然のほうもすっかり祖父気取りだ。

「わしも禅師、いや山伏。野宿は厭《いと》わぬ」

「いや、野宿など、お祖父さまにそのようなことはさせられ——」

悪十兵衛は突然言葉を切ると、振り返って大きく伸びをした。今来た山道に左眼をじっと向け、

「――灯かりが、二つ」

と呟くように云った。

晦然も月明かりの中、目を凝らしたが、果たして二つの灯火が見えてきたのは、それから暫くしてからであった。いったん見え出すと、尋常ではない速さで近づいてきた。

「何やら急いでおるようだが」

「確かにただごとではなさそうな――」

囁き交わす間にも、灯かりは接近した。こちらに気づいたと見え、はっと足を止めた。

「どなたじゃな」

怯えた声がかけられた。提灯を手にした六十代と見える僧侶と、中年の下男だった。

悪十兵衛が答える。

「怪しい者ではございませぬ。見ての通りの山伏です。卒爾《そつじ》ながら、御坊はこの近くの？」

「すぐ先に、阿弥陀寺という寺がある。そこの和尚をつとめておる阿部定光《じようこう》と申す」

「これは助かりました。祖父に連れられ彦山に参ろうと急ぐ余り、このような有様に。山伏なれば野宿も厭わぬところですが、何分にも祖父は高齢、困っておったところです」

「ならばお泊めいたそう。ついてこられよ」

あっさりうなずくや、定光和尚は再び歩き出した。いや、風のように駆け出した。その後を下男が無言で追う。謝辞を口にしかけた悪十兵衛が、あっけにとられて見送った。定光と下男の後姿は、みるみるうちに遠ざかってゆく。

「御免――」

晦然は悪十兵衛に背負われていた。

〈──おお、孫の背に！〉

歓喜が晦然の胸を心地よく満たす。

悪十兵衛は、あっという間に定光に追いついた。山道は下り坂になっていた。

「不躾なことを訊ねますが、なぜそのようにお急ぎになるのです？」

「一刻も早う寺に帰らねばならぬのじゃ」

息を荒く弾ませて定光は答える。

「通夜に呼ばれて已むなく寺を空けたが、嗟乎、一人残したあの子の身が案ぜられる」

「あの子とは？」

「お話を拒むいわれはないが、お若いの、寺に戻るが先じゃ」

その寺はすぐに見えてきた。さほど古びていない小さな寺刹であった。海──壇ノ浦が近いのか、静かな夜気に潮騒の音が不気味に響いている。

寺門を潜ろうとして、いきなりそれは起きた。このとき四者は四様の対応を示した。まず下男は、まったく何も感じぬように、すたすたと歩みを止めず、真っ先に門を潜っていった。定光和尚は足を止めた。総毛立った蒼白の顔で辺りを見回した。悪十兵衛に背負われた晦然は、カッと目を見開き、両手を合わせると、咄嗟《とっさ》に高麗語で文殊五字呪を念誦した。そして柳生悪十兵衛は──。

彼の反応は、二人の僧侶に時間差でこそ一瞬遅れたが、ド派手な振舞いでは頭抜けていた。左手を背へ、晦然を支えるべくその腰へ回したまま、右手で大錫杖──実は仕込み杖を抜刀するや、

「天魔覆滅！」

鋭く叫ぶと同時に、虚空に斬りつけたのである。

悪十兵衛の声に、下男が仰天して振り返った。悪十兵衛は何を断ったのか——。定光の眼にも、晦然の眼にも、虚空しか映じなかった。当の悪十兵衛の左眼にも、だ。

が、怯しむべし、数瞬遅れて、

「お、おのれっ」

何も見えぬ空中から、歯軋《はぎし》りするような声が四人全員の耳に聞こえ、次いで悪十兵衛の足元に何かがバサリと落ちてきた。

「こ、これは」

悪十兵衛は思わず後退した。

誰もが顔色を変えた。提灯の灯かりに照らされた、一摑みほどの血塗れの肉塊——眼を凝らせば、表面に墨で文字が書きつけられているふうだったが、あらかた血に押し流されていて読み取れない。

「——い、陰茎ではないか！」

悪十兵衛が吐き出すように云った時、定光が狂ったように叫んだ。

「芳一《ほういち》！　芳一！」

提灯をその場に擲ち、寺門を潜ると、下男を突きのけ、まろぶように駆けてゆく。

「和尚さまっ」

下男が慌てて後を追い、晦然を負ぶったまま悪十兵衛も続く。

墓地であった。海のそばの墓地。苔むした一群の墓石が月光に照らされ、荒涼たる光景だ。定光は墓石群を抜け、奥まった一画に走り込んだ。ひときわ立派な墓石の前に、誰かが倒れて呻き声を上げていた。

「芳一！」

定光は身を投げるようにして、その者を抱き起こす。

悪十兵衛の背の上から晦然は一部始終をはっきり見ることができた。倒れていたのは若い僧侶だった。雪を思わす色白の、絵に描いたような美少年である。しかし異様なことには、その顔一面に経文がびっしりと墨書されているのだ。苦痛に悶《もだ》える顔は艶めかしくもあった。傍らに、枇杷《びわ》を半分に割ったような不思議な形の弦を張った楽器が転がっていた。少年僧の僧衣は下半身がはだけられ、すべすべと引き締まった臀部から足までが露わになっている。月光を露のように含んだ白い肌、そのどこにも顔と同じように経文が書き込まれている。だが見よ、股間を。そこには、あって然るべきものがなく、一面の鮮血に塗れて、酸鼻の極みを呈していた。血が今も噴き出しているところを見れば、惨劇が行なわれて間もないのだ。

「芳一、許しておくれ、わしが、わしが悪かった!」

定光の絶叫に泣き声が混じった。

「御坊、早う手当てを」

促した悪十兵衛の背中が不意に強張り、動きが止まった。何かを凝視している。晦然はその視線の先を追った。悪十兵衛は少年僧の前にある墓石を見つめていた。刻まれた字を晦然は声に出して読んだ。

「——安徳天皇ノ墓」

十三

悪十兵衛が井戸水で手を洗っている。その背に晦然は称賛の言葉をかけた。

「見事な手並みだ。剣客どころか、立派な医師ではないか」

「あれは剣客のたしなみでござる、お祖父さま」

手拭を差出した晦然に一礼し、悪十兵衛は手を拭き、顔をぬぐう。

瀕死の少年僧に措置を施《ほどこ》したのは悪十兵衛だった。定光は薬草を煎じる知識が少しくあるだけで、外科的な手当てとなると、まったく役に立たなかった。悪十兵衛は困難な場所に的確な止血をし、熱した刃で傷口を焼き、携行していた塗り薬を塗布した——それだけの手順であったが、晦然の目から見ても実に鮮やかな腕前だったのである。彼は心から云った。

「何とも心強い孫だ。誇りに思うぞ」

二人は庫裏《くり》に戻った。

布団に寝かされた少年僧の横で、定光が放心したように坐り崩れている。悪十兵衛がのっそり入ってゆくと、何度も頭を下げた。

「ありがとう存じまする、ありがとう存じまする」

「この子よりも、切り取られたアソコのほうが御坊には大事なのではないか」

悪十兵衛が唇を歪《ゆが》めて嗤《わら》った。定光は力なくうなだれる。

「これっ」

晦然は悪十兵衛を軽く窘め、

「さあ、説明してくださらんか。これはいったいどういうことでござろう」

穏やかな口調で晦然に促され、定光は涙ながらに喋り始めた。

「……この阿弥陀寺は、もとはと申せば壇ノ浦に沈んだ平家の一門の魂を慰めるために建てられたものでございました」

晦然は聞かされた。源平の戦いを、その最終決戦である壇ノ浦の水戦を。平家に担がれた幼帝安徳天皇の悲劇の入水を。——壇ノ浦一帯は、亡びた平家の怨霊が跋扈《ばっこ》する魔界となったのだ。夜ともなれば、幾千もの鬼火が波打ち際を乱舞し、昼だというのに沖合いからは吶喊《とっかん》の叫びが聞こえてくる。海を泳いでいると美しい女御が現われ海の底に引きずりこもうとする。あるいは鎧武者が船を沈めようとする……。

阿弥陀寺が建立され、墓地が造られ、僧侶が経を読み、香を焚くようになってからは、そうした怪異も回数を減じた。が、おさまったわけではない。奇怪な現象は今もときどき起こる。それは、多くの平家の人々がまだ成仏していない証であった。

「芳一は、僧ではありませぬ。僧の姿で琵琶を弾く琵琶法師にございます——」

親に死に別れた盲目の美少年芳一を定光は引き取り、庫裏に住まわせた。それが目的であったので、ほどなく定光は芳一を己の稚児とした。芳一は、最初いやがる素振りであったが、すぐに男色の味を覚え、自分から甘えて縋りついてくるようになった。庫裏から夜ごと艶めかしい喘《あえ》ぎ声が洩れ始めた。鬼火が群れ飛び、血塗れの鎧武者の怨霊が跳梁する魔界の最前線で、男色の爛れた愛欲図が描かれたのである。

そんなある日、夜明け前に目を覚ました定光は、芳一がこっそりと外から帰ってきたことに気づいた。行先を問い詰めたが、黙して語らない。

〈さては芳一め、他に男ができたか〉

自分だけのものと思っていた盲目の美少年芳一が、どこの誰とも知れぬ男に抱かれ、深々と背後から貫かれ、雪のように白い裸身を悶えさせ、あるいはその者の魔羅を咥えている情景を妄想して、定光は逆上した。

その翌日——つまり昨夜のことだが——情交が終わると、定光は睡魔が襲ってくるたび手に針を刺して堪え、やがて芳一が外に出てゆくと、その後をひそかに跟《つ》けた。

雨の中、いったん姿を見失った。と、琵琶の音が聞こえてきた。墓地の方角である。曲目は、芳一が得意とする平家物語の壇ノ浦の段であった。定光は跫音《あしおと》をしのばせ、墓地に入った。そして見た——。あちこちの墓の上に無数の鬼火がゆらゆらと揺らめく中、最奥に位置する安徳天皇の墓前で、琵琶をかき鳴らしながら、声高く、一心不乱に歌っている芳一の姿を。

「……音から察するに鎧武者と思しき男に導かれ、どこかの武家屋敷のようなところに招かれ、高貴の人々の前で壇ノ浦の段の弾き語りを所望されていた——芳一はそう申しました。平家の怨霊に取《と》り憑《つ》かれたに違いない、と拙僧は察しました」

驚いた定光は芳一に説いた。——一度死人の云うことをきくと、いつまでも死人の云う通りにならねばならず、拒めば八つ裂きにされてしまうのだぞ。すると芳一は唇を震わせて答えた。——琵琶を六日のあいだ聞かせよと命じられております。これで五夜、あと一夜で、今夜で六日目となります、と。

嗟乎、と定光は天を仰いだ。芳一のそばにいて護ってやりたいが、今夜はどうしても断れない弔いに出なければならぬ。そこで、妙案を思いついた。

日が沈む前、定光は人を遠ざけ、芳一と二人、庫裏に籠った。芳一を裸にすると、自分も着ているものを脱ぎ捨てた。そして筆で少年の胸、背、頭、顔、耳、鼻、首、手足、足の裏——と、体中どこにでも、可愛いお尻の穴にさえも、般若心経の経文を書きつけていった。

「和尚さまったら、くすぐったァい！」

芳一が嬌声をあげた。期待を含んだ艶めかしい声だった。そして、男色の手練手管に熟練した老僧による連日連夜の痴戯に馴染《なじ》みきった若く瑞々《みずみず》しい身体が、こんな場合だというのに、堪らず反応を示し始めた。

「これこれ、芳一。尊いお経なのじゃぞ」

そう窘めながら、定光もまた淫《みだ》らな欲望を募らせ、咽喉を鳴らす。せめて一回。だが如何《いかん》せん、出かける時間が差し迫っている。

「わしが戻ってくるまで、我慢するのだぞ」

若々しさ漲る竿の先端に透明な雫《しずく》が盛り上がっているのを名残惜しげに見つめ、手遊びを禁じると、さて最後に残った陰茎に筆を走らせようとして、このとき定光は仏道の者らしからぬ邪まな思いを起こした。

――初めに疑念した如く、もしも芳一に別の男がいて、自分を欺《あざむ》いているのだとしたら？

――安徳天皇の墓前で琵琶を弾いていたのは、そのための芝居だったとしたら？

――今夜も、法事をいいことにその男に抱かれに行くのだとしたら？

〈許せぬ！〉

定光は嫉妬に狂った。他の男に抱かれて喘ぐ芳一――嫉妬は不思議にも更なる興奮を呼び起こし、その興奮は、芳一が瀕している霊的危機の重大さを彼に軽視させた。

〈これだけ全身に般若心経を書きつけたのだから、ここはもういいじゃろう。いや、こうしてやろうかのう〉

九仞《きゅうじん》の功を一簣《き》に虧《か》くとは、まさにこのことであった。

「フフフ」

忍び笑いを洩らすと、定光は可愛い芳一の陰茎に筆を走らせた。

ぢやうくわう
はういち
裏筋を挟んで両側に二人の名を記し、念には念を入れて表側にも書いた。名も知らぬ男の、芳一を裸に剝いた瞬間の興醒《きょうざ》めした顔を想像して、定光は呵々大笑をかみ殺しつつも、声だけは厳かに云った。

「これでよし。呉々《くれぐれ》も独り手遊びなどいたすでないぞ。尊いお経が、おまえの淫らな汁で消えてしまおうからな。さすれば、平家の怨霊に見つかりかねぬわ」

悪十兵衛は茶筅髷の先から黒煙を噴き上げんばかりに激怒した。

「な、な、何という大たわけだ！」

「芳一を迎えに来た平家の怨霊には、経文の書かれておらぬ陰茎だけが見えたのだ。よって怨霊は、陰茎を持って帰って証拠にしようと考えたのだ。そこにおれたちと出くわしたわけだが——なあ、お祖父さま」

晦然は、暗然とうなずくのみだった。呆《あき》れてものも云えぬ。おそらく悪十兵衛の指摘する通りの真相であろう。愚かにも限度というものがある。

定光はすすり泣きを始めた。

「わしの手落ちだ、ひどい手落ちだ。ほんとうに、わしが悪かった……あんな悪戯心を起こしたばかりに、わしの大切な……いや、おまえの大切な……と、ともかく、わしの罪じゃ。ああ、ほんとうに気の毒なことをしてしまった……」

　ひとしきり泣いていたが、苦悶の表情で眠っている芳一ににじりよると、涙にまみれた顔にしなをつくりながら、甘く囁くように云った。

「じゃがな、喜ぶがよいぞ、芳一。危険は通りすぎた。二度と恐ろしい客の来ることはないだろう」

「どこまでたわけだ」

　悪十兵衛が大声で息巻き、我慢ならんとばかり立ち上がった。定光はぽかんと口を開けて悪十兵衛を見上げる。

　晦然は悪十兵衛に代わって云った。

「まだまだ安心はならぬ」

「どういうことでございます」

「平家の怨霊は目的を達せなんだ。証拠となる陰茎を持ちかえることもできなんだ。必ずや、芳一を奪いに押し寄せて参りましょう」

「お、押し寄せる？」

　定光の声が裏返った。

　この時、晦然の耳は、鎧のたてる音を鋭敏に聞きつけた。鉄板と皮革のこすれ合う音。ザッザッザッと、この庫裏に近づいてくる。一人や二人ではない。もっと大勢だ。晦然は悪十兵衛を見た。已に悪十兵衛は床から仕込み杖を摑みあげている。

「和尚さまっ、大変だっ」

　庫裏の扉が勢いよく引き開けられ、下男が飛び込んできた。

「平家の亡霊武者たちが攻めて参ってございますっ」

外には、いつのまにか濃い霧が立ち込めていた。開け放たれた扉から、乳白色の霧粒が庫裏の中にまで流れ込んでくる。その一面の紗幕を見透かすまでもなく、鎧武者たちが庫裏を取り囲んでいるのがわかった。

十四

「……へ、へ、へ、平家の、ぼ、ぼ、ぼ、亡霊軍団っ」

定光が魂消た声をあげて腰を抜かした。

「たわけ」

悪十兵衛は罵った。これで三度目である。

「あれは亡霊に非ず、生身の人間だ。芳一ではなく、おれたちに用があるのだ」

やや年嵩の武士が、背後に二人の若い郎党を従え歩んできた。

「定光和尚はおわそうや」

悪十兵衛が無言で定光を指し示す。武士は眉根《まゆね》を寄せた。

「これはしたり。我らを見るなり、平家の亡霊と見間違えたるは、そこな寺男の粗忽《そこつ》、早とちりなれど、阿弥陀寺の住持ともあろう者が、何と不様な。だが、もはや和尚はよい。当寺に、山伏の老人が宿を借りてはおらぬか訊ねるつもりだったが、その必要はなくなった――」

武士の視線が定光から晦然に移動した。

「わしは周防守護職、北条忠時と申す。昨年より長門守護も兼ねておる」

晦然は頭を下げた。

「お役目、ご苦労に存じまする。して、いかなるご用向きにございましょうや」

「高麗国から、晦然なる老僧が密入国いたした。その実、我が国の虚実を探らんと図る諜者なりという。目的地は博多。おそらくは源義経の故事に鑑みて、山伏姿に身を窶しているものと推察される……さような触書きが六波羅探題より届いたのだ。本夕刻、人相書きにはさほど似ねど、老いたる山伏が一本松の関所を通ったという報告が、先ほどになってわしのもとに上がって参った。そこへ折りよく——」

「わたくしが、その高麗僧だと？」

晦然は敢えて武士に膝を進める。

「高麗の僧侶？　ばかな、おれのお祖父さまだぞ」

悪十兵衛が喚きながら割って入った。まくしたてて煙に巻こうという肚らしい。が、その目論見《もくろみ》は直ちに頓挫《とんざ》した。北条忠時の背後から素襖《すおう》姿の武士が現われた。顔は正面を向いているのに、身体はやや斜め右にずれている。その首には白い布が巻かれていた。

「また会うたな、晦然国師」

兼盛であった。意外なり——しかし晦然はこの時、自分の顔が毛筋一つ動いていないことに満腔の自信があった。

「どなたじゃな」

「これはご挨拶な。山伏姿がようお似合いでござるなあ」

「わしはただの山伏。晦然国師と申す者ではございませぬが」

「山伏問答をするつもりはない。国師、わたしはな、この首が治るのを待てず、馬を飛ばして参ったのだ」

兼盛は右手をあげてわざとらしく首筋をさすると、今度はその鋭い目を悪十兵衛に向けた。

「ほう、片眼か。そこの若い連れが、もしやあの時の天狗と見たが――如何」

「お祖父さま、この者、国師だの天狗だのと、何を申しておるのだ」

「わからぬ」

困惑の態で晦然は悪十兵衛に応じる。しかし、恐れていたことが現実になったという思いが、次第に胸に冷たく込み上げてきた。

「兼盛どの、間違いなきか」

北条忠時が訊く。

「万に一つも見間違えなどいたそう」

きっぱりと兼盛が応じた。

「わたしたちを、どうなさるおつもりか」

晦然は悪十兵衛の動きを横目で窺いながら問う。悪十兵衛はさりげなく大錫杖を握っているようで、間髪を入れず抜打ちにもちこめる体勢だ。

「国衙《こくが》に連行して取り調べる。その後は、鎌倉からの指示次第となろう」

忠時は答えると、悪十兵衛を指差して、

「そのほう、巧みに杖を操るそうな。さぞや腕に覚えがあるのであろう。だが警告しておこうぞ。わしは手練の五十人を引き連れて参った。老人を庇って彼らを斬り伏せる自信あらば、存分に刃向かうがよい。お前が何者かは、いずれじっくり詮議してつかわす」

「たわけ」

悪十兵衛は大錫杖を振り立てた。

「このおれさまを相手に、たったの五十人ぽっちか。よし、長門の国衙など、この錫杖一本で撃ち滅ぼしてやろう！」

不動明王の如き勢いに、忠時と兼盛が思わず後ずさりして、外に待機中の武士たちに捕縛を命じようとした、その時である。慮外の叫び声が聞こえてきた。

「――亡霊だっ、平家の亡霊だぞっ」

「――平家の怨霊が出たぞっ」

忠時と兼盛は顔を見合わせ、二人の従者とともに庫裏の外へと身を翻した。

「何事だ。――あっ」

晦然は悪十兵衛を促して庫裏を出た。忠時と兼盛、そして二人の従者は、こちらに気づく余裕もなく、魂を抜かれたように戸口に棒立ちになっている。

忠時が五十人と云った通りであった。鎧兜に身を包み、刀と弓で武装した武士の一団が寺の境内を埋めていた。だが、彼らは庫裏に背を向け、太刀を抜いて闇雲に振り回しながら、口々に「平家の亡霊」を叫び立てているのだった。

「どうしたのだ、彼ら」

悪十兵衛は毒気を抜かれたように、きょとんとした顔になった。

「おまえには、あれが見えぬか」

「見えるとも。ありゃ猿の群れだな。何が手練五十人だ。霧に怯えて、猿のように騒いでおるわ」

晦然は得心《とくしん》した。では、悪十兵衛には見えていないのだ。武士たちには見え、晦然の網膜にもありありと映じているあやかしが、霊的存在が――。

武士たちが恐怖するのも無理はない。晦然にしてからが、これまでに一度として覚えたことのない戦慄が幾重も背筋に走るのを禁じ得ないのだ。深い霧の中から、もう一つの武士団が出現していた。うねるような霧の流れに合わせ、不気味に進撃してくる。まず圧倒されるのは、その数だ。何百——いや、霧の中には、さらに何千もの武士が後続しているかと思われる。次にその姿である。まともな者など一人としてない。鎧は朱に染まり、矢があちこちに突き刺さり、片脚のない者、両腕とも失った者、剰《あまつさ》え首を斬り落とされた者までが、血塗られた太刀を引っ提げて歩いてくるのである。皆、凄まじい形相をし、その口からは呪詛のような声が洩れ、夜気をどよもしている。

平家の亡霊——では、やはり全軍こぞって芳一を奪いに来たのだ。偶然にも居合わせた長門国衙の面々こそ不運なれ。

「——芳一、芳一はいずこぞ」

「——芳一ィ、芳一ィ、芳一ィ」

「——芳一を寄越せえ」

「——あの琵琶、も一度聞かせよかし。いや、いっそ芳一を海の底に久遠《くおん》に留めおかん。不幸なる幼帝のため、毎晩琵琶を弾語りさせてお慰めいたそう」

亡霊たちの叫びが満ちた。

長門国衙の武士たちは忽ち亡霊の渦に呑み込まれた。と、あちこちで血飛沫《しぶき》が噴きあがって、白い霧幕を一瞬赤く染め、その後を追うように首が、手首が宙を飛んだ。武士たちは同士討ちを始めたのだ——錯乱の余り。またある者は、刀を捨て、弓を投げ、地面に顔を埋めた。

「や、や、や」

漸く悪十兵衛も妖《あや》しの気配を感じたか、うろたえ気味の声をあげる。

「平家の亡霊が？」

「そのようだ。このままには捨て置けぬ」

亡霊軍団の先鋒は、もう目と鼻の先にまで迫っている。晦然は前に進み出ようとした。だが、足が動かない。いつのまにか忠時たちは腰を抜かして倒れ込み、いざり寄ってきた兼盛が足首に縋りついているのだった。

「どうかお助けくだされ、国師」

蒼白の顔で晦然を見上げる。

「そのつもりだよ。手をお離しなさい」

晦然はやさしく云った。だが、兼盛の手は膠着したように足首を握ったままだ。やむなく晦然はその場で瞑目し、合掌した。——大事をなすなく徒《いたずら》に年をとることを、馬齢を重ねるという。今年で六十五歳となる自分の法臘《ほうろう》も、畢竟《ひっきょう》馬齢なのであろうか。いや、そうではない。そうでないことを、彼は自身のために証明してみせなければならなかった。その時が、今であった。怨みの深きゆえに、未だ安らかに眠ることのできぬ者たちを成仏させてやることで。

この時、晦然は高麗の国師でもなければ大禅師でもなかった。不惜身命《ふしゃくしんみょう》、ひたすら経文を唱える一僧侶に過ぎなかった。

——どのくらい時間が経ったのか。晦然は肩に手が置かれるのを感じ、読経を止めた。

「亡霊たちは、去ったようだ」

悪十兵衛が云った。

晦然は辺りを見回した。間もなく夜明けなのだろう、寺域は仄かに明るい。東の空が何かを祝福するように薔薇《ばら》色に荘厳され、晦然は充ち足りたものを覚えた。霧は消え去っており、武士の死体が散らばっているのが見えた。その数、十体前後であろうか。同士討ちによる被害は、思ったほど多くなかったようである。生き残った武士たちが、晦然を伏し拝んでいた。間近では、兼盛ら四人も晦然に向かって合掌している。

背後から、定光の感にたえたような声が聞こえてきた。

「……何ということじゃ、あれほど頑《かたく》なに成仏を拒んでおった平家の者たちが……これは奇蹟じゃ、仏の功徳じゃ……さぞや名のある高僧に違いあるまいて……南無阿弥陀仏、南無阿弥陀仏……」

十五

眼下に打ち寄せる白い波を晦然はじっと見つめて動かなかった。海は紺碧に映じ、沖合い遥か、水平線の彼方まで、その鮮やかな色を保っている。この海が、かつて血の色に染まり、無数の死体を漂わせていたとは信じ難い。それも二度までも。だが海の底には、供養を待つ数万の高麗兵が今もなお成仏できぬ怨みの声を上げているのだ。

——阿弥陀寺の奇怪な一件から、三日が経っていた。晦然は悪十兵衛とともに宿願の博多の地を踏んだ。壇ノ浦を渡る船は、北条忠時が手配してくれた。忠時に積極的に口添えしたのは兼盛である。さらに兼盛は、晦然と悪十兵衛の身元を保証すべく、長門国衙印を押した公文書を発給するよう忠時に取り計らってもくれたのだった。

その間、芳一の傷は峠を越し、快方の兆しを見せ始めた。といって、失われた陰茎が蜥蜴《とかげ》の尻尾よろしく再生してくるわけもなかったが、とりあえず高熱は下がり、意識も回復した。晦然は芳一の将来を案じた。高麗には中国の文明に倣って宦官《かんがん》という立派な制度がある。それが島国の日本には導入されていないと聞いて、なおさらであった。

晦然のその懸念を、悪十兵衛は豪快に笑い飛ばした。

「なあに、芳一ってやつ、もともと琵琶の腕は確からしいから、平家の亡霊までもが所望したっていうこの怪異が評判になって、魔羅なし芳一とかなんとか呼ばれて有名になるんじゃないのかな、ナハハハ」

まったく悪十兵衛ときたら――と晦然は歎息する。神も仏も信じないといいながら、天魔覆滅を叫んで悪霊に斬りつけることはできるのである。当然の如く阿弥陀寺での怪異を受け容れているのが、晦然には不思議でならなかった。

今、晦然がいるのは、志賀島《しかのしま》というところであった。悪十兵衛がそう教えてくれた。博多湾に向かって突き出した砂州の先端にあって、その名の示す通り昔は島だったが、今は干潮の時にのみ陸続きとなる。悪十兵衛がさらに説明したところに拠れば、志賀島は第二次侵略における主戦場の一つだという。元・高麗連合軍は、この島に上陸し、橋頭堡を確保せんと図ったが、日本軍の猛攻により撃退されたのだった。

今、博多では、元・高麗軍の第三次侵攻に備え、厳戒体制が敷かれている――。北条忠時はそのように云っていた。さもあらん、と晦然も首肯した。現地に入ってこの眼で確かめたところ、成程、博多湾一帯には広範囲にわたって防御壁が今なお営々として建設中であったが、それは緊迫感というよりも、建築現場に特有の雑駁《ざっぱく》な活気に満ちているといったほうが当たっていた。

さらに驚いたのは、僧侶、山伏の出入りは完全に自由だったことである。晦然と悪十兵衛は、この志賀島まで一度も咎められずに来ることができた。理由は簡単だった。命を落とした兵を弔うため、諸国から僧侶、山伏が陸続と訪れているからだ。海岸線に沿って石築地という名の防御壁を構築する工事の土埃に混じって、あちこちで焼香の煙が空に立ち昇っている。人夫たちの野太い掛け声の合間に、読経の声が四方から聞こえてくる。博多は、異国の侵略軍に備える最前線の地であると同時に、弔いの絶えぬ供養の地でもあった。

ここ志賀島の海岸にも今、数十人の僧侶が、個人で、あるいは組になって、それぞれの法要を営んでいた。

〈これだけの僧侶、山伏が回向につめかけながら、誰も高麗兵のために経を読んではくれないのだ〉

晦然は胸が張り裂けそうだった。高麗兵は侵略者なれば、それは是非もない。だからこそ自分が来たのではないか。

〈待っておれ。今、いまそなたらを成仏させてくれようほどに〉

晦然は供養の準備を始めた。準備といっても簡単なものだ。阿弥陀寺の定光和尚が用立ててくれた木魚、香炉、蠟燭《ろうそく》などの仏具をそれらしく波打ち際に並べ、後は経を唱えるだけである。本来は、そのような道具すら必要ないのではと思う。自分はそれを阿弥陀寺で証明してみせたではないか。あの一件は、晦然に僧侶としての自信と誇りを取り戻させてくれた。平家は済んだ、次はいよいよ高麗兵の番だ。

晦然はちらりと悪十兵衛を見やった。彼は神妙な顔になって後方に控えている。命じたのは亀山院であるとはいえ、柳生悪十兵衛の働きがなければ、自分はここまで来ることができなかった――。改めてそう思い、双方の国同士は敵ながら、海峡を越え、国境を越えて結ばれた悪十兵衛との絆に、晦然は胸を熱くした。

やがて彼の心から、さまざまな思念が消えた。高麗兵を成仏させる、その一念に集中するために。経を誦する声が、高麗の言葉の響きが、浜辺に、そして海に向かって静かに流れてゆく。

しかし――。

「これは如何にしたことっ」

一刻後、晦然は怍しみの色を眉辺に濃く刷いて、呻くように叫んでいたのである。

「何事か、お祖父さま」

悪十兵衛が忠犬のように駆け寄ってくる。

「おかしいっ、こんなはずはない」

「だから、どうしたというのだ」

「わしの回向に、反応がないのだ」

いくら読経しても何も実を結ばず、大いなる虚空に、深淵に、むなしく吸い込まれていく感覚――といったらいいか。

「戦場は、確かにここであるか、悪十」

「間違いない」

悪十兵衛は黒々とした眉を逆立てて答える。

「では、なぜ彼らは応えてくれぬ」

「成仏したからですよ」

柔らかな声だった。

晦然は振り返った。山伏の一団が見守るように立っていた。七人だ。晦然の問いに応じたのは、中央の、まだ若いが、澄んだ瞳に叡智を感じさせる男だった。

「――成仏、した？」

晦然の問い返しは、悪十兵衛の歓喜の声に遮《さえぎ》られた。

「おう、左源太、左源太ではないか」

「久しぶりだな、柳生の御曹司」

左源太と呼ばれた若い山伏は、じゃれつく仔犬をあやすように笑って、眼を細める。

「お、お、御曹司はよせ。それよりも、どうしてここに？」

「亀山院よりの院旨が、おぬしたちより一足早く届いてな。そこで山を下り、この博多に出向いて、それらしい二人連れを探していたのだ」

「では、すべて承知なのだな」

「うむ」

左源太はうなずくと、晦然に向き直り、恭《うやうや》しく一礼した。

「高麗国師、晦然猊下と承ります」

「ご貴殿は？」

「おれから紹介いたそう、お祖父さま。これなるは彦山孔雀衆を束ねる恒雄坊《こうゆうぼう》左源太と申す者でござる。この悪十兵衛、剣の修行のため彦山に籠った時、左源太の厚誼を得て義兄弟の契りを結んだ間柄。知り合うたきっかけを申さば――」

なおも説明を続けようとする悪十兵衛を遮ると、晦然は恒雄坊左源太に詰め寄った。

「成仏した、――と仰せられたか」

「いかにも申し上げました」

「異《い》なことを承る。誰が彼らを成仏させたのか」

「わたくしたちです」

「――彦山の山伏が？」

左源太は微笑して首を横に振った。

「わたくしたち――この地に供養に全国より参る僧侶、山伏、巡礼たちが、です」

「…………」

その答えを、文字通りのものとして理解するのに晦然は時間を要した。彼は唖然とした口調で云った。

「日本の僧侶が高麗兵を弔った、とでも？」

「何が不思議でしょうか。高麗では蒙古兵を弔わないのですか」

「当然ではないか」

この者、からかっているのか――。晦然は当惑し、次第に怒りすら覚えた。

「蒙古は敵なのだぞ。高麗を寇し、我が国の民に塗炭の苦しみをもたらした侵略者、残虐無比の悪人どもなのだ」

「猊下、お言葉を返すようですが、人間は死ねば敵も味方もなく、悪人も善人もない。等しく神となり、仏となるべきなのです」

「そんなこと、誰が申した」

「釈尊です」

「知らぬ、わしは知らぬぞ」

「少なくとも、この日本ではそう信じられております」

「だから高麗兵を成仏させたのだ、と？」

「高麗兵だけではありません。蒙古兵も弔いました」

「何と！」

晦然は、左源太に胸を斬りつけられたような衝撃を受けた。

「何と申した。蒙古兵を弔っただと？　莫迦な、蒙古兵だけは、たとえ死んでも断じて許してはならぬのだ」

左源太が悲しげに首を振り振り云った。

「では、畏れながら猊下は、お国の、高麗の同胞のみを弔うつもりだったのですね」

「当たり前だ！　わしは、わしは高麗の僧であるぞ！」

激昂した晦然を、傍らで悪十兵衛がおろおろしながら見守っている――。

十六

谷底から吹き上げてくる風が、肌を心地よく撫でて過ぎてゆく。夏日、山中で石清水を掬《すく》い飲むような清涼感であった。晦然は書見台から眼を上げ、窓外に視線を投げた。紅葉が山並みを鮮やかに染めている。だが、杉や檜、松といった常緑樹のほうが、今、彼の眼には美しく映じる。

晦然は、ようやく自分の心が穏やかさを取り戻し始めたのを感じていた。当初、彼を満たしたのは、虚脱と瞋恚《しんい》の感覚だった。虚脱感――これは致し方ない。日本渡海の最大眼目であった高麗兵供養が、已に終わってしまっていたとあっては。だが、怒りは――自分はなぜ怒りなど覚えるのであろうか。敵味方の隔てなく死者を手厚く回向してくれた日本の僧たちに感謝しこそすれ、怒るいわれはないはずだ。だのにどうして……。己の心の奥を覗き込み、その理由を探り出そうとする前に、しかし無限の虚脱感が瞋恚の炎を呑み込んでしまった。かくて晦然は腑抜けになったのだ。嗤わば嗤え、彼が身命を擲って遂行せんと欲したことは、畢竟、徒爾に過ぎなかった。――その時、恒雄坊左源太が誘ったのである。

『猊下、暫くの間、我が彦山にご逗留あそばされては如何でしょうか』

思ってもみない申し出であった。晦然は一瞬途惑った。

『高麗にご帰国になる船は、いつでも御用立ていたします。慣れぬ土地を旅され、お疲れのことでありましょうし、彦山の書庫には万巻の古書が揃ってもおります。亀山院からも是非にとのことでありますれば――』

『おお、院が』

突如、晦然の脳裡に、亀山院と慌ただしく交わした会話が甦った。日本はなぜ蒙古を撃退し得たのか、と彼は聞いたのだ。仏を拝むことは高麗も日本も同じだったが、日本は神にも祈っていたという。

――我が国の武士は皆、神を奉じて戦いました。

神というものの実利効用を説いた、悪十兵衛の言葉も思い出された。

〈そうであった！　日本の神について知らねばならぬのであった〉

このまま手ぶらでは帰れぬ。蒙古の属国と成り果てた母国が、他日を期す――そのために資するものを得て、帰国したかった。

晦然は自らを奮い立たせて頭を下げた。

『されば、掛錫《かしやく》をお願いいたそう』

かくて彼は今、彦山にいる。禅庵の一つが彼のために用意され、日々、読書と思索に余念がなかった。先ほどから書見台で眼を通しているのは『日本書紀』神代巻だ。再読である。左源太の言葉に偽りはなかった。彦山の書庫には、高麗では戦火に失われた夥しい数の中国の古書籍、仏典が収蔵されており、場合が場合であれば、彼は目の色を変えてそれらに手を伸ばしたであろう。だが、真っ先に通読したのは『日本書紀』三十巻であり、続いて『先代旧事本紀』を読み、『古語拾遺』『類聚国史《るいじゅ》』と進み、再び『日本書紀』に戻ってきたところだ。

晦然は圧倒されていた。日本神話の壮大さに。――まだ陰陽の別もない創成期の宇宙空間で天地が開闢《かいびゃく》し、神々が次々に生まれてゆく。イザナギという名の男神と、イザナミという女神が夫婦の契りを交わすことで国土が産み出されてゆき、やがて女神は死に、男神は妻を慕って死者の国へ赴く。その果てに得られたアマテラスという名の姉神と、スサノオという弟神の間で争いが起こり、天地は闇に閉ざされる。罰として天上世界を追放されたスサノオは八首の大蛇を退治して地上世界の王となり、その娘婿オオクニヌシが後を継ぐものの、アマテラスの孫ニニギが天から降臨し地上の新たな支配者となる。皇孫ニニギは、地神の娘である姉妹の美しいほうを選んで妻とした。選ばれなかった娘は、生まれる子よ短命なれと呪《のろ》った。呪われた子であるホホデミは海神の宮へ行き、海神の娘――実は鰐《わに》の化身――を娶った。神と牝鰐の間に生まれたウガヤは、母の妹つまり叔母――同じく牝鰐――を娶り、イワレビコという名の子を生した。この、四分の一が神の血脈、四分の三が鰐の血脈であるイワレビコが、初代神武天皇であるという。

神と天皇は、かかる系譜によって連結していた。天皇家だけではない。日本神話には八百万《やおよろず》と称される神々がおり、それぞれが各氏族の始祖とされているのだった。神とは日本の民の始祖であり、日本の族の始祖なのであり、まさに民族《たみともがら》の神であった。異敵の来襲に対し日本人が神に祈り、神を奉じて戦ったということの意味を、晦然はおぼろげながらも理解した。

翻って、高麗の官撰史書『三国史記』に記されているのは、神話などと凡《およ》そいえぬ、お粗末で、貧弱極まりない代物であった。晦然は赤面するを禁じ得ぬ。大龍と糸ミミズほどの違いといってもまだ足りないぐらいだ。

——神なるもの、高麗にはござりませぬが。

亀山院の前で答えたのも、げに宜《うべ》なる哉であった。

就中、日本神話で晦然を魅了したのは、天の支配者の子孫が降臨して、地上の支配者の始祖となる――という思想である。輒ち降臨とは、支配権の正統性を保証する思想なのであった。高麗には神がなく、神なきがゆえに降臨もない。『三国史記』には高句麗、百済、新羅の歴史が綴《つづ》られているが、高句麗初代の王は、天帝の子が河神の娘に生ませた子、と伝えるのみで、降臨はない。百済の初代王は高句麗初代王の子だから、百済には神話そのものがない。新羅の初代王は天からの降臨と強弁できなくもないが、降ってきた卵から生まれた、とあるだけで降臨の目的は記されておらず、これではやはり降臨というより落下といったほうが適切であろうし、しかも八代ほどで別の王系に取って代わられたのであるから、何をか云わんや、だ。

晦然は歎息した。神のある国とない国、降臨のある国とない国。その違いが、強大な侵略者に対する屈服と撃退という差となったのである。

〈嗟乎、何ということだ。神なき国のままでは蒙古の支配が永遠に続こう。今はまだ属国だが、いずれ完全に呑み込まれ、高麗は溶け消えてなくなり、蒙古になってしまうだろう〉

頭を剃り、弁髪に結い、蒙古服を身にまとった高麗王の姿が脳裡に浮かんだ。高麗のすべての民があのような姿になるのだ。高麗の言葉は捨て去られ、誰もが蒙古の言葉で話すようになるのだ。うれしい、ありがとう、おめでとう、愛している、を蒙古の言葉で。蒙古風の名前に改名し、生まれた子に蒙古の名をつけるのだ。已に高麗国王はクビライ・カーンの娘を王妃に迎え子を生したが、次の高麗王となるこの王子には、蒙古名がつけられているのである。

〈それもこれも、高麗には神がいないからなのだ！　高麗の君臣がともに斉しく戴く〝民族の神〟を

持たぬからなのだ！　そして、その神が天より高麗の地に降臨しなかったからなのだ！〉

その結論に達すると、晦然は狂わんばかりの煩悶に囚われた。

〈だからとて、どうすればよいのか――〉

彼は『日本書紀』を閉じた。このような神話を持っている国が羨ましくてならず、嫉妬さえ覚えた。息をするのがつらい。目の前が暗くなってゆくようだ。昏冥《こんめい》――これは高麗の、そう遠からざる未来を……自分が、身を以て、顕現しているのであろうか……。

「！」

刹那――。天を切り裂く一条の稲妻の如く、啓示が彼の頭を射た。いや、正確には啓示ではなく、いつぞや聞いた柳生悪十兵衛の言葉だった。

――高麗に神がいないのがそんなに気になるのなら、お祖父さまが造ればいいじゃないか、高麗の神を。

「猊下」

晦然は振り返った。

「おお、恒雄坊どのか」

心配そうな表情を浮かべてそこに立っていたのは、恒雄坊左源太だったが、神に呼ばれたように、その一瞬のことは、晦然の心に長く残った。

「あまり根《こん》をお詰めになりますと、お身体に障りましょう。秋晴れのよい天気なれば、彦山をご案内いたしたく存じます」

十七

彦山の山頂部は南岳、中岳、北岳の三峰からなり、最高は四百丈（約千二百メートル）であるという。奇しくも、晦然が住持をつとめたことのある名刹・雲門寺の建つ雲門山とほぼ同じ標高であった。山麓は豊前、豊後、筑前の三国に跨《また》がり、領域は四境七里と広大である。「守護不入」の特権は輒ち武力の保有を意味し、いわば半独立の山岳宗教王国であった。

〈それにしても、何と樹木の深きことよ〉

左源太に引導されながら、晦然は日本の山への思いを新たにせずにはいられない。高麗の山の樹木は、まばらである。禿山も多い。それに較べ、若狭から京都を経て九州までの道中に見た山は、何処も山麓から山頂まで樹海といっても過言ではなかった。ここ彦山も全山鬱蒼たる樹林に包まれた景勝の山なのである。

山岳宗教王国の王宮にあたるのが、中岳の中腹にある霊仙寺だった。二階建て七間という山中寺院にしては巨大なもので、この霊仙寺を中心に二百を超す禅庵が全山に点在しているのだという。また金剛院、惣持院、阿弥陀堂など八つの別院があった。

「彦山のことは、後白河院が撰された『梁塵秘抄』という歌謡集に出て参ります。後白河院は、亀山院の曾祖父・後鳥羽天皇の、さらに祖父にあたられる天皇です。——筑紫ノ霊験所ハ、大山・四王寺・清水寺、武蔵・清瀧、豊前国ノ企救《きく》ノ御堂ナ、竈門《かまど》ノ本山、彦ノ山——であると。ですから、この金剛院の本尊不動明王は、後白河院の本尊なのですよ」

そんなふうにして左源太は、その都度説明を加えながら歩いた。山中は、大勢の修行者や僧侶、参詣の人々で込み合い、まるで市場のような賑わいを見せている。

「彦山は全体が修験霊場なのですが、その際立った特徴の一つに洞窟修行があります」

修験者は岩窟に籠居し、ひたすら経文を読誦して、仏果を待つのだという。そんな修行洞窟が、般《はん》若窟《にゃくつ》（別名は玉屋）をはじめ、蔵持山窟（旧名は空鉢窟）、宝珠山窟、大南窟、鷹栖窟、今熊野窟など四十九を数えるといい、

「四十九というのは、弥勒浄土の四十九院を模したのでしょうね。猊下には、それこそ釈迦に説法ですが、弥勒菩薩の浄土兜率天《とそってん》の内院を意味するのです。洞窟の中には、彦山三所権現と守護天童が安置されています」

「彦山三所権現？」

「北岳、中岳、南岳に祀られた彦山の三神のことです。北岳の阿弥陀は天忍骨尊《あまのおしほねのみこと》、中岳の千手観音は伊弉冉尊《いざなみのみこと》、南岳の釈迦は伊弉諾尊《いざなぎのみこと》だといいます」

「三人の神――」

「熊野というのは京都の南にある、やはり大きな修験道の霊場ですが、ここにも熊野三所権現があります。ですから三神信仰――三人の神を併せ拝むというのは、珍しいことではありません。さっき見てきた今熊野窟は、熊野権現を勧請《かんじょう》したものです」

「――熊かね」

「云い忘れましたが、洞窟では他にも、白山権現が守護神として崇拝されています」

「白山とは？」

「京都から見て東北にあたる加賀国の修験霊場の神で、これもまた三所権現です」

山頂の上宮へ向かう途中、巨大な杉を何百本と見た。葉をすっかり落とし、白化して、巨龍の骨か

と見紛う杉の木の下で、黙々と剣術修行に励む悪十兵衛の姿が遠望された。こちらに気づくふうもない。悪十兵衛は、あくまで晦然の護衛役であったから、彼が日本を離れるまではと、彦山にまで同行したのである。

左源太が笑みを含んで云う。

「彦山では、檜が霊樹・神木とされているのですが、悪十はあの古杉をすっかり気に入っておりましてね。樹下が壇のように高く盛り上がっていて、屋外の稽古《けいこ》場としては、もってこいなのだそうです。ここで修行すれば剣神の霊験あらたかなりと信じ込んで、あの杉のことを〝神壇樹〟と呼んでいます」

「ほう。神などおらぬと豪語していたが」

「剣の神だけは信じると云うのです。だから神壇樹と。尤《もっと》も、皆は単に〝悪十兵衛杉〟と呼んでいますがね。植えられたのは、朱雀《すざく》天皇の御宇と伝わっておりますから、推定樹齢は三百五十歳ほどにもなりましょうか」

三百五十年ほど前といえば、新羅が亡びた頃である。高麗もまた――晦然は胸が再び暗く翳るのを覚え、激しく首を横に振った。

〈そうはさせぬぞ〉

翌日、左源太は一巻の薄い書物を持参して現われた。

「この書に、彦山権現と霊仙寺の由緒、修行窟と僧侶の修行譚、社殿仏堂の現状と、山内の年中仏神事などが記されております。今から七十年前に書かれたもので、いうなれば彦山修験の聖典でしょうか」

晦然は受け取った。『彦山流記』と題されている。副題に「彦山権現垂迹縁起抜書」とある。

「猊下に一日お預けいたしましょう。明日また参りますから、何なりと訊いてください」

書見台から『日本書紀』を降ろし、代わりに『彦山流記』を置くと、表紙をめくった。冒頭は次の一文から始まっていた。

——夫権現、昔ハ抛月《ホウゲツ》氏ノ中国ヨリ日域ノ辺裔ニ渡リ給ヒシ初メ、遥カニ東土利生《リシヨウ》ヲ志シ、垂迹和光ノ砌《ミギリ》ヲ知ラント欲シテ、摩訶提国ヨリ五剣ヲ投遣スルノ後、甲寅ノ歳、震旦国天台山王子晋ノ旧跡ヨリ、東漸ノ御意深ク、西天ノ滄波ヲ淩《シノ》ギ、東土ノ雲霞ニ交ハル、其ノ乗ル船舫ハ、親シク豊前国田河郡大津邑ニ有リ。

筆者の名はないが、よほど仏教史に精通した学僧と思われる。晦然はゆっくりと時間をかけて読み進めていった。

天竺の抛月国から中国の天台山王子晋の旧跡を経て、竟に彦山に至った権現は、岩窟の一つに宝珠を格納する。

——権現、日本辺鄙ノ群類ヲ利益スル為ニ、摩訶提国ヨリ如意宝珠ヲ持チ来タリテ、当山般若窟ニ納メ給フ。

成程、般若窟の別名が玉屋だったわけである。続いて、この宝珠を巡り法蓮という上人が老翁と争い、二人は「師檀ノ契約」を結んだという挿話が記されている。また、木練《もくれん》なる上人がこの般若窟に一千日間も籠居して修行を積み、さらには肥後国阿蘇山に登って悟道を得、聖人となったとも記されている。

蔵持山窟には静暹《せいせん》上人が籠り、「飛鉢ノ法」を会得《えとく》した。食料が尽きた時、護法を念ずるや鉢は何処へか飛び去り、第三七日、輒ち二十一日後に戻ってきた。その奇瑞により上人は米を得ることができたという。

これらの奇譚類は、晦然の目にも仏教説話として親しく、つまるところ彦山修験者の験力《げんりき》を読み手に誇示宣伝するのが狙いなのである。山中の景観描写も修辞が効いている。

——当山ハ、巒嵒《ランガン》ノ石、薜蘿《ヘイラ》ノ松、色ヲ千歳ノ春ニ増シ、齢《ヨワイ》ヲ万代ノ秋ニ送ル。磥峨《ライガ》ノ峯《ミネ》、流砂ノ谷、雲霧腰ヲ廻リ、滝泉頂《イタダキ》ニ灑《ソソ》グ。凡ソ山内ニ散在ノ四十九箇ノ宝窟、甍《イラカ》ヲ並ベ寺中ニ充満スル二百余宇ノ禅庵、軒ヲ輾《メグ》ル。諸仏浄土ノ荘厳ヲ望ムガ如ク、衆星羅列ノ宝殿ニ相似タリ。

——当山ハ、山岳高ク峙《ソバ》ダチ、香山・雪山ノ高嶺ヲナントモセズ。人法繁昌シテ（中略）九州ニ嶋ノ村、毎村三所ノ霊験ヲ仰グ。（中略）社壇ノ苔上《タイジョウ》ニハ、参詣鳩ノゴトクニ集マリテ絶ユルコト無ク、瑞籬《ズイリ》月ノ前ニハ、瞻仰《センゴウ》鷹ノゴトク来タリテ市ヲ成ス。

——又、峯ニ三千ノ仙人有リ。松風ヲ諍《アラソイ》テ、和琴ヲ弾ズ。

三千人の仙人！　晦然は微苦笑した。三千人とは、宣伝文ながら行き過ぎであろう。だが誇張は過ぎるものの、これが書かれて七十年経った今なお、彦山が賑わっていることは昨日、この目で見たばかりである。霊仙寺の前など参詣人で確かに鳩の如くごったがえし、まさしく「来タリテ市ヲ成ス」状態であった。左源太によれば、晦然のような客僧まで含めると、山中に住まう衆徒・山伏は常時、五百人前後だという。


「ご不審の点は何かございましたか」

翌日、約束通り左源太が訪れた。

晦然は満ち足りた笑みで迎え入れ、『彦山流記』を返却した。

「実によいものを見せていただいた。資するところ少なからず。礼を申し上げる」

「これは過分のお言葉。高麗国の寺は新羅以来の名刹揃いと聞いておりますれば、かように言辞を飾る必要などございますまいに」

資するとは、左源太どの、そのことではないのだよ――内心の呟《つぶや》きを、しかし晦然は声に出さなかった。眼に謝意を込め、微笑を返すにとどめた。

「訊きたきこと一つあり」

「何なりと」

「彦山の開祖は藤原恒雄と出て参る。本文の二ヵ所にだ」

――当山ニ踏出ノ事ハ、教到年〔継体天皇二十五年〕比、藤原恒雄云々。

――藤原恒雄ノ濫觴《ランショウ》ヲ訪ヘバ、四命天台大師ノ誕生ニ当ル。

左源太はうなずいた。

「わたしの坊の名〝恒雄坊〟は、畏れ多くも開祖の名より拝借したものなのです」

「だが、山内年中仏神事の項には、こうある。十一月　開山会　善正上人於玉屋谷――と。ここでいう善正上人とは、藤原恒雄と同一人物なのだろうか？」

「さすがは猊下。お訊ねになられるだろうと思っておりました。その『彦山流記』には書かれていないのですが、当山には別の開山伝説があるのです」

「別の？　まあ、古刹の由緒伝説の類いにはよくあることだが」

「継体天皇の頃、魏国（北魏）から善正という上人が仏法弘通のため来朝しました。日子山で布教中、猟師の藤原恒雄に出会い、奇瑞を示したところ、恒雄は深く感じ入り、善正上人の一番弟子になります。間もなく草庵の霊山を建立し、善正は開祖、恒雄は二世とされました。三世というのが『彦山流記』にも出てくる法蓮上人で、嵯峨天皇の勅喚で上洛し、日子山を彦山に、霊山を霊仙寺に改め、四境七里の寺領を賜った――というのです。こんなものを持って来ました」

左源太は持参した絵図を晦然の前に広げてみせた。

白雲たなびく山岳連峰を背景に、二人の人物が描かれている。中央で結跏趺坐《けっかふざ》しているのは、袍衣をまとった道士か神人めいた風貌の男で、顎鬚《あごひげ》を生やし、首と腰のまわりに藤葛《ふじかずら》をつけている。その向かって左側にいるのは、弓を持ち箙《えびら》を背負った山伏で、狩人、猟師と見えなくもない。

「彦山に伝来されている絵で、藤原恒雄と善正上人像――そう題されています」

「成程、中央が善正上人で、弓を持っているのが藤原恒雄。二人の出会いの場面というわけだな」

晦然はその絵を、就中、善正上人のほうを眼に焼きつけるように眺め続けた。

さすがに左源太が不審の色を刷いて、

「その絵が何か？」

と訊いたが、晦然が、

「実によいものを見せていただいた。資するところ少なからず。礼を申し上げる」

と絵に見入りつつ、先ほどと同じことを口にしたので、ますます訳の分からない表情になった。

やがて――。

晦然は絵から顔を振り上げた。途惑っている左源太に莞爾たる笑みを見せると、晴れやかな口ぶりで告げたのである。

「悪十を呼んでくれぬか。いよいよ帰国の時が迫ったようだ」

高麗国師晦然は、その年――忠烈王九年、和暦でいう弘安《こうあん》六年（一二八三）の十一月半ば、約二ヵ月の日本滞在を終え、帰国の途に就いた。さすがに博多からというわけにはゆかず、左源太が用意した船は、東松浦半島の北端から密かに出帆していった。船を操ったのは、彦山の檀越《だんおち》に名を連ねる玄界灘《げんかいなだ》の海賊衆・松浦党の手練たちであったらしい。

柳生悪十兵衛は、船が水平線の彼方に消え去ってもなお、片眼から滂沱の涙を流し、子供のように布を振り回していたという。

十八

三年後の弘安九年七月、大和国柳生ノ庄にいた悪十兵衛のもとに一個の荷物が届けられた。対馬の貿易商が、泉州堺の薬種問屋小西家を通じ配送したものである。

差出人の名は「一然《いちねん》」とあった。

「一然？　知らぬ名だな」

呟きながら悪十兵衛は中身を開封した。

まだ刊行されて間もないと思われる書籍が数冊、封入されていた。題簽《だいせん》には孰れも『三国遺事』と記されてあり、正確な冊数は巻第一から巻第五までの合計五冊である。やや厚めの書翰《しょかん》が出てきた。

悪十兵衛は唸り声をあげて、それを読んだ。

《久しき哉、柳生悪十兵衛どの。いや、悪十と呼ぼう。そなたに受けた数々の恩義、この一然、高麗に帰った後も一日たりと忘れたことはない。国が違い、大海が二人を隔てようと、わしはそなたの祖父であり、そなたはわしの孫である。短い間であったが、思い出は褪《あ》せず、感謝もまた尽きることがない。

扨《さて》、今回そなたに書状を致すのは、我が深甚の謝意を伝えるとともに、お願いの儀あってのことである。帰国後、わしはかねてから準備を進めていた歴史書の撰述に着手、このほど完成し、麟角寺より刊行した。同封した『三国遺事《サムグクユサ》』五巻がそれである。いわば私撰史書である。第一巻を開けば、劈《へき》頭《とう》に「古朝鮮《コヂョソン》」なる短い条がある。そこに叙述した壇君神話の秘密を、そなたに明かしたいのだ。

その前に、わしの改名について一言しておこう。一然とは誰ぞやと、さぞ訝《いぶか》しく思ったことであろう。わしは高麗に帰国するや、我が名を「晦然」改め「一然」とした。高麗の漢字音で「一」と「日」は通音し、「然」と「蓮」もまた同音である。よって「一然」輒ち「日蓮」である。蒙古襲来を予言した貴国の快僧日蓮上人にあやかり、字は違えど音は同じくする名を名乗ることで、わしも日蓮のような蒙古へ抗戦する僧侶――抗蒙僧たらんとする意志を闡明《せんめい》したのである。

では「古朝鮮」条について説明しよう。我が高麗国には、官撰史書たる『三国史記』五十巻あり。だがこれは、新羅、高句麗、百済の歴史をそれぞれ個別に記した〝合本〟に過ぎず、また神話らしい神話もない。致命的な欠陥の最たるは、三国共通の神話がないことだ。三国がともに始祖と仰ぐ、共通の始祖神を欠くことなのだ。

悪十、そなたも知るように、我が高麗は異民族蒙古に侵略され、その圧政下に置かれている。今こそ、我が高麗の民は、かつての新羅、高句麗、百済――そのそれぞれの国の後裔の寄せ集めなどでなく、ともに始祖神を同じくする同一民族であるとの認識を持ち、それを精神的支柱として、蒙古の占領に抗戦し自立していかねばならぬ秋《とき》である。それこそが高麗を亡国から救う唯一の道である。わしは、日本にてそう思索した。だが、始祖神なきを如何にすればよいか――。

その答えを、悪十、そなたが教えてくれたのだ。覚えていようか。わしに、神を造れと申したことを。ああ、それぞ神の啓示だ。そなたこそ、わしの神ならん。

よし、わしは神を造ることにした。高麗の神を、共通の始祖神を、このわしが造る！

そなたが彦山の神壇樹の下で剣術修行に励んでいる間、わしは『日本書紀』をはじめとする貴国の史書を読み込んでいた。神を造るとは、輒ち神話を捏造するに他ならぬ。が、無から有を産み出すは難い。そこでわしは当然のことながら、捏造神話の雛形《ひながた》を日本神話に求めることにしたのだ。日本神話の要諦、枢機、最眼目を何と考える。それは〃降臨〃だ。天界の支配者の子孫が地上に降臨し、地上の支配者となる——これである。皇孫、輒ちアマテラスの孫ニニギが降臨し、地神の娘との間にホホデミが生まれ、ホホデミの孫イワレビコが初代神武天皇となる。この系譜は、アマテラス、オシホミミ、ニニギ、ホホデミ、ウガヤ、イワレビコの六人が縦に列《つら》なるわけだが、長い、とわしは思った。六人では長すぎるし、多すぎる。なんとならば、系譜が間延びして、結果、降臨の意義が見失われてしまうからだ。

その時、思い浮かんだのが、彦山三所権現であった。三神——そうだ、三人あれば充分だ。降臨を許す役、降臨する役、そしてその息子で（母は地上の娘である）地上の支配者となる役——うむ、これで過不足なし。

そうと決まれば命名である。三人に名を与えなければならぬ。この降臨神話の中心となるのは、真中の「降臨する役」だ。彼から決めよう。

——恒雄
という名が即座に思い浮かんだ。『彦山流記』に記された開祖の名であり、わしの参究を支援してくれた左源太どのの坊名である恒雄こそは、この捏造神話の中心神の名として相応しく思われた。これは、他ならぬ彦山に於て想が練られた建国神話だからである。だが、恒雄そのままでは芸がない。彦山の由緒を下敷きにしたことが丸分かりである。よって、多少字を換えることにした。悪十、そなたは神壇樹なる杉の古木の下で剣術修行に汗を流していた。木だ。「恒」の偏は、りっしんべん、輒ち「心」であるが、これを「木」偏にすれば「桓」となる。

——桓雄《ホアヌン》

さあ、降臨する神の名は決まった。次に、降臨を許す父神の名である。彼は天界の支配者、輒ち天帝である。桓雄との血脈を示すため「桓」の字は残そう。桓雄に因縁し、因業し、因果となる父神なれば、「因」の字を以て「雄」に換えるのはどうか。

——桓因《ホアニン》

これである。

最後に、天帝桓因の孫で、桓雄の子で、地上の支配者となる天孫（桓因の孫だ）の名だが、これは難儀した。桓〇とするのでは同工異曲の誹《そし》りを免れぬ。日本神話に於て最後のイワレビコがもはや「神」に非ず「天皇」であるように、我が天孫の名にも清新さが欲しいところだ。考え抜いたが、これという名が思い浮かばず、後まわしにすることにした。

ところで、問題は我が捏造神話の分量、全体の長さであるが、これはできるだけ短くしたいと思った。無論、日本神話のように宇宙創世に始まり、天地開闢があって、神々の争闘と愛憎が、それこそ曼荼羅《まんだら》の如くに織り成される壮大華麗なものに如《し》くはない。しかるに、わしにそんな想像力はないし、長くすればするほど捏造たるのボロが露見しよう。さなきだに、蒙古の強圧な支配干渉を受け、高麗の伝統が抹殺されつつある今、神話造りは急務なのだ。宇宙はどうして生まれ、天地はいつごろ開闢し、桓雄の父の桓因のそのまた父は何処の誰で、母は誰の娘で、桓雄には兄弟が何人いて——などと悠長に考えている暇はないのだ。肝心なのは神話の長さ、壮大さ、華麗さではなく、始祖神である。神話は、始祖神を語る必要最小限の背景として、簡にして要を得ていればよい。読み手にしても、短ければ短いほど印象が強く、覚えやすいというものだ。

だが、あまり短くても、造り物だと思われないだろうか。つまり、分量のなさは、内容の貧弱さのみならず、造り手の想像力の貧困さを逆証明するというわけだ。必要なのは要諦なのだ。短くて、しかも説得力がある――そんな方法はないだろうか。要諦……要……要約……。

そうだ、要約だ！　この捏造神話全体を何かの古文書の要約、抽出、略述という形式にすればよいのだ。さすれば、短くても不自然ではない。不自然でないどころか、要約なのだから短いのが当然なのだ。さらに慮外の利点が生じる。先行の古文書の存在を暗示することで、これが新たな創作神話ではなく、古くから伝わってきた真実の神話だと装うことができる。読み手もそう信じるであろう。

わしは冒頭の文を一気に書いた。

――古記ニ云フ。昔、桓因有リ〔帝釈《タイシャク》ナリト謂《イ》フ〕。庶子《ショシ》ノ桓雄、数《シバシ》バ天下ヲ意《オモ》ヒ、人世ヲ貪求ス。

それらしい史書名を捏造してもよかったのだが、ただ古記とするにとどめたのは、ボロが出ないと思ったからであり、そのほうがもっともらしく見えると考えたからである。史書名を記すと、その書物探しが始まるに決まっている。もとよりこの世に存在しない書物である。史書の有無は、神話自体の信憑性《しんぴょうせい》にかかわってこよう。神話そのものが捏造なのだから、捏造で捏造を糊塗《こと》するのは得策ではないということだ。

天帝の桓因に「帝釈ナリ」と割注を施したのは、わしが仏教者だからである。云うまでもなく帝釈天とは、須弥山《しゅみせん》の頂上に住み、梵天《ぼんてん》と並び称される仏法守護の神だ。天帝は仏教の神でなければならぬのだ。桓雄を桓因の嫡子とせず、敢えて庶子としたのは、この神話自体が日本神話の庶子であることの隠喩《いんゆ》である。桓雄は常に天下つまり地上に関心を抱き、人間世界を支配したいと望んでいた。それを知った父の桓因は桓雄に降臨を命じる。

——父、子ノ意ヲ知リテ、三危太伯ヲ下視スルニ、以人間ヲ弘《ヒロ》ク益スベシ。乃《スナワ》チ天符印三箇ヲ授ケ、往《ユ》キテ之ヲ理《オサ》メシム。

猟師の藤原恒雄が開山したのは、彦山であった。したがって桓雄が降臨する山も彦山でなければならぬ道理である。そこで、わしは山名を「三危太伯」とした。三危とは三つの高く危険なる山の意味——そうだ、南岳・中岳・北岳からなる彦山のことなのだよ。太伯かね？　太伯の「太」は美称だから、太をとればそのまま「伯山」となる。伯山——彦山の岩窟に勧請されていた白山権現から着想した名だ。

扨、降臨には理念というものがなくてはならぬ。『日本書紀』では、アマテラスが孫のニニギを降臨させるに際し、こう勅したと書かれてあった。

「葦原《あしはら》の千五百秋《ちいほあき》の瑞穂の国は、吾が子孫が王たるべき地である。皇孫のおまえが行って治めよ。さあ、行け。宝祚《ほうそ》の隆《さか》えることは、天壌と共に窮《きわま》りないであろう」

何と格調の高きことよ。だが、アマテラスの子孫である天皇家が今なお存続していればこその理念であろう。さよう、日本にのみ通じる理念だ。これを我が高麗にそのまま持ち込んだところで無益である。そこで、わしは再び『彦山流記』を思い出した。彦山権現が日本に渡来した理念とは、何であったか——。

「夫権現、昔ハ抛月氏ノ中国ヨリ日域ノ辺裔ニ渡リ給ヒシ初メ、遥カニ東土利生ヲ志シ」
「権現、日本辺鄙ノ群類ヲ利益スル為ニ、摩訶提国ヨリ如意宝珠ヲ持チ来タリテ」
特に後段、漢文のまま引用すれば「利益日本」の四文字がわしの目を引いた。ならば高麗の地に降臨する始祖神の降臨理念は「利益高麗」としようか。いや、字句をいじり、さらに弘く大きな見地に立って、高麗ではなく人間に拡大しよう。

――弘益人間

弘ク人間ヲ益スル。どうだ、悪十、日本神話の「天壌無窮」の詔勅にも格調に於て見劣りすまい。しかも、もとはといえば彦山権現の理念の焼き直しだから、仏教色も滲み、仏教者たるわしにも満足がゆく。天符印三箇とは、アマテラスが孫ニニギの降臨に際し、八坂瓊曲玉《やさかにのまがたま》、八咫鏡《やたのかがみ》、草薙剣《くさなぎのつるぎ》の三種宝物を賜ったという故事を翻案したものだ。三つの天符印にも、もっともらしい名を考えようと思ったが「捏造で捏造を糊塗するべからず」という自らの誡めを思い出し、ここもただ天符印三箇とするに留めた。

さあ次段は、いよいよ桓雄が降臨するぞ。

――雄、徒三千ヲ率ヰ、太伯《テベク》山頂〔即チ太伯ハ今ノ妙香山《ミョヒャンサン》ナリ〕ノ神壇樹ノ下ニ降ル。之ヲ神市ト謂フ。是レ桓雄天王ナリト謂フ。

三千という数は、『彦山流記』に記されてあった「峯ニ三千ノ仙人有リ。松風ヲ諍テ、和琴ヲ弾ズ」より拝借したものだ。架空の名の、架空の山である太伯山は、現実のどこかの山に比定せねばならぬ。でなければ、後世、この山こそ桓雄降臨の太伯山なりと、百家鳴争の様相を呈さぬとも限らぬのでな。そこで割注に、太伯山は妙香山のことだとしておいた。妙香山は、平壌《ピョンヤン》のさらに北に聳《そび》える名山である。妙香というのは須弥山の別名で、つまりは帝釈天の所在地だ。始祖神を語るのに、仏教を以て色づけせんとするのは、仏教者たるわしの度し難い習性であるらしいな。

神壇樹――。悪十、そなたに説くまでもあるまい。今でも眼を閉じれば、あの奇怪な古杉の下で真《しん》摯《し》に剣を振るう我が孫の姿が生き生きと浮かんでくるぞ。

神壇樹の下の「神市」というは、これも『彦山流記』の「社壇ノ苔上ニハ、参詣鳩ノゴトクニ集マリテ絶ユルコト無ク、瑞籬月ノ前ニハ、瞻仰鷹ノゴトク来タリテ市ヲ成ス」を引用したものである。

桓雄を以て「天王」と呼ぶは、天王輒ち仏の称号なればなり、だ。

では次に進もう。

――風伯・雨師・雲師ヲ将《モチ》テ、穀ヲ主《モテ》リ、命ヲ主リ、病ヲ主リ、刑ヲ主リ、善悪ヲ主リ、凡ソ人間三百六十余事ヲ主《モタ》ラシメ、在世理化ス。

ニニギの降臨には五部神――五人の神が従っていた。

アメノコヤネ
フトタマ
アメノウズメ
イシコリドメ
タマノヤ

わしも、桓雄の従者三千人の中より三人の名を挙げることにした。

風伯
雨師
雲師

五人に対し三人に留めたのは、前言した通り、この神話が日本神話の庶子であることからの遠慮である。桓雄とその一行は、地上に農業、医学、刑罰などさまざまな文物を齎《もたら》し、教化、統治したわけだ。

ここに至れば、いよいよ桓雄の子にして地上の支配者となる者を造り出す段階である。日本神話では、地上の支配者イワレビコこと神武天皇は、母が鰐であった。なれば桓雄の子の母も動物の化身であるとしたい。なぜ鰐かと推察するに、日本が島国で、それだけ海が近しい存在だったからであろう。翻って我が高麗は中国と地続きであり、海の比重は陸に較べて低い。海ではなく陸の動物としよう。何が良かろうか。高麗の山野に棲む種々の獣を思い浮かべるより先に、彦山に馴染んだわしの頭を擽ったものがある。四十九窟の今熊野窟、熊野権現――そう、熊だ。

桓雄が、熊の化身である女と媾合《こうごう》し、生まれた子が高麗の始祖神となる――。うむ、よいではないか。だが、待てよと、すぐにわしは自分を制した。高麗では、熊と並び称される巨大獣に虎《とら》がいる。虎のほうが良くはないか。熊か、虎か――。わしは大いに悩んだ。そして結局、その悩み自体を〝神話〟に持ち込むことにしたのだった。

――時ニ一熊一虎有リ。同穴シテ居ル。常ニ神ノ雄ニ祈ル。願ハクハ、化シテ人ト為ラント。時ニ神、霊艾一炷ト、蒜二十枚ヲ遺《ヤ》リテ曰《イワ》ク、爾輩、之ヲ食シ、日光ヲ百日見ザレバ、便《タチマ》チ人ノ形トナルヲ得ン。熊虎、得テ之ヲ食シ、忌ムコト三七日。熊ハ女身トナルヲ得、虎ハ忌ム能ハズシテ人身トナルヲ得ズ。熊女、与《トモ》ニ婚ヲ為スモノ無キガ故ニ、毎ニ壇樹ノ下ニテ、孕ム有ルヲ呪願ス。雄、乃チ仮化シテ之ト婚ス。孕ミテ子ヲ生ム。

熊と虎、果たしてどちらが人間になれるのか。両者の願いに、桓雄は霊妙な艾《よもぎ》を一握りと二十個の蒜《にんにく》を与え、洞窟修行を命じた。百日間、籠窟すれば、人間になれると。——悪十よ、わしがこの着想をどこから得たか、記すまでもないことながら、念のために書いておく。左源太によれば、彦山の際立った特徴の一つに、洞窟修行があるということであった。『彦山流記』には、木練上人が般若窟に一千日間も籠居して修行を積んだとあり、蔵持山窟に籠った静暹上人の操る秘術「飛鉢ノ法」は、第三七日輒ち二十一日後に霊験奇瑞を顕わすともあった。よってわしは、木練上人の一千日修行を百日と短縮し、「飛鉢ノ法」が効力を発揮するという二十一日目の時限を以て、熊が女になれたとしたわけだ。かくて桓雄と熊女は交わり、子が生まれる段階にまで至った。天帝桓因の孫、輒ち天孫である。その命名を、もはや後回しにはできぬ。何と名付くべき。

天孫、天孫、孫、孫、孫——わしは何度も口にした。すると、悪十よ、我が孫よ、その度に、そなたの顔が何と懐かしく思い出されることか。いっそ、そなたを投影しよう。わしはそう心を決めた。どのみち捏造神話なのだ。よし、高麗民族の共通始祖神は、柳生悪十兵衛である、と。

だが、そなたの名をそのまま以てするわけにはゆかぬ。高麗民族の始祖神が「悪十」だなどと——これはさすがに、そなたでも諒承してくれるだろう。「柳」ではどうか。柳の君で「柳君」だ。柳君神話。うむ、なかなかよい名だ。が如何せん、花柳、柳眉、柳腰の語ある如く、柳は女性を髣髴《ほうふつ》させる。ならばそなたの名ではなく、そなたを象徴するものではどうであろう。例えば——。

刹那、闇空に稲妻一閃《いっせん》、図象の描かるるにも似て、我が胸を電撃した文字あり。

――壇

神壇樹の壇で「壇君《タングン》」。輒ち壇君神話これである。

よも忘れまじ、そなたと赤間ヶ関の阿弥陀寺で遭遇した怪異を。あの壇ノ浦の壇でもあり、土偏を木偏に変えれば「檀」となり、おお、これこそ梵語ダーナの音訳字にして、施主の意味。檀那、檀越、檀家、檀徒、檀林と仏教者にとっては大切な字である。かの『彦山流記』にも「師檀ノ契約」の一節あり。よし、決まった。

――号シテ曰ク、壇君ト。

成った！　その歓びも束の間、わしは考え込んだ。高麗民族の共通始祖神たる壇君。彼の系統は、その後、どのように受け継がれたのか――。その信憑性を欠けば、すべては画餅に帰す。ここは微妙なところだ。やりすぎれば捏造神話のボロが出る、足がつく。しかし、やらねば始祖神の系譜は途絶え、なぜ始祖神であるのかの説明がつかなくなる。

わしは既存の史書をあたった。虚偽に真実を接ぎ木すべく。すると『三国史記』高句麗本紀の東川王二十一年（二四八）春二月条に、次のような記述あるを見つけた。

「――平壌者本仙人王倹《ワンゴム》之宅也（平壌はむかし仙人王倹の屋敷のあったところである）」

この王倹という仙人は従来、謎の人物とされてきたのだが、わしは壇君と仙人王倹を暗示的に結びつけることを思い立ち、先の一文をこう書き換えた。

――号シテ曰ク、壇君王倹ト。

始祖神檀君は仙人王倹だ——そう断定するのではない。あくまでも暗示に留め置く。これが肝要だ。

ここでわしは俄に勢いづいた。大胆になった。我が『三国遺事』の別の個所で、高句麗の初代東明《トンミョン》王の割注に「壇君之子」の四文字をさりげなく挿入しておいた。さらに『三国史記』に既述されている有名な逸話を再録し、これに「壇君記云」と記すことで、まるで『壇君記』なる書が伝存しており、それから引用したかの如く装いもした。壇君神話という虚偽は、かくして『三国史記』の史実に流し込まれたというわけだ。但し、その二箇所だけだ。嘘をつくには、虚偽と真実の配分、輒ち虚実の匙加減が大切なのだから。

さあ、わしの創作過程も、いよいよ終りに近づいてきた。もはや壇君神話の年代と、壇君王倹のその後を語ればよい。年代——壇君王倹は、いつ頃の人物か?

——唐高ノ即位五十年丁巳ヲ以テ、平壌城〔今ノ西京ナリ〕ニ都ス。

唐高というのは、中国神話の三皇五帝の一人、尭《ぎょう》のことだ。「尭舜《しゅん》」の、あの尭だ。壇君王倹をかくも古き時代へと持っていったのは、中国神話の古さへの対抗心から——いいや、心偽らず申せば、高麗人としての、中国への屈折した敵愾心《てきがいしん》からである。

ここで思いついたこと一つあり。わしは丁巳を庚寅《こういん》に変え、全体を次のように改めた。

——唐高ノ即位元年ハ戊辰ナリ。則チ五十年ハ丁巳ニシテ、庚寅ニハ非ザルナリ。疑フラクハ其レ未ダ実ナラズト〕ヲ以テ、平壌城〔今ノ西京ナリ〕ニ都ス。

どうだ、悪十。こうすれば、わしは如何にも篤実な史家、注意深き考証家であって、神話捏造者だなどと誰が思おう。嘘とは、このようにしてつくものだ。

先を続ける。

――始メテ朝鮮《チヨソン》ト称ス。又タ都ヲ白岳山《ベガクサン》ノ阿斯達《アサダル》ニ移ス。又タ弓〔一ニ方ト作ル〕忽山ト名ヅク。又タ今弥達トイフ。国ヲ御スルコト一千五百年。周ノ虎王（武王）ノ即位己卯、箕子《キジャ》ヲ朝鮮ニ封ズ。壇君ハ乃チ蔵唐京ニ移ル。後チ還リテ阿斯達ニ隠レ、山神ト為ル。寿《ヨワイ》、一千九百八歳ナリ。

阿斯達とは阿蘇《あそ》山から名づけたのだが、ここで「朝鮮」という耳馴れぬ名についても説明しておこう。我が高麗は、新羅・高句麗・百済の時代をさらに遡れば朝鮮と中国から呼ばれていた。かの司馬遷『史記』に「朝鮮列伝」あり。朝鮮王の衛満《ウィマン》は、もと燕《えん》人であったが、燕王の盧綰《ろわん》が漢の劉邦に叛《そむ》き匈奴《きょうど》に逃げたので、彼は朝鮮の地に亡命、原住民を支配し王になったという。また班固《はんこ》『漢書』には、殷人の箕子が周の武王から朝鮮の地に封建され、原住民を教化して七、八百年を経たとある。殷人箕子の朝鮮を「箕氏朝鮮」、燕人衛満の朝鮮を「衛氏朝鮮」という。孰れも、中国人が朝鮮の支配者となった、つまり往古より高麗は中国のものであったと政治的に主張するものだ。そこでわしは、高麗民族共通の始祖神である我が壇君王倹の即位を、箕氏朝鮮を遡ること遥か千五百年前に設定したのである。これはな、悪十、民族の意地だ。

壇君王倹の建てた国――これを以て全体の表題とした。輒ち、「古朝鮮〔王倹朝鮮〕」と。

わしは冒頭から何度も読み返してみた。古記ニ云フ――だめだ、これでは弱い。まるで昔話でも始めるようではないか。ここはやはり具体的な史書の名を挙げて、信憑性を高めたい。『壇君記』などではなく、実在する史書の名を。そこで思い出したのが『魏書』である。北魏一代のことを記した史書だが、亡佚《ぼういつ》した部分が多く完本ではない。壇君王倹のことは、その亡佚部分に載っていたことにすればよい。もっともらしく、しかも検証は不可能である。

――魏書ニ云フ。乃往二千載、壇君王倹ナルモノ有リ。立チテ阿斯達〔経ニ云フ、無葉山ナリト。亦タ云フ、白岳ナリト。白州ノ地ニ在リ。或ハ開城ノ東ニ在リトモ云フ。今ノ白岳宮、是レナリ〕ニ都シ、国ヲ開キテ朝鮮ト号ス。高ト時ヲ同ジクス。

魏書のこの〝引用文〟を冒頭に置き、その後から「古記ニ云フ――」以下を続ければよいわけだ。これで完璧である。では、全文を掲げよう。壇君神話――一然、一世一代の会心作だ。

*　*

古朝鮮〔王倹朝鮮〕
魏書云。乃往二千載有壇君王倹。立都阿斯達〔経云無葉山。亦云白岳。在白州地。或云在開城東。今白岳宮是〕。開国号朝鮮。与高同時。古記云。昔有桓因〔謂帝釈也〕庶子桓雄。数意天下。貪求人世。父知子意。下視三危太伯可以弘益人間。乃授天符印三箇。遣往理之。雄率徒三千・降於太伯山頂〔即太伯今妙香山〕神壇樹下。謂之神市。是謂桓雄天王也。将風伯雨師雲師。而主穀主命主病主刑主善悪。凡主人間三百六十余事。在世理化。時有一熊一虎・同穴而居。常祈于神雄。願化為人。時神遺霊艾一炷・蒜二十枚曰。爾輩食之。不見日光百日。便得人形。熊虎得而食之忌三七日。熊得女身。虎不能忌。而不得人身。熊女者無与為婚。故毎於壇樹下。呪願有孕。雄乃仮化而婚之。孕生子。号曰壇君王倹。以唐高即位五十年庚寅〔唐高即位元年戊辰。則五十年丁巳。非庚寅也。疑其未実〕。都平壌城〔今西京〕。始称朝鮮。又移都於白岳山阿斯達。又名弓〔一作方〕忽山。又今弥達。御国一千五百年。周虎王即位己卯。封箕子於朝鮮。壇君乃移於蔵唐京。後還隠於阿斯達為山神。寿一千九百八歳。

＊　＊

扨、悪十。『三国遺事』には収めなかったが、壇君王倹の肖像も描かせた。壇君は袍衣をまとい、道士か神人めいた風貌で、髭を生やしている。首と腰の回りには檀樹の葉を飾っている。そうだ、彦山で左源太に見せてもらった『藤原恒雄と善正上人像』という絵の、善正上人を思い出して絵師に描かせたものだ。わしは『三国遺事』とともに、この壇君画像を高麗全土に配布し、壇君神話の大々的な弘布《こうふ》に乗り出す計画である。壇君神話を精神的支柱として、蒙古の支配に対し高麗の民を立ち上がらしめるつもりなのだ。

一僧侶の書いた私撰の史書など、誰が信じるものかと疑うか。口を慎め、悪十。わしはそこらの坊主に非ず。高麗国の国師、大禅師であるぞ。

初めて耳にする壇君神話など、誰が信じるものかと疑うか。人の性は愚なり、悪十。嘘も百万遍繰り返せば真実となる。そのうえ時が味方する。今は疑惑の神話でも、語り継げば、後世、これぞ古来伝承の民族固有の始祖神話と誰もが信じることになろう。

勿論、わしの力だけでは限界がある。そこでわしは、この壇君神話計画を独力で推進するのではなく、計画に共鳴する同志を糾合して組織的な展開を図ることにした。いわば壇君普及全国運動だ。動安居士こと李承休《イスンヒュ》も仲間の一人である。彼は来年、長編詩仕立ての史書『帝王韻記《チェワンウンギ》』上下巻を刊行し、その下巻で壇君王倹を顕彰することになっている。桓雄が降臨した妙香山に「壇君窟」を造営し、旧都江華島の摩尼山頂には壇君の祭壇を建築する計画も進行中だ。かくして悪十、遅くとも二百年後、いや百年後には、壇君神話は高麗の始祖神話として全土に普及していることであろう。わしはそう断言する。

では、肝心なことを告げよう。壇君神話の秘密――かかる国家的枢機を、なぜ創作者のわしが異国の武士たる柳生悪十兵衛に明かすか、を。

神話というものは、げにも恐ろしき力を持っているものだ。それは両刃の剣だ。他者をも斬るが、自らもそれに斬られる。神話が裏打ちする民族の自負心は、支配者に立ち向かう有力な武器になるとともに、自身を神に選ばれた優秀な民族と錯覚させ、増長させ、過去を真実以上に美化して空虚な自尊妄大に陥らせ、挙句の果てには高潔な精神、魂をも蝕《むしば》み、腐敗させてしまう。その先に待つのは国家的な破滅、亡国だ。悪十、そなたも神風を嗤いながらわしに云ったではないか。日本は神の護り給う神国だからと驕り昂り、いずれまた異敵侵略の危機に晒された場合も、神に祈れば必ずや神風が吹いてくれるだろう――そう慢心、楽観してしまうのが何よりも恐いのでござる、と。神話の効能に縋る者は、神話の負の効能にも常に思いをいたさねばならぬのだ。

だから悪十よ、お願いする。信頼に足るそなたと見込んでお願いする。万が一、高麗民族に壇君神話の毒が蔓延したる時は、その時こそは我が孫よ、躊躇うことなくこの書翰を公表せよ。壇君神話なるものは一然の一創作物であることを世に暴露せよ。――この務めを子々孫々、柳生一族の要務として相伝して欲しいのだ。かかる使命、高麗人には任せられぬ。神話を護らんとて、闇から闇へと葬り去る公算が大きいからだ。そなたにこの大事を願うは、神話を産み出した者の責任を痛感したればこそなり。祖父としての頼みだ、孫よ、我が願いを聞き届けてくれ。

末尾ながら、そなたの宿願――剣術の奥儀を極め、柳生流剣術が日本の剣術として末世まで栄えんことを切に祈るものである。

高麗国忠烈王十二年三月吉日　　　　　　　　　　　　　　　　一然　識》

十九

「――これが、一然国師の書輸にござる」

柳生但馬守宗矩《たじまのかみむねのり》は、古びた文書をするすると畳の上に展《ひろ》げてみせた。

「おお――」

「なんと――」

それまで、いわば眉に唾して聞いていた李朝の使者たちは、瞬時に顔色を変え、群がるが如くして古色蒼然たる書翰を覗き込んだ。

〔付記〕
『三国遺事』が『彦山流記』の成立以後に書かれたことを疑う学者は皆無である。檀君神話（今日では「檀」が通用）のルーツは、日本の彦山（現・英彦山）であったことが明らかにされたのを機に、日韓の友好交流がさらに促進されてゆくことを期待したい。已に、英彦山のある福岡県添田《そえだ》町は十年前から、檀君祭壇「塹星壇」遺跡のある大韓民国仁川広域市江華郡と、姉妹都市の関係を結んでいるとのことである。

第二部　美神流離ノ巻

わたしは流離から解放されぬ身　ならば人生を澱《おり》まで呑み乾そう
どんな時も大いに苦楽してきた　わたしを愛してくれた者たちと
時には独りで、時には陸の上で　また時には千切れ飛ぶ雲間から
閃光するヒュアデス星が雨もて　撃ち乱す仄暗《ほのぐら》い大海原にいても
わたしの名は鳴り響いていった　なぜというに、いつも餓えたる
心で流離《さまよ》い、幾つもの都、風儀、　気候、政を見すぎるほどに見て
知りすぎるほどに知ったがゆえ　蔑《さげす》まれず皆に尊敬を受けたのだ
遥か遠く風疾《はし》るトロイの戦場で　好敵手と渡合う悦びにも酔った
わたしは出遭った総ての一部だ　されど、あらゆる経験は穹窿門
その門の先は未だ旅せざる世界　進まんとすれば境界は溶解する
永遠に永遠に薄らぎ消えてゆく　何と愚かなことだろう、休息し
生を終える、磨かずに錆びつく　使いもせずに輝かざる、などと
人生とはただ息をすることか？　そんな生を積み重ねて何になる
我が命は竭《つ》きようとしているが　一刻として永遠の沈黙から逃れ
それ以上の、新しきを齎《もたら》さん！

A・テニスン『ユリシーズ』

一

――褌《ふんどし》をな、もう一本、重ねて緊《し》めておくことだ。

先輩の小姓は、新左衛門《しんざえもん》にこっそりと耳打ちした。

「は？」

「いや、初めてなれば二本がよいな。念には念を入れるのだ。然様《さよう》、都合三本を緊褌《きんこん》して臨め」

「な、なぜでございます？」

「おぬし、袴の前に染みをつくりたいか」

「――染み？」

「さまでのもの、ということだ。覚悟しておけよ。持ち合わせがなければ、おれのを貸してやろうか」

当然、新左衛門は断った。褌を重ね緊めするだけでも奇怪であるというのに、況《ま》して他人の褌を借りるなど――。

三月《みつき》前、栄《は》えある小姓組に取り立てられたばかりの新左衛門は、この夜が初めての宿直《とのい》であった。当番に定められていた先輩小姓が突然の発熱で、急遽《きゅうきょ》その代役に抽擢《ちゅうてき》されたのである。本多《ほんだ》新左衛門――齢《とし》まだ十三歳。

その新左衛門が側小姓として仕える将軍家光《いえみつ》は、このところ、またも大奥に足を向けなくなっていた。かかる場合の寝所は中奥の御小座敷という決まりだが、今、新左衛門が控えているのはその御小座敷ではなかった。蓮池堀《はすいけぼり》を望む中庭に、建てられて間もない若竹ノ御茶屋と呼ばれる別邸があった。その玄関口で新左衛門は待っていた——将軍の夜伽《よとぎ》の相手が来るのを。当の家光は、已《すで》に四半刻前から茶屋に入っているというのに。

——畏《おそ》れ多くも、上様《うえさま》をかくお待たせいたす相手とは誰ならん。

新左衛門は幼い顔に苛立《いらだ》ちの色を刷《は》いて夜空を仰いだ。寛永《かんえい》十一年（一六三四）九月上旬、半輪の月が朧《おぼろ》に滲《にじ》んで、銀砂を撒《ま》いた星々は、艶めかしい絹織物の裳裾《もすそ》を思わせる。

軈《やが》て——。ひめやかな跫音《あしおと》が近づいてくるのを耳にした。咎《とが》める視線を振り向けた新左衛門は、次の瞬間、あっと息を呑む。

——月光の化身！

まさに月の雫《しずく》の精霊か、と目を疑う思いであった。端整な裃《かみしも》姿が月影を滴《したた》らせんばかりに浴びて、自ら発光するが如《ごと》くだ。すぐにそれは、雪をも欺く肌の白さゆえのことと分かったが、近づいてきたぶん、その女以上に美しい麗貌が判然として、新左衛門の心を忽《たちま》ちに魅惑してしまった。

——ああ、このお方であったのか、夜伽の役は……。

さなり、〝営中第一の美男〟と呼ばれ、昼間見ても大奥の御女中衆が嫉妬、羨望し、雪崩《なだれ》を打って思慕するほどの美貌だが、月明かりの下で目にする今こそは、人ならざる美しさが真底極まれりの感があった。

と——如何にも剣術者らしくある切れ長の目が妖艶に烟《けむ》って、電撃にも等しい凄《すさ》まじい流し目を新左衛門に呉《く》れた。刹那、新左衛門は殆《ほとん》ど失神せんばかりになった。

「お役目、御苦労に存ずる」

朱を塗ったような紅唇《こうしん》が、濡れた微笑を含んで一声かける。

「…………」

新左衛門は咄嗟《とっさ》に声を返し得ない。舌が縺《もつ》れ、咽喉《のど》は渇き、頬が紅潮して、相手をうっとり見つめるばかり。

夜伽役の侍は、玄関をくぐると、廊下に正座して、正面の襖《ふすま》に向かって云《い》った。

「遅うなりました。友矩《とものり》にございます」

姿容は女を超える美しさだが、その声は媚《こ》びとは無縁、涼やかで、毅然《きぜん》とした青年剣士のそれだった。

「待ち焦《こ》がれたぞ、さあ、早う、早う」

襖の向こうで答えた家光の声のほうが、いっそ女のようであった。期待を含み、ねっとりとして、その粘っこいことといったら。

それから間もなく、新左衛門は先輩小姓の忠告を笑殺した己《おの》が迂闊《うかつ》さを、心の底から呪わなくてはならなかった。襖を一枚隔てて聞こえてくる呻《うめ》き、喘《あえ》ぎ、痴語の、嗟乎《ああ》、何という凄まじき――。

二

「――友矩っ、友矩っ、予は、も、もう我慢ならんぞーっ。早う、早う来てくれっ」

「まだでございまする。いま暫く御辛抱おなりあそばさのうては」

一面に敷き詰められた豪華絢爛《けんらん》たる夜具の上で、柳生刑部少輔《やぎゅうぎょうぶしょうゆう》友矩は、三代将軍徳川家光と濃厚これに過ぎざるはなき淫《みだ》らな絡み合いに打ち興じていた。二人は揃って全裸である。家光は三十一歳を迎えて男の盛り、対する友矩は若鹿の如き二十二歳。

友矩の裸身は、白い。なめらかな肌に一片の染み、一毫《ごう》の疵《きず》も探せぬくらいに白い。家光とても肌の白さは公家《くげ》並みだが、却《かえ》って色黒に見えるほどだ。その二人が――宛《さなが》ら白蛇と烏蛇《うじゃ》のそれは交尾であった。雄と雄の交尾である。いつ果てるともなく、うねうねと絡み合い、互いに快楽の泉を涸《か》らし竭くそうとしている。意外なる哉《かな》、白蛇は攻め、いたぶる側であった。烏蛇は攻められ、翻弄される側であった。

二人が肌を重ねて、もう半刻以上が過ぎている。襖で隔てられているにもかかわらず十三歳の本多新左衛門は、嬌声《きょうせい》と淫風にあてられて褌の中で已に二度自爆を遂げていた。袴の前部には濡れ染みが広がり出しているというのに、二匹の蛇の絡み合いは、まだ前戯の域を出てはいなかった。それほど二人は快楽を貪《むさぼ》ることに貪欲《どんよく》だった。が、竟《つい》に家光が屈したのだ。身も世もなく泣き咽《むせ》びながら、とどめの一撃を乞《こ》い訴え始めた。

――四月前の六月二十日、家光は総勢三十万七千余人からなる前代未聞の一大軍団を引き連れ上洛の途に就いた。一昨年の寛永九年、西ノ丸の大御所として長く実権を振るった二代将軍の父秀忠《ひでただ》が死去し、昨年には政敵であった弟の駿河大納言忠長《するがだいなごんただなが》を高崎《たかさき》の配所で自刃《じじん》に追い込み、いよいよ以《もっ》て家光は誰憚《はばか》ることなき征夷大将軍――名実ともに最高権力者となった。空前にして絶後の大上洛は、その権勢を京都の禁裏《きんり》に遺憾《いかん》なく見せつけてくれんがための示威行動であった。道中奉行は総目付の柳生但馬守宗矩《たじまのかみむねのり》が務め、その第二子である友矩も扈従《こじゅう》した。友矩が徒士頭《かちがしら》に擢《ぬ》かれて従五位下《じゅごいげ》刑部少輔に叙せられたのは、京都滞在中のこの時のことである。家光と友矩はそれ以前からの〝関係〟であった。しかし、旅上にあっては人目を避け難い。家光は自重した。先月二十日、江戸城に帰り着いて後も公務多忙を極め、漸《ようや》く今日になって友矩を召すを得た。この夜は、つまり二人にとって久方ぶりの逢瀬《おうせ》なのであった。

「なりませぬ。まだなりませぬぞ、上様」

友矩は焦らすように云って、己が臀部《でんぶ》に陽根を誘うべく頻《しき》りに伸びてくる家光の手をその都度《つど》、邪険に払いのけた。彼は将軍の上に乗り、互いに身体の正面を密着して、陽根と陽根を擦り合ってい た。二本の肉の槍は、濡れた糸を幾筋も引いて双方を突つき、押し、拉《ひし》ぎ、刺し、叩《たた》き、弾き――痴戯の限りを極めて、その結果として、もはや家光はたまらなくなったのである。

「友矩は、まだこうしているだけで愉《たの》しゅうございますれば」

「予は、げ、げ、限界じゃ」

喘ぎ喘ぎ家光は訴える。その声には将軍としての威厳は欠片《かけら》もない。少女のようなか弱さが、哀れさが感じられるばかりである。絡み合う家光と友矩は汗まみれだ。しかし、仔細に見れば全身を朱に染め玉のような汗を噴き出しているのは家光のほうであって、それが友矩の肌に塗り移っているに過ぎない。友矩の肌は、まさに白磁の如く、佳境に向かうにつれいよいよ静謐《せいひつ》であった。

「御意《ぎょい》。――さりながら、幼名竹千代《たけちよ》君とはよく仰せになられたものと、友矩、感心たてまつります る。げにも見事な若竹ぶりでござりますなあ」

「と、と、友矩ーっ、予を愚弄《ぐろう》いたすかっ」

家光は狂乱して友矩を睨《にら》む。愚弄とは云いも云ったり。その実、土壇場《どたんば》でこそ焦らしに焦らされ、翻弄されるのが家光の好みなのである。それを友矩は充分に熟知している。

「わたくしめの竹など、上様の御物に較べますれば、幼竹に過ぎませぬ」

「よ、よし。されば、その竹、予が手ずから、いや口ずから育ててつかわす」

友矩を押し退け、身を起こすと、家光は夜具を乱し、友矩の両腿《もも》の間を奥へ、奥へと顔を進めてくる。

暫くの間、聞くに耐えざる音が部屋中に響き渡った(新左衛門が三度目を噴き上げたのはこの時であった。褌三枚重ねでも足りたかどうか——とは、後に新左衛門が後輩小姓を指導した際の述懐である）。

「——どうじゃ、友矩。おまえの竹も見事にしなったではないか。これ以上は、果てるばかりぞ」

「畏れ入りましてございます」

友矩は素早く両膝立ちになった。家光を真正面から抱き起こすようにして両腕に力を込める。家光の全身が甘く痺《しび》れ、脱力し、くなくなとなるのが分かった。うっとりしたその顔をのぞきこみ、唇を重ねると、家光は犬のように舌を出してきた。将軍の舌を右端から唇でついばみ、左へ左へと馬蹄形《ばていけい》にしゃぶりまわす。今度は左側から逆に右へ右へともう一度。そのうえで、舌先を少しさぐるようにしてから抜き、続いて家光の舌を己が口腔に引き摺り込んだ。たっぷりと唾液をまぶして泳がせ、舌で追いつめ、あるいは追わせて逃げて——徹底的に翻弄し竭くした。

「た、たたた、たまらぬぞーっ」

家光は、唇を捻《ね》じりとるようにして顔をもぎ離すと、絶叫した。

「い、今の口吸い、な、何たる術じゃ」

「我が新陰《しんかげ》流、右旋左転《うせんさてん》にございまする」

云うまでもないことだが、これは閨房《けいぼう》の戯《たわむ》れである。真の「右旋左転」とは、

——打太刀《ウチダチ》ヨリ上段ノ青眼ニ構へ、ツヨク斬リカクル時、斬リ合ヒ、打太刀ノコブシヲ斬ルヤウニ、左へ一足二足マハリ、其ノウチニ左ノ足ヲ少シク左へ横ニ出シ、太刀先ヲ少シサグルヤウニテ抜クル。

というものだ。よって、罰当たりな戯れではあったが、新陰流剣法が男色の技巧にも応用が利くことを発見したのは、やはり友矩の手柄と云わねばならぬ。彼が家光を夢中にしてやまないのは、己の

美貌、若さのみに頼らぬ、たゆみなき研鑽《けんさん》にあるのだ。

友矩もそろそろ限界に達しつつあるのを自覚する。

「では上様、お望みのもの、友矩、これより存分にたてまつる所存」

「お、おう、突いて呉れ、貫いて呉れィ、そちの剛《かた》き槍もて、予を思うがままに貫いてくれィ」

字面は命令だが、甘える口調は寧《むし》ろ懇願であった。

――予ハ生マレ乍《ナガ》ラニシテ将軍ナリ。

思うべし、十一年前、将軍襲職に際し、居並ぶ諸大名を睥睨《へいげい》して傲然《ごうぜん》とそう言い放ったとこれが同じ人物であるとは。

〈だから面白いんだ、この道は〉

友矩は優雅に胸中で嘯《うそぶ》くと、家光を組み敷いた。

「ああ」

生娘《きむすめ》のような声をたて、家光は友矩に向かっておねだりするが如くに双臀を突き出してくる。逭《さすが》に、友矩の口辺には微笑がそよがざるを得ない。

「謹んで――」

丁寧な言葉遣いながら行為は荒々しい。友矩は家光の両肢を強引に割って、菊の窄《すぼ》まりを露呈させた。別の命ある生物のようにヒクついている。

「これはこれは……フフ、あさましゅうおあそばします」

「つ、突けえっ」

「されば友矩、上様と身をひとえになしたてまつりまするぞ――御免」

一　身ヲヒトヘニナス事
一　アトノ足ヲヒラク心持チノ事
一　構ヘハイヅレモ相構ヘノ事
右ノ条ハ、身ニアリ、太刀ニアリ、一々立相ヒテナラフベシ――。

友矩に云わせれば、男と男の媾合《まぐわい》は立ち合いと同じである。輒《すなわ》ち勝負である。これまでの焦らしを一転し、容赦なく後ろから家光を責めに責め立てた。家光の気儘《きまま》を許さなかった。これは「懸《けん》」である。

――懸トハ、立チ合フヤ否ヤ、一念ニカケテ厳シク斬ツテカカリ、先ノ太刀ヲ入レントカカルヲ懸ト云フ也。敵ノ心ニアリテモ我心ニテモ、懸ノ心持チハ同ジ事ナリ。

「友矩っ、友矩っ、友矩ーっ」
家光は髷《まげ》を振り乱して悶え狂う。一方的に家光を攻略しているようでいて、友矩はその実、反応を冷静に観察してもいた。謂《い》わば彼の身体は「懸」であったが、心は性急さを抑え「待《たい》」に置いたのだ。

――待トハ、卒尓《ソツジ》ニ斬ツテカカラズ、敵ノシカクル先ヲ待ツヲ云フ也。厳シク用心シテ居ルヲ待ト心得ベシ。

「よいぞっ、実によいぞっ、予は、予は、女になった心地ぞするっ」

喜悦の声を噴き上げるたびに、涎《よだれ》が四方に飛び散った。汗が滝のように流れ落ちる。尻が悍馬《かんば》の如くに跳ね上がる。葵紋《あおいもん》を染め抜いた夜具は乱れに乱れた。心を「待」に、身体を「懸」にした友矩が、勝利を収めつつあるのだ。

――心ヲバ待ニ、身ヲバ懸ニスベシ。ナゼニナレバ、心ガ懸ナレバ、走リ過ギテ悪シキ程ニ、心ヲバ控ヘテ待ニ持チテ、身ヲ懸ニシテ、敵ニ先ヲサセテ勝ツベキ也。

「もうゆかぬ、友矩、予は、もう、もう、もうっ」

それが家光の最後の言葉だった。

徳川将軍の一日は「もう」の一声で始まるのが慣例だが、この夜の家光は、一日を畢《お》えるに朝と同じ言葉を以てしたのである。

友矩は余裕で微笑した。不埒《ふらち》なり、だが忘我の境を彷徨《さまよ》う家光は気づく筈《はず》もない。身を弓形《ゆみなり》に仰《の》け反《ぞ》らせ、全身に痙攣《けいれん》が幾度も波状に走って、友矩が若竹と呼んだものの先端から白いものを勢いよく撃ち出すこと二度、三度――たっぷり汗を吸った敷布団の上に、人形の如くくずおれた。

三

「――友矩か」

「はい」

「入って参れ」

友矩は障子戸に両手を添え、屋敷奥の書院に入室した。

「お呼びでございましょうか、父上」

宗矩は机に向かって筆を走らせていた。なおも友矩を待たせ、ようやく書き上げてから向き直る。

是年、宗矩は六十四歳である。五年前の寛永六年（一六二九）、従五位下但馬守に正式に叙任され、今なお将軍家兵法指南役をも務めつつ、諸大名の動向を監察する総目付職を兼任している。石高《こくだか》こそは六千石だが、旗本から大名へと昇格するのは確実と見られていた。それが嬉しいのか、或《ある》いはそれでは不満なのか——表情からは読み取れない。もともと胸宇を表に刷く父ではなかった。齢を加え、無表情の顔はどこか不気味に見える時がある。今がそうだった。

火鉢が入れられている。十二月半ば——友矩にとっては、家光が江戸城に戻って初めての逢瀬以来、三月が過ぎていた。あの夜から家光は、殆ど連日のように友矩を召して情を交わしていた。大奥には怨嗟《えんさ》の声が荒波のように沸き立っているという。宜《むべ》なる哉《かな》、今や友矩こそ家光の妻であった。家光の寵愛はますます嵩《こう》じ、このたび友矩は二千石を拝領するに至った。采地《さいち》は山城国《やましろのくに》の内である。その祝宴が柳生家江戸屋敷で張られた翌日、友矩は父に呼ばれたのである。

異様なまでの静けさだった。人払いされているのだ。

「友矩、おまえを呼んだのは他でもない。まずはこれを読め」

宗矩は、たった今書き終えた書状を友矩に示した。

床の間に朝鮮椿——侘助《わびすけ》が、赤い花を可憐に咲かせている。この椿は、豊太閤《ほうたいこう》の朝鮮出兵の折り、侘助なる者が持ちかえった故事に名を由来するという。友矩は一瞬、愛《め》でるような優しい視線を花に送ってから、父の字に目を落とした。家光に宛てられたものであった。倅《せがれ》こと友矩儀、慮外の急病につき、国もとへ送らせ、療養に専念いたさせたく——そのような意味のことが記されていた。

柳生友矩は、大坂冬の陣を翌年に控えた慶長《けいちょう》十八年（一六一三）、但馬守宗矩の次男として生まれた。六歳上に兄の十兵衛《じゅうべえ》三厳《みつよし》がおり、同歳に弟の主膳宗冬《しゅぜんむねふゆ》がいる。三厳、宗冬は正室の腹だが、友矩は宗矩が側室に生ませた庶子だ。庶子は日陰の存在であり、幼い頃から兄十兵衛は云わずもがな、弟の宗冬よりも自らを下に置いて成長した。本来ならば兄弟の影として生きねばならない宿命を負った友矩を、歴史の表舞台に押し上げたのは十兵衛だった。輒ち、寛永三年（一六二六）、柳生十兵衛は新将軍家光の勘気を蒙《こうむ》り、大和《やまと》柳生ノ庄《しょう》への逼塞《ひっそく》を余儀なくされた。これに慌てたのは宗矩である。大名に列せられんとして果せず逝《い》った父石舟斎宗厳《せきしゅうさいむねよし》の遺志を継ぐべく、着実に功を積み重ねていた宗矩は、奔放不羈《ふき》な莫迦《ばか》息子のため今までの苦労が水泡に帰すのを何より恐れた。幸いにも彼は弥縫《びほう》の手駒を——それも飛びきり極上の手駒を有していた。次男の友矩である。友矩は父の推輓《すいばん》によって、その年のうちに兄に代わり家光の小姓として召し出された。八年前、十四歳の時だ。

家光は自ら豪語した如く生まれながらの将軍であったが、且《か》つ生まれついての男色家でもあった。その前年、京都より前関白鷹司信房《さきのかんぱくたかつかさのぶふさ》の娘である孝子《こうし》を御台所《みだいどころ》に迎えたものの、彼女には見向きもせずにいた。況《いわん》や房事においてをや、である。謂うなれば宗矩は家光のその性癖につけこんだのだ。友矩は、十兵衛の罪を帳消しにするための献上品、嗜好品《しこうひん》に他ならなかった。言葉を更《か》えれば、当初から友矩は生贄《いけにえ》として家光のもとに送られたわけである——実父によって。

友矩は典雅な美貌の持主だった。剣の伎倆《ぎりょう》を父から、夢のような美しさを母より能《よ》く受け継いだのである。女以上に美しい、そう評された。柳生の貴公子、柳営随一の美男とも喧伝された。家光も忽《たちま》ち魅せられた。美少年数寄《すき》の家光が取り揃えた粒選《よ》りの小姓たちの中で最も寵せられたのが友矩である。友矩は父の意向を察していた。それが己の務めと積極的に行動した。家光の寵愛ぶりは斜めならず、よって宗矩は愚息十兵衛の失態を挽回したのみならず、早くも三年後には従五位下に叙せられて正式に但馬守を名乗るを得、二年前には三千石を加増された。すべては友矩あったればこそ——謂わば友矩こそ宗矩の救い神であった。

だが、過ぎたるは及ばざるが如しの譬《たと》えある通り、もはや家光の寵愛は臨界点を突破した。将軍職を襲って十二年、三十一歳となった今に至るも一子だになく、このままでは世継ぎを得る能《あた》わず、僅々《きんきん》三代にして徳川宗家《そうけ》が断絶するは必至。これ未曾有《みぞう》の危機なりとの大奥の声を後楯《うしろだて》に、友矩弾《だん》劾《がい》の声が澎湃《ほうはい》として沸き起こり、城中の輿論《よろん》を形成しつつある。さなきだに家光の寵愛を一身に集める友矩は、幕臣の嫉妬を買っていた。家光との秘事という〝私《わたくし》ごと〟が、公的な問題として引き出されるのは時間の問題であった。そんなことになれば、友矩個人に止まらず、柳生一族、いや、将軍家兵法指南たる柳生の剣、日本六十余州にあまねく柳生新陰流一門にとっての危機、恥辱である。その度合いは、十兵衛の一件の比ではない。また、宗矩は総目付職にある。諸大名を監察する立場にありながら、その息子が将軍の愛人とあっては示しがつかないのは当然であろう。

——上様から友矩を排除する！

その決意を宗矩に固めさせたのは、表向きには友矩が二千石を拝領したことにある。父たる宗矩でさえ六千石なのだ。だが、真の理由は別のところにあった。宗矩が密かに得た情報に拠れば、二千石どころか、家光はなんと、日ならず友矩を十四万石の大名に擢くと約束したというのである。十四万石なる数字は、家光の小姓に列せられた寛永三年、友矩の齢が十四歳だったことに因《ちな》むもので、如何にもそれは閨房でなされた口約束の趣きがあったが、翌日、家光が手ずから筆を把《と》って友矩にお墨付きを与えた、と知っては、もはや放っては置けぬも道理であった。これが表沙汰になったが最後、柳生新陰流は亡びる。将軍家指南役の息子が将軍の愛欲によって十四万石を得たなど、どうして天下に顔向けが出来ようか。

四

「慎んで従いまする」

書状から美しい顔を上げると、友矩は微笑した。儚《はかな》げな笑みだった。

「驚かぬのか」

「予想はいたしておりました。このままでよい筈がない。何よりも上様の御ため宜《よろ》しからず、と。さりながら上様のお求めを拒むこともならず……」

「予想しておったと？」

宗矩は我が子を凝視した。

「――そうか。そう思っていたか。おまえの心を読むことまでは、 遉のこのわしにもできなんだ。わしと最も相似たるは、友矩、おまえであったのかもしれぬな」

苦い、慨嘆《がいたん》を滲ませた口調だ。宗矩が初めて垣間見せる、これが父の情であった。嫡子たる十兵衛は幕臣として、宗冬は将軍指南の剣士として、ともにその器に足らざる不肖《ふしょう》の息子である。友矩こそは、庶子でなくんば後事を託すに適う息子であった。剣技は十兵衛と相伯仲《はくちゅう》し、頭も切れ、能吏の才も備わっている。感情に溺《おぼ》れ激しやすい十兵衛、愚図でのろまでとろくさい宗冬に較べても、自己抑制に長《た》けたところなど宗矩と瓜《うり》二つといっていい。それを改めて思っての述懐であった。いや、家光とのことが大問題となるまでは、庶子であっても友矩を後継に、と考えないではない宗矩だったのである。

「不憫《ふびん》なる哉、友矩」

万斛《ばんこく》の思いを込め口にした。

友矩の顔が、冬陽のように淡く輝いた。

「もったいなきお言葉と存じ奉ります。では父上、わたくしを不憫と思し召しくださるならば、この友矩が最後の願い、何卒《なにとぞ》お聞き届けくださいますよう」

「最後の、願いと？」

「柳生には戻りたくございませぬ」

「…………」

「上様とのこと、この友矩にとりまして恋でございました。一生一代の、命懸けの恋でございました。父上の命ならば、そして柳生のためとあらば、甘んじて引き裂かれもいたしましょう。なれど、この先、柳生ノ庄にて上様を思い、老い、朽ち果ててゆくことは、友矩には到底耐えられませぬ」

「何を、望むか」

「父上との立合い」

云った瞬間、友矩の両眼から涙が溢れた。

「刑部少輔柳生友矩、将軍兵法指南役柳生但馬守さまと、真剣による立合いを所望いたしまする」

澄んだ声音であった。震えもせず、淀《よど》みもなく、あくまで雅《みやび》にそう云った。表情に変化も気負いもなく、相変わらず微笑が口辺にたゆたっている。だが、涙だけは途切れることなく迸《ほとばし》り続け、次々と両頰を伝うのだった。

宗矩は不思議なものでも見るように、魅せられた如く友矩の涙に見入っていたが、

「父の手にかかって——そう申すのだな」

答えはなかった。首も縦には振られなかった。だが、手の甲に落ちる涙の雫がいっそう明瞭《めいりょう》な音を連続させた。

宗矩は思わず、己が目をしばたたいた。

「念のため、聞いておく。父に息子を斬らせる——それは意趣か」

「父上」

友矩は静かに首を横に振った。

「友矩は、最後まで、いいえ、死して後も新陰流剣士として生きる所存にございます」


知る人ぞ知る柳生友矩の最期については、これまで幾人かの先輩作家が触れておられる。二、三例を挙げれば——。

宗矩を主人公に据えた大作『春の坂道』で山岡荘八《やまおかそうはち》は書いている。「寵童を十余万石の大名に取り立てた……などと言われては、家光自身、名君どころか、暗愚な変質将軍の汚名を残す結果になろう」。かく案じた宗矩は稽古と偽り、何と友矩の美貌に醜い疵を負わせるのである。「友矩は右頬をおさえたまま水際へ走った。（中略）そこに映し出された顔は、鏡の中で見なれたわが顔とは似ても似つかぬ凄まじい形相だった。右眼の下から鼻梁《はなすじ》にかけて紫いろに腫《は》れ上がったコブあざが浮きあがり、ひん曲った右の鼻腔からタラタラと黒い血が一筋唇へむけて糸を引いている」。友矩は柳生ノ庄に放逐《ほうちく》され、宗矩配下の者が遣わした男に斬られて死ぬ——。

五味康祐《ごみやすすけ》先生の『堀主水《ほりもんど》と宗矩』で友矩は、山岡作品に輪をかけて悲惨、滑稽な最期に見舞われている。自ら宗矩に望み、かの堀主水一件の探索に乗り出すが、潜伏中を藪蚊《やぶか》に襲われ、首筋の蚊をそっと叩きつぶす。それを見咎められた。女に抱きつかれ動きを封じられたところを、主水の弟真鍋《まなべ》小兵衛《こひょうえ》に斬殺されるのである。「都育ちの、友矩には一生の不覚だった」とは、『柳生武芸帳』でも藪左中将《さちゅうじょう》嗣長卿《つぐながきょう》の屋敷に赴いた友矩が、たった一首の歌が返せぬため正体を見破られてしまうという趣向を矮小化したセルフ・パロディででもあろうが、一片の見せ場も与えられずに、そのうえ「男女互いに相擁し、男はズルズルと女の身を抱き退りざま満身に血を吹いて、倒れたのである。柳生友矩二十七歳。人の知らぬ最期だった。謚《おくりな》透関院殿機伝宗用禅定門《とうかんいんでんきでんそうようぜんじょうもん》。誰を仆《たお》したか小兵衛はじめ百余名、誰ひとり知らなかった」とは、非情に過ぎよう、五味先生！

隆慶一郎《りゅうけいいちろう》氏の短編『柳枝の剣』において友矩を暗殺すべく宗矩が送り込んだ剣士は、兄の十兵衛である。友矩は白い帷子《かたびら》を着て十兵衛を待ち受けている。兄弟間に繰り広げられた月下の剣戟は四半刻にも及び、友矩は十兵衛の右眼を予告通り悠々と突いた後、自ら兄の剣に身を晒《さら》して死ぬ。友矩の恋を真正面から捉え、その死に飛びきりの面目を施した、ダンディズムとロマンティシズム溢れる佳品である。

このような友矩を甦《よみがえ》らせ、縦横無尽に活躍させるという趣向もある。菊地秀行《きくちひでゆき》先生の連作中編集『柳生刑部秘剣行』である。深作欣二《ふかさくきんじ》監督作品『柳生一族の陰謀』では、千葉真一《ちばしんいち》・矢吹二朗《やぶきじろう》の実の兄弟が十兵衛・友矩兄弟に扮《ふん》し、友矩は成田三樹夫《なりたみきお》演じる公家の怪剣士烏丸少将文麿《からすましょうしょうあやまろ》に斬られて、よもやの最期を遂げる——。

扨《さて》、二年後の寛永十三年（一六三六）、宗矩は六十六歳にして、四番目となる男児を得ている。老いての執念——何としても友矩に代わるほどの子をと、そう欲したからに相違あるまい。かつて坂崎《さかざき》出羽守《でわのかみ》事件の際、十歳の十兵衛を筆頭に幼い息子たちを三人揃って人質に取られた宗矩は、「子など、この先いくらでも生《な》せるわ」と嘯いた。それが宗矩四十六歳の時であったが、なお二十年の星霜を閲《けみ》し、還暦をとうに踏み越した歳になって、男盛りの時の自言を実行に移してみせたわけである。そういう柳生但馬守は男である。

生まれた子の幼名は六丸《ろくまる》——後の柳生列堂《れつどう》である。

「待てィ、左門」

父のもとを退出し、長い廊下を渡って自室に戻ろうとしたところを、背後から濁声《だみごえ》を浴びせられた。

「宗冬どの、お帰りか」

友矩は畏《かしこ》まって一揖《いちゆう》する。同歳ではあるが弟を呼ぶに敬称を以てするのは、庶子として当然の身の処し方だった。

「お帰りか、だと。左門、浮かれるなよ」

蹣跚《まんさん》とした足どりで近づいてきた。宗冬の両眼は赤く充血し、上目遣いに友矩をねめつけている。黄色い乱杭歯《らんぐいば》を剝き出しにし、吐《は》く息が面をそむけるほどに酒臭い。昨夜、友矩の二千石拝領を祝う宴で出された酒ではなかった。今日も朝から居酒屋か色里吉原《よしわら》に出入りし、豚のように痛飲してきたに違いない。

実際、宗冬の体軀は豚に似ている。背が低く、首は短く猪首《いくび》で、どっしりとした胴体から、短い両手と両脚が付属品のようにちょこなんと伸びている。剣法者に見えず、柳生但馬守の息子だと誰も俄《にわか》には信じない。外見の如く剣の腕も凡庸《ぼんよう》で、本人にもそれがわかっている。将軍家光の不興を買ったとはいえ、いや、それだからこそ今なお剣名高き兄の十兵衛と、徒士頭、従五位下刑部少輔、二千石の同歳の兄友矩と較べ、見劣りすること著しい。それが劣等感となって宗冬を苛《さいな》み、酒に走らせている。友矩を今なお幼名の左門で呼ぶのも、憂さ晴らしなのである。

「いい気になるな、二千石」

深酒が過ぎたか、この時の宗冬はまったく抑制を欠いていた。感情を露わにし、思うがままのことを口から垂れ流した。

「美男とは得なものだなあ。おまえの二千石が、その尻一つで稼ぎ出したことを知らぬ者などないぞ」

友矩は微笑した。聞き流して酔漢の脇をすり抜けようとした。が、宗冬がそうはさせなかった。懐中から取り出した扇で宗冬は友矩の腰を打ち据えた。

「何をなさる」

「これが二千石の尻か。女以上に淫らな尻だそうな。上様を誑《たぶら》かす男狐の尻と、皆、噂しておるぞ。二千石は二千石でも、尻穴二千石とこそ申すべけれ、だ。おまえが身内と思うとな、左門、おれはもう恥ずかしくて堪らんのだ。恥を知れ、恥をっ」

「宗冬どの」

友矩は、扇を握ったほうの手首を抑え、宗冬の動きを一瞬封じながら、その尻を戯れるように一撫でした。そして耳元に口を寄せ、

「味わってみますか、男狐の尻とやらを」

笑いかけたその顔は、人ならざる妖艶さだった。

宗冬は冷水を頭からかけられたように、ギクリとして身を引いた。おどおどと友矩を睨み、浮き腰になって捨て台詞《ぜりふ》を吐く。

「ふん、化物《ばけもの》めがっ」

五

柳生宗矩と友矩父子の立合いは、翌日、黎明の刻に行なわれた。場所は、八代洲《やえす》の柳生屋敷から遠からざる常盤橋《ときわばし》向こうの羅漢《らかん》堂裏手の森である。

夜半から雪になっていた。踝《くるぶし》まで埋まるほどの深さに降り積んで、雪はなおも降り止む気配を見せない。雪の白と夜明けの闇が混じり合い、周囲は灰色に鎖《とざ》されている。

友矩が到着した時、已に宗矩は来て待っていた。

「冷え込みますね。まさか雪になるとは」

寝起きの挨拶でもするような平明な調子で友矩は云った。いつもは澄んだ声音が、雪に吸われ、くぐもって聞こえた。

「剣法者に時候は無縁なり。何時《いつ》、如何《いか》なる場所でも斬り結ぶべきものと心得よ」

宗矩も、弟子に心構えを説く師の如き厳かな声で応じた。

充分の間合いをとって対すると、友矩は身を蔽《おお》っていた革の袖羽織を脱ぎ捨てた。現われたのは白装束の裃である。大刀の柄も白い絹糸で巻き直されている。まさしく死に装束。だが、それを見ても宗矩の表情は毛一筋ほども動かない。雪の厚く載った網代笠《あじろがさ》の紐《ひも》を解くと、笠を背後に抛《ほう》り投げた。宗矩もまた襷《たすき》を結ばず、袴の股立《ももだ》ちも取らず——平生の扮身《いでたち》である。

「参ろうか、友矩」

父のほうから誘った。緩やかな仕種で大刀を抜き上げる。

「父上」

友矩は抜き合わせない。悲しげな声で呼びかけた。

「どうした。この期に及んで躊躇《ためら》うか」

「そうではありません。父上は、やはり父上でしたね。策士、柳生但馬守——父上こそ、この期に及んで、わたくしとの約束をお破りあそばされるとは」

「何を申す」

「立合いは二人きりで。友矩の望み、肯《がえ》じられたはず」

「おまえとわし、二人だけだ」

「では、そこなる四人は？」

友矩は左斜め後方に一瞥《いちべつ》を呉れた。

「…………」

「彼らを見るまでは抜きませぬ」

宗矩の唇がほころんだ。

「よくぞ見破った。おまえを斬るのがますます惜しゅうなったぞ」

愛惜の言葉を口にすると、宗矩は呼ばわった。

「もはやその儀に及ばず。出て参れ、甚右衛門《じんえもん》」

大杉の裏から、四人の剣士が影のように抜け出てきた。孰《いず》れも友矩の見知った顔だ。陣内《じんない》甚右衛門、近藤坤之進《こんどうこんのしん》、朱雀寿三郎《すざくじゅさぶろう》、源田玄武《げんだげんぶ》——宗矩が裏御用に使っている闇の剣客たちである。

「なぜです。四半刻すれば、主馬《しゅめ》がやって参りますのに」

それが取り決めだった。柳生江戸屋敷を差配する用人の佐野主馬が数名を率いて現われる。勿論、立合いで敗れたほうを収容するためである。主馬には勿論、その理由を知らせてはいないが。

「立合いには見届け人が必要じゃ。それが作法である」

宗矩は平然と答える。

「その作法をわたくしが拒んだから、かように彼らを隠しおかれたと？」

「然《しか》り」

「笑止な。厚顔にもほどがございましょう」

「…………」

宗矩の顔に途惑いが刷かれた。厚顔――その言葉とともに、彼は友矩に嗤《わら》われたからである。嗤う、輒ち嘲《あざけ》りの笑い。庶子として己を律して生きてきた友矩の、初めて父に晒す顔だった。

「追い返して参ります。暫しお待ちを」

友矩は、抜刀した父に背を向けると、雪の中を四人に向かって進んでゆく。その背には父に裏切られた悲しみの色があった。

陣内甚右衛門らは狼狽した。彼らが宗矩から受けていた指示は、隠れ潜んで終始を見届けよ、もし万が一にも宗矩に敗色あれば、姿を現わして友矩を斬れというものである。かかる展開は慮外であった。

「殿、如何いたしましょうや」

源田玄武が叫んだ。

「止まれ、友矩」

宗矩は厳然たる声音で命じる。

だが、友矩は歩みを止めない。踝まで雪に埋めつつも、能舞台を滑るような足どりで向かってゆく。

四人の柳生衆が血相を変えてバタバタと相次いで抜きつれた。

「待て、斬ってはならぬぞ」

宗矩は一歩踏み出して声をあげた。斬ってはならぬとは、無論、友矩を斬るなと四人衆に命じたのである。友矩は父にこそ斬られたがっているのだ、と。柳生但馬守宗矩ともあろう剣客が、このとき四人が相次いで抜刀した理由を把握するのに遅れをとった。四人が刀を抜いたのは、友矩から吹きつけてくる殺気を浴びての無意識の反応だった。それほどまでの殺気だったのである。友矩が背中に滲ませている悲しみの色は、宗矩を欺くための擬態であった。

「やっ」

次の瞬間、宗矩は目を見張った。すべてが灰色に塗りつぶされた世界に、突如、真っ赤な花が咲きしぶいた——そんな感覚だった。実際のところは、間合いの直前でようやく抜刀した友矩に誘われるようにして刃風を巻かせた彼らが、しかし一度だに金属音を鳴り響かすこと叶わず、友矩によって切り裂かれた部位から奔然と噴き上げさせた血流のそれは集積であった。幾筋もの血流が渦巻き、捩れつつ、飛散して、一瞬、宗矩の網膜に巨大な深紅の花弁の現出と映じたのである。

数瞬の後、花は霧散し、積もった雪を黒く染めた。霏々《ひひ》と降り頻る雪の中で、それぞれの残心をとって動かざること塑像《そぞう》の如くであった四人の柳生衆は、やがて相次いで倒れていった。

友矩は両手をだらりと下げて立っている。右手に引っ提げた大刀の剣尖から、血糊が滴り落ちているのに気がつかなければ、四人が友矩と示し合わせて戯れてみせた、そうとしか思えなかった。それほど友矩の立ち姿は自然であり、事実、宗矩には友矩がどのようにして瞬時に四人を斬ったのか、見えなかったのである。

友矩は大刀を振って血糊を弾き飛ばした。流麗な仕種で鞘《さや》に斂《おさ》める。涼やかな鍔《つば》鳴りの音がした。滑るような足どりで、宗矩の前に戻ってきた。

「…………」

宗矩は一言だに発し得ない。顔色が蒼ざめているのは寒さのせいではなかった。戦慄が今なお背筋を波状に走っている。信じ難いことが起きたのだ。陣内ら四人は、彼が闇仕事を命ずるにおいて最も信頼に足る遣手《つかいて》だったのである。だからこそ、父が子を斬る――その酸鼻な場面を見せ得、見せてなお宗矩への心服疑うべからざる者たちであった。その四人が一瞬にして、しかも殆ど同時に殪《たお》されようとは。

いや、さらに恐るべきは、それを為した者である。今、宗矩が対峙しているのは、已の運命に従順な庶子の顔ではなかった。自ら進んで父に斬られることで剣士の生を全うしようとする殊勝な心がけなど、微塵も見られなかった。本性を隠し通し、父を欺き続けてきた魔剣士が、彼の目の前にはいた。四人の柳生剣士を冥府に送り、なお典雅な微笑を浮かべて。

「新陰流……なれど柳生新陰流に非ず――」

と宗矩は渇いた声で喘ぐように、

「――そうか、九年前の、あの廻国《かいこく》修行の折りのことであるな」

無言で、友矩はうなずいてみせる。

宗矩の目が、せわしなく、記憶の底を深く遠く探るものになった。だが、彼の顔は苦しげに歪み、呻き声を搾《しぼ》り出した。

「わからぬっ。その新陰流は如何?」

新陰流の道統には諸派ある。流祖たる上泉伊勢守信綱《かみいずみいせのかみのぶつな》の弟子は、一人ではなかったからである。

柳生の新陰流は宗矩の父石舟斎宗厳が印可を受けたものだが、石舟斎に直接新陰流の剣を授けたのは伊勢守というより、その高弟疋田《ひきた》文五郎《ぶんごろう》景兼《かげかね》である。よって、厳密な意味で柳生新陰流は「疋田新陰流」の支流とこそいうべきであり、当然ながら宗矩には疋田新陰流の知見があった。松田《まつだ》織部助《おりべのすけ》清栄《きよはる》が興した「松田新陰流」についても、清栄が石舟斎の知己《ちき》だった関係上、それを継いだ「幕屋新陰流」ともども宗矩には未知のものでない。奥《おく》ノ山《やま》休賀斎《きゅうがさい》公重《きみしげ》とは同じく徳川の臣であったから、彼の「奥山神影流」とは幾度か手合わせの機会があり、休賀斎の弟子の小笠原《おがさわら》源信斎《げんしんさい》長治《ながはる》が創始した「真新陰流」も既知の剣だ。丸目《まるめ》蔵人佐《くらんどのすけ》長恵《ながよし》の新陰タイ捨《しや》流、改め「タイ捨流」も人吉《ひとよし》藩の遺手を密かに懐柔して奥儀を入手している。

友矩が遣ったのは、瞭《あき》らかに新陰流でありながら、それら孰れの剣とも太刀筋を微妙に異にしていた。宗矩の按ずるところ、新陰流の古態、上泉伊勢守の剣を最も純粋に保持するという意味での古態——輒ち真態とさえ云っていい——ではないかと思われる。しかしながら伊勢守自身と云うことは断じてあり得ぬ。伊勢守は晩年、石舟斎を頼って柳生ノ庄に隠棲《いんせい》し、宗矩はその末期《まつご》を看取っているからである。云うまでもなく友矩が生まれる遥か以前のことだ。よほど古参の高弟が……。

刹那、およそあり得ぬ名前が電撃の如く宗矩の脳裡を搏《う》った。彼にして名を聞くのみの伝説の高弟——。

「まさか、じ、じんご……」

友矩は優雅に笑ってうなずく。

「その通りです。我が剣は、神後《じんご》伊豆守《いずのかみ》さまより継ぎし神後新陰流にございます」

六

神後伊豆——。疋田文五郎と並ぶ上泉伊勢守信綱の双腕である。諱《いみな》は宗治《むねはる》、上州の人とも、武州八《はち》王子《おうじ》の人ともいい、伊勢守に従って新陰流弘布のため諸国を遍歴した。それ以外、詳しいことは何もわからない。生没年も不詳で、晩年は奥州へ赴き、その畢るところを知らず——と伝わるのみ。ならば、神後伊豆の登場する作品を索《もと》めると——。まず山田風太郎《やまだふうたろう》の『信玄忍法帖《しんげんにんぽうちょう》』がある。この長編で神後伊豆は、徳川方の忍者墨坂又太郎《すみさかまたたろう》の遣う忍法〝時《とき》よどみ〟の前になすすべもなく敗れ去る。所詮《しょせん》は、剣聖上泉伊勢守の引き立て役、その域を出ていない。

戸部新十郎《とべしんじゅうろう》先生の『花車《かしゃ》』。これこそは神後伊豆の霊前に奉られたというべき至高の傑作である。殺生関白こと豊臣秀次《とよとみひでつぐ》は、新陰流奥ノ伝に〝花車〟の一法があると聞き、その開示を望む。花車の趣意は「花に埋もれて死ぬること」という。乞われた疋田文五郎は困惑の表情を見せ「花車の至極に達せし者は、天下にただ一人のみ」と云い、「何者か」と重ねて問う秀次への答えが「神後伊豆どの」であった。後、秀次は関白職を剝奪され、高野山に追放される。検使の福島正則《ふくしままさのり》の先駆三十人が自刃を迫った時、彼らの前に秀次との約束通り神後伊豆が出現し、死の秘太刀〝花車〟を遣う。その幽玄の凄味は——未読の方は自身の目で確かめられよ。本邦剣豪小説のこれが極北である。

この『花車』は、神後伊豆が秀次の剣法師範だったという伝承に基づく。他に、室町幕府の最後の将軍であった足利義昭《あしかがよしあき》に新陰流を伝授したとも伝わるが、孰れにせよ確証あることではない。疑い出せば、諱も出生地も本当かどうかわからない。確実なのは、上泉伊勢守の高弟に神後伊豆——ジンゴイズと呼ばれる者がいた、ということだけである。蓋《けだ》し謎の剣豪と呼ぶべきであろう歟《か》。

神後伊豆の正体は、実はキリシタン関係の文書によって已に判明し尽くしている。イエズス会研究の世界的権威と目されるホセ・コンパルーヤ・ゴメス神父の比定するところでは、神後伊豆とは、イエズス会神父として戦国期の日本に渡ったスペイン貴族、ドン・マクシミリアン・デ・ジンゴイズ伯爵の後身に他ならないという。

マクシミリアン・ジンゴイズ伯爵は、イグナティウス・デ・ロヨラがイエズス会を創設した六年後である一五四〇年、首都バリャドリッド（当時、スペインは移動宮廷のかたちをとっており、マドリッドがフェリペ二世により恒久首都として定められるのは、二十一年後の一五六一年のことである）に出生した。ドゥエロ河を望む壮麗な城館で育ち、十六歳の時、父の死により爵位とジンゴイズ伯領を相続したが、その頃からカトリック信仰に熱を入れるようになり、挙げ句の果てにすべてを弟のロドリーゴに譲り、白馬を駆ってローマに出奔《しゅっぽん》、イエズス会に身を投じた。東洋布教の使命を帯び、日本に上陸したのが二十四歳の時、一五六三年のことだ。和暦でいう永禄《えいろく》六年、上泉伊勢守信綱が箕輪《みのわ》城の落城により牢人《ろうにん》となった年である。伊勢守はその後、一時的に武田信玄に仕えたが、新陰流弘布の志止み難く、信玄より致仕を許され廻国の旅に出た。一説に拠れば、秀綱を信綱と改名したのは、信玄から偏諱《へんき》を頂戴したからであるという。とまれ伊勢守信綱は、甥《おい》であり高弟である疋田文五郎を連れて諸国を遍歴中、カトリックを布教すべく京都に乗り込んでいたマクシミリアンと出会うのである。将軍足利義輝《よしてる》に剣法を上覧した直後のことで、だから永禄八年（七年説もある）三月下旬頃と推定される。伊勢守が柳生ノ庄を訪れ、中条《ちゅうじょう》流を能くして意気盛んであった石舟斎宗厳に疋田文五郎を立ち向かわせたのは二年前の永禄六年末。この時、伊勢守の一行に神後伊豆の名が見当たらないのはそれが理由である、とゴメス神父は鋭く指摘している。

伊勢守が披露した新陰流の妙術を目にするや、マクシミリアンは忽ちイエズス会神父たるの身を顧みず、入門を願い出た。如何にもラテンの血の奔流する多情多血の人だったわけだが、無論それも下地あってのことで、実はマクシミリアンはカトリック信仰に熱狂する前は、剣術の修行に朝鍛夕錬して〝バリャドリッドの烈剣〟と呼ばれたほどの少年剣士だった。意《おも》わざりき、信仰により抑えられていた剣士としての本能が、布教先の極東の島国で再燃しようとは。

サーベルを日本刀に持ち替えたマクシミリアンは、たちどころに天稟《てんぴん》を再現させて、伊勢守の高弟として疋田文五郎と並び称されるようになった。「神後伊豆」が、スペイン名であるジンゴイズに漢字を当てたものであることは云うまでもなく、宗治なる諱も、上州だの武州だのという諸説ある出生地も、すべては己の出自を韜晦《とうかい》する目的でマクシミリアン自ら捏造《ねつぞう》、流布《るふ》したと見てよい。晩年、「奥州」に赴いた後、消息不明というのも、姿を晦《くら》ますために自身で広めた噂と思われ、「欧州」と同音の「奥州」に自らの出身地を暗示してみせたものであろう。さらに云えば、ラテン人は黒髪、黒瞳の者が少なからず、よってマクシミリアンが外見からも日本人に溶け込むのはさして難事ではなかったはず——とはゴメス神父の卓見である。

扨、上泉伊勢守が柳生ノ庄で歿《ぼっ》したのは天正《てんしょう》五年（一五七七）のことである。疋田文五郎は慶長十年（一六〇五）、大坂城で死去した。しかるにマクシミリアン一人なおも生き延びた。生き延びて、柳生友矩と運命の出会いを果たすのである。

九年前——寛永二年（一六二五）初頭、十三歳の友矩は父宗矩に願い出て廻国修行を許された。十兵衛が家光の元から黜遠《ちゅうえん》される前年のことで、十兵衛、宗冬と二人の嫡子に恵まれた宗矩としては、庶子の友矩など放任していたに等しかった。たった一人の廻国修行は友矩にとって、剣技を磨く旅であると同時に、庶腹の子として暮らさねばならぬ窮屈さからの解放でもあった。その途上、飛騨高山《ひだたかやま》の山中で彼はマクシミリアンと邂逅《かいこう》する。ドン・マクシミリアン・デ・ジンゴイズ伯爵は八十六歳の老剣士となって隠棲し、彼を知る地元の者からは美女峠《びじょとうげ》の仙人なる尊称を奉られていた。この仙人が妙剣を遣うと聞き、友矩は美女峠に出向いたのである。

上泉伊勢守から直伝されたマクシミリアンの新陰流の伎倆は、少しも衰えてはいなかった。友矩はそれに魅せられ、即座に弟子入りを志願した。老いた異国人の剣客が、神後伊豆その人と知ったのは、かなり後になってからである。恭順の仮面をかぶりつつ、己を庶子としてしか見ない父、兄弟に激しい反発を覚えていた友矩は、マクシミリアンを実父とまで思い、苛酷な修行に耐えた。マクシミリアンもまた友矩を最後の弟子として鍛え上げるのに心血を注いだ。

八十六歳のマクシミリアンが十三歳の友矩に伝授したものがもう一つある。衆道——男色の神業《かみわざ》である。マクシミリアンも嘗《かつ》ては天使のような美少年であったから、バリャドリッドの貴族たちの間で密かに流行していた男色の妙味を覚えこまされ、一時は、ひたすらそれに耽溺《たんでき》した。軈て、その罪を悔いた反動からカトリックの信仰へ奔《はし》ったというのが真相だが、長く封印していた男色への渇望が、友矩の美しい容姿を前に甦ったのだった。かくて友矩はマクシミリアンから昼は神後新陰流を、夜はイベリア仕込みの男色の技巧を、徹底して授かったのである。後に家光を虜《とりこ》にした男色の妙技は、この時に培われたものが土壌となっている。

一年後、マクシミリアン・ジンゴイズ伯爵は、もはや伝えるものは何もないとの言葉を最後に、眠るが如くこの世を去った。享年《きょうねん》八十七歳。友矩は、父の如く仕え、剣の師であり恋人でもあったスペイン貴族の遺骸を埋葬すると、山を下り、江戸に帰還した。宗矩の前に手をついて、

「只今《ただいま》帰りました」

そう云って、それだけだった。宗矩は僅《わず》かに頷《うなず》いてみせただけだった。飛騨山中で神後伊豆と暮らしたことは黙秘した。以前と寸分違わぬ恭順な庶子の仮面をかぶり続けた。宗矩ほどの策士が、それ

に見事に騙《だま》されたのである。

——わしに最も相似たるは、友矩。

昨日、宗矩は父情に駆られてそう述懐したが、策士としての友矩の血は、父を超えていたといえよう。

まもなく十兵衛が小姓を追われ、代わりに友矩が出仕を命じられた。家光の寵愛を得るのは、宗矩の願いである以上に、表舞台に出んと欲する友矩の野望でもあった。だが、結局のところその目論見は失敗に帰した。やりすぎてしまったのである。十四万石のお墨付きを与えられた時、友矩はそれを悟った。いずれこのことが父の耳に入り、黜《しりぞ》けられることを覚悟した。覚悟したればこそ——。

七

「では、この日に備えていたと？　このわしに斬られたいと申したは偽りか」

「父上に斬られるとは、友矩、一言だに申し上げてはおりませぬ」

「何っ」

宗矩は昨日の対話を胸宇に反芻《はんすう》し、その言葉の是《ぜ》なるを認めざるを得なかった。慥《たし》かに友矩は、宗矩の問いかけにさえ諾否を以ては答えなかった。友矩は父に斬られることを望んでいる、宗矩のほうで勝手にそう思っただけだ。いや、友矩によってそのように思わされたのである。溢れる涙、巧妙な修辞——。

宗矩が友矩の真意を見抜いていたなら、まず真剣での立合いに応じたはずがない。それでなくとも万が一に備え陣内甚右衛門ら四人を潜ませ置いた宗矩の阿漕《あこぎ》さである。友矩の自信に不審を覚え、別の方法で友矩を排除したであろう。応じたとしても、潜ませる手勢を増やしていたに違いない。

「太いやつ、ようも親を嵌《は》めおった」

敵ながら天晴れなり――。宗矩は余裕を見せようとしてそう云ったのだったが、却って己の言葉に呪縛《じゆばく》された。相手が誰であれ、柳生但馬守宗矩が嵌められるなど、あってはならないこと。嵌められた時点で、已に勝負あったも同然ではないのか。加うるに、陣内甚右衛門たちを一瞬で仕留めてみせた、あの恐るべき伎倆を思えばこそ――。

「おのれっ」

我知らず咽喉を迸り出た罵声《ばせい》は、上擦《うわず》っている。顳顬《こめかみ》に血管がうねうねと青筋立ち、その上を汗が伝い流れた。

友矩はうっすらと嗤った。

「参りましょうか、父上――いや、柳生但馬守さま」

父子の訣別の宣言であった。云うや、友矩は瞬時に抜刀した。降り止まぬ雪の中、大ぶりの揚羽《あげは》蝶《ちよう》が両翅《りようし》を艶然と広げてみせるような華麗さである。よほどの自信がなければできぬ芝居気だった。否、友矩は誘っているのだ。いいや、それも否である。誘うと見せかけ、次の瞬間には、白刃《はくじん》に光芒《こうぼう》を引いて斬り込んでいった。

宗矩は後退して切っ先を躱《かわ》した。まさに間一髪――。罷《まか》り間違えば友矩の剣尖は宗矩の鼻を縦に割っていた。そうならなかったのは雪のためである。友矩は踝をすっぽりと、脹脛《ふくらはぎ》の付け根辺りまで雪に埋めている。当然、踏み込みの速度は減じられる。その点、宗矩も条件は同じのはずだが、これがそうではなかった。宗矩は友矩を待つ間、密かに己の足場を踏み固めていたのである。友矩に先をとらせるつもりで、さらに背後をも。そのため後退に要した時間が友矩の動きを上回って速かった。

友矩の大刀は虚空を流れた。成り行きで体勢は傾き、斬ってくれよとばかりに後頭が差し出される。宗矩はそこを狙って真っ向上段から斬り下げた。

だが——。

宗矩の必殺の一撃は、友矩の右の鬢《びん》を幾筋か斬ったのみ。そして、降り積んだ雪を徒《いたずら》に割ったばかりであった。

仕損じた理由は、彼の残心を見れば一目瞭然である。宗矩の体勢は左に大きく傾いている。いっぽうの友矩は、右膝を折り、上体をかがめ、胸を殆ど雪に接せんばかりにして、右腕を雪の中に突き入れている。それが友矩の残心である。

——軈て、宗矩の身体がさらに左へと傾いてゆき、両手を大刀の柄から離すと、雪煙を巻き上げて倒れた。一瞬、雪の中に赤い飛沫が散った。

友矩の右腕が雪中より抜かれた。大刀を握っている。刃は新たな血を吸っていた。友矩は左手で宗矩の大刀を拾い上げると、遠くに抛った。

——宗矩の反撃は、実に九分九厘《くぶくりん》のところまで成功していたのである。その大刀は、あと少しで友矩の頭部を両断するはずだった。だが、その直前に軌道が纔《わず》か左に逸《そ》れた。逸れたのは体勢が傾《かし》いだからである。傾いだのは——。慥かに宗矩は己の足場を確保し、素早い後退を成し遂げた。しかるに友矩は父の仕掛けに早くから気づいていた。雪の中への足の埋まりが如何にも浅く、そのうえ足元から後方にかけてが少しばかり周囲より低くなっている。それが何を意味するか直ちに推察がついた。推察したのを宗矩に気づかせなかった——という点で、友矩のほうがさらに役者が一枚上だった。友矩は父の仕掛けを逆用した。宗矩は友矩の一撃を躱したものの後退しすぎた。事前に踏み固めた範囲を超えていた。彼の足は脹脛の付け根辺りまで雪に埋まった。それでもなお宗矩は友矩の命を奪い得たのである、体勢さえ傾かなければ、だ。友矩の後頭に向かって大刀が垂直に振り下ろされた時、友矩の大刀は雪に潜って、水平に薙《な》がれつつ、毒蛇のように宗矩の左足首を目指していた。目標に到達したのは友矩のほうが先であった。これは、剣が起動した際の目標物までの距離の差が然らしめるところだ。つまり宗矩の剣から友矩の後頭までより、友矩の剣から宗矩の左足首までのほうが至近だった。とはいえ、時間差ながらも相討ちであれば、友矩が失うのは生命である。そうならなかったのは、繰り返すが宗矩の身体が傾いだからだった。そこまでを計算して友矩は己の後頭を無防備にしたのである。宗矩の敗因を云えば、雪に潜った友矩の剣の動きを見切れなかったことに尽きようか。

「…………」

友矩は父を見下ろした。宗矩は仰《あお》のけに倒れ、観念しきった目で友矩を見返す。

「……斬れ」

低く重厚な声で云った。

「いいえ、斬りませぬ。まもなく主馬が参りましょう。将軍兵法指南役、柳生但馬守宗矩さま――あなたはその身体で生きてゆくのです」

友矩は心地よげに笑った。雪が降り乱れ始めた。大刀を鞘に戻すと、友矩は懐中に手を入れた。引き出したものを、宗矩の胸の上に添え置いた。それは一枝の侘助であった。後の検分によれば、花弁は一枚も欠けず、捩れもなく、疵の一つだに見当たらなかったそうである。

そのまま立ち去りかけて、しかし友矩は思いついたように踵《きびす》を返してきた。

「宗冬にお伝えください。尻を掘られたるは友矩に非ず、上様のほうであると。それ、このようにっ」

云いざま、雪の中から摑み上げた左足を宗矩の口腔に、大根でも押し込むように突き入れた。切断面ではなく、爪先から。寛永十一年十二月の此の日以降、だから、宗矩は本当は跛である。

八

佐野主馬が、命ぜられた通り門弟四人を連れて姿を現わしたのは、それからまもなくのことだった。血塗れで倒れた五人の中に主君を見出すや、主馬は卒倒せんばかりに錯愕《さくがく》したという。宗矩は己が左足を咥《くわ》え、雪中に悶絶《もんぜつ》していた。失血が致命とならなかったのは寒さが幸いしたのである。主馬は直ちに冷静さを取り戻すと、事の重大さを悟りすぎるほどに悟って、宗矩が一命をとりとめることより、その面貌を布で裹《つつ》み、屋敷に運び入れるまでの道筋、人の目に意を払った。これは宗矩の薫陶である。後に恢復《かいふく》した宗矩は、この点を褒《ほ》めた。

宗矩は柳生衆の総力をあげて津々浦々に友矩を追った。だが、当然ながら友矩も用意周到に備えていたのであろう、天に昇ったか地に潜ったか、その行方は杳《よう》として摑めなかった。大名監察のために与えられた総目付の権力まで私用して六十余州に、それこそ網をかけるが如き細かさで探りを入れたが、今なお何の手がかりも得られていない。あれから一年余り――。

〈きゃつめ、何処へ姿を消しおったか……〉

無意識のうちに左足首をさすろうと手を伸ばしかけている自分に気づき、宗矩はそっと居住まいを正した。最初のうちこそ違和感のあった義足だが、今では能く脚に馴染み、足袋《たび》を穿《は》けば外目にそれとは分からぬほどである。家光の稽古も充分に務まった。況や、常の歩行に於てをや。

床の間に向けられている宗矩の目が険しくなった。活《い》けられてあったのは、侘助の一枝である。堅く瑞々しい深緑の葉と、小ぶりながら紅色が鮮烈な椿の花が、深みを帯びた白磁の壺によく映えている。この侘助が原因だった、かかる場で友矩のことなど思い出したのは。宗矩にとって友矩の記憶は、あらゆる意味において汚辱《おじょく》そのものである。何ということか、勝利を目前にしたこの席で、汚辱の記憶を呼び起こすとは。

宗矩は李朝の使者に視線を振り戻した。

まさしく鳩首《きゅうしゅ》——訳官も含め三人の朝鮮使は、さっきまで見せていた尊大極まりない態度はどこへ打ち捨てたか、施《ほどこ》された餌《え》に群がり寄る土鳩《どばと》さながらに、宗矩が持ち来った古書翰《こしょかん》に首を差し延べている。

「如何《いかが》でござろうや」

答えはない。無視したのではなかった。宗矩の声が耳に入らぬほど、彼らは口角泡を飛ばして議論しているのである。宗矩は朝鮮の言葉を解さぬが、慌てふためきが尋常でないこと容易に察しがついた。古書翰——高麗《コリョ》国師の一然が、柳生の祖である悪十兵衛《あくじゆうびようえ》に宛てた書翰は、宗矩の狙い通りの効果を齎したようであった。

「如何でござる」

幾分、声を強めて繰り返す。

三人は申し合わせたように口を噤《つぐ》んだ。

「そろそろ御返答いただきたく存ずるが」

畳《たた》み掛けた宗矩に、康祥重《カンサンヂュン》が動転の色醒《さ》めやらず答える。

「い、いや、面白きものを拝見つかまつったるもの哉と、我ら驚き入ってござる。されど但州《たんしゅう》どの、苟《いやしく》も一然国師と申さば、高麗王朝にその名も高かりし高僧。その書翰を捏造するとは、如何《いか》に貴国の民が国師の手蹟《しゅせき》を慕《した》う賛仰の情厚きとは申せ、ただでは済まされませぬぞ」

　韓語でなされた返答を、訳官の洪喜男《ホンヒナム》が淀みなく和語に通訳する。洪喜男は、家光の将軍襲職を賀すべく派遣された前回の使節団の一員として来日した経験を有する、筋金入りの訳官である。その風格は、まだ二十代である康祥重よりよほど外交に携わる者らしい重みがあった。

「捏造？」

　口調にわざと怒気を滲ませつつ、その実、胸中の憫笑《びんしょう》を禁じ得ない宗矩である。この書翰にどれほどの衝撃を喰らったか、彼らの顔色を見れば一目瞭然。康祥重、秦鯉希《チンリヒ》は揃って脂汗を額に浮かべ、沈毅重厚な洪喜男も顔から血の気が引いているではないか。

「これはしたり。この書翰、貴国と我が国の謂わば友好の証。末代に至るまで大切に保管せよと悪十兵衛さまより遺命あって、柳生一族連綿として遵守《じゅんしゅ》して伝え来たり、今はゆくりなくも、それがしの手にあるものでござる。それを捏造とは、あまりと云えばあまりの言いがかり。お手前らこそ、ただでは済まぬこととお思い召されよ」

「何も捏造したのが但州どのだと疑ってはおり申さず」

　秦鯉希が云い繕おうとしたのを、

「なお悪し！」

　宗矩は大喝《だいかつ》した。

「この但馬一個人への誹謗《ひぼう》なれば、甘んじて受けもいたそう。なれど、今の言辞、我が柳生一族への痛罵恥辱と心得るゆえ、何条以てこのまま捨て置かれましょうや」

　秦鯉希は真っ青になった。彼もまた康祥重と同じ若き秀才面した役人だった。頭のみで肚が練られていないかかる手合いは、脅《おどか》しつけてやるに限るのである。

「い、いや、左様なつもりはござらぬ……我が本意は……その、ただ……」

「ただ？」

「……ただその……だからでござるな……」

へどもどと、今にも口から泡を噴かんばかりだ。

「よっく分かり申した。あくまで捏造と云い張るのであれば、それも宜し。この書翰、天下に公表いたそう。本邦のみならず貴国、明国の名だたる学者、好事家に供覧を許し、捏造か否かの決着を委《ゆだ》ねる所存」

宗矩は膝を進め、三人の前に広げられていた一然書翰をさっと手元に取り戻した。

「これにて失礼つかまつらん。――御免」

立ち上がる素振りで腰を浮かせば、

「ま、待たれよ、但州どのっ」

洪喜男が慌てて叫んだ。通訳したのではなく、思わず発した自らの言葉だ。

「このうえ、まだ何か？」

「ともかく、今しばらくお待ち願いたい」

洪喜男は康祥重と秦鯉希に向き直った。宗矩が公表すると宣言したことを告げたのだろう、二人の顔が泣き出しそうに歪み、再び彼らは喧々囂々《けんけんごうごう》と議論を始めた。その様子を宗矩は冷ややかに眺めやる。

軈て衆議一決したか、康祥重が手の甲で額を拭いながら、

「さればでござる。かかる重大事、もはや我ら両名の一存にては決せられぬ」

「如何にものこと」

「よって、これより直ちに海を渡り、王都漢城に報告いたす」

「尤《もっと》もなり」

宗矩は一々点頭する。事態は彼の目論見通りに展開し始めたのである。

「重臣協議のうえで、国王殿下の御允可《いんか》を仰ぎ、改めて回答いたすことになろうかと存ずれば——ついては但州どの、その書翰、一時拝借願えまいか」

「何？」

意表を突かれたふりをしてみせるが、この手に出てくることも当然、想定済みである。

「実物がなくて、どうして漢城の重臣たちを納得させられよう。何、ご案じ召さるな。きっとお返しすると、命に替えて約束いたす」

秦鯉希も横から口添えする。薄気味悪いほど下手に出た声だ。

「お断り申し上げる」

「しかしっ」

声を揃えた二使を手振りで制し、

「とは申せ、御使者どのの仰せも道理。かかることもあらんかと、書翰の写しを用意して参った。——これを用立てられよ」

懐中より新たな書状を取り出し、彼らの前に進めた。文面は一字一句違わずだが、紙は如何にも新しく、書体も一然の風格に及ぶべくもない。宗矩自ら筆写したのだから、まあこんなものだ。

「写し！」

一瞬、康祥重は絶句し、

「それでは重臣たちは信じませんぞ」

逆に難詰するように云った。

「信じさせねばなりませぬなあ、ご両人が命に替えても。でなくんば、この書翰、遠からず天下に公表されることと相なり果てましょうほどに」

ここからガラリと口調を厳しいものに改めると、

「もはや問答無用。一月差し上げる。それまでに必ず新たな返事を持って、戻って参られよ。色よい返事を、な」

「但州どのっ」

「誤解なきよう申し上げておくが、だからとて、引き替えにこの書翰をお渡しすると思い違いなされては困りますぞ。太祖悪十兵衛の遺命なれば、この先も子々孫々、我が柳生一族の手にて大切に保管し続けてゆかねばならぬ。お分かりであろうな、色よい返事であれば、公表は控える、それが見返り――あくまで、そう申しているのでござる」

「お、おのれっ」

三人は目を吊り上げ、三者三様の凄まじい形相になって宗矩を睨みつけた。宗矩は平然と受け流す。

「さあ、何をぐずぐずしておられる。期限は切られたのですぞ。いつ海が荒れださぬとも限らぬ。お急ぎなされるが賢明であろう」

三人は荒々しく立ち上がった。畳を踏み抜かんばかりに障子戸《しょうじど》へ向かったその背に、宗矩は静かに声をかける。

「待たれよ。これをお忘れである」

康祥重が歯軋りして、写しを拾い上げた。

九

「一体どのような手をお使いになったのでござろうや、但馬どの」

憤懣《ふんまん》やるかたなく立ち去った朝鮮使たちと入れ替わるようにして対馬《つしま》藩家老職大森玄右衛門《おおもりげんえもん》が、同じく重職にある早乙女景盈《さおとめかげみつ》を伴い入ってきた時には、本物の一然書翰は已に宗矩の懐中に収まった後であった。

「彼ら、血相を変えて出てゆきました。これより直ちに帆揚げて帰国するのだとか」

如何にも解せぬという表情で景盈も首をひねる。早乙女景盈はまだ三十三歳の若さながら、朝鮮外交の実務取締方に任ぜられた利け者である。徳川幕府は李朝との通交を対馬藩に一任していたから、対馬藩は今日で謂う外務省の役割を果していたのであり、藩主が名目上の外務大臣とすれば、景盈はさしずめ外務次官であった。色白の整った顔は、絵に描いたような能吏そのものである。

「韓人といえば尊大、尊大といえば韓人。尊大とは韓人のためにある言葉――さよう心得て参ったが、あのように慌てふためきたる、不様《ぶざま》と申してよい姿を見るのは、この玄右衛門にして初めてでござるワ」

小気味よげに大森玄右衛門は云い、老い染みの浮き始めた頰に片笑窪《かたえくぼ》を刻んだ。

ここは対馬府中《ふちゅう》（厳原《いずはら》）の城下を望む玄右衛門の別墅《べっしょ》である。新たな通信使招聘《しょうへい》を巡る交渉が暗《あん》礁《しょう》に乗り上げて久しく、玄右衛門は宗矩の献策を容れ、この日、気晴らしの宴という名目を以て、宿館の瑞鳳寺《ずいほうじ》に逗留《とうりゅう》している康祥重らを招いた。康祥重と秦鯉希は、朝鮮側の対日外交窓口である東萊府《トンネブ》所属の中級官僚で、昨年――寛永十二年（一六三五）末より対馬に滞在中であった。

献策といっても、自分を韓使にお引き合わせ願いたいというばかりで、それ以上のことを宗矩は語らなかった。江戸詰めの長かった玄右衛門は宗矩とは旧知の間柄だ。さなきだに将軍兵法指南役にして諸大名監察を役目とする総目付柳生但馬守の言である。突然、対馬に現われたのを訝《いぶか》しみつつも、藁《わら》にも縋《すが》る思いで受け容れたのだった。

どのような手で――玄右衛門の問いに、宗矩は謙謹な、いっそ恥じらうような声音で答えたことである。

「秘すれば花、の譬えがござりますれば」

恐喝《きょうかつ》者の恥じらい、というべきか。

幕府が朝鮮から正式な国使を招くこと、これまでに三度を数えた。家康《いえやす》が健在であった慶長十二年（一六〇七）、大坂に豊臣氏を滅亡させた二年後の元和《げんな》三年（一六一七）、そして家光の将軍襲職祝賀を名目とした寛永元年（一六二四）の三度である。前回の名目を契機として、所謂「朝鮮通信使」は徳川将軍の代替わり毎に派遣されることが諒解《りょうかい》された。しかるに幕府は昨年、家光の治世盤石《ばんじゃく》なるにもかかわらず、新たな通信使派遣を朝鮮に要請した。名目は、太平を賀するというものである。幕府の真意は二つあった。対馬藩主と家老であった柳川調興《やながわしげおき》との紛争、謂うところの「柳川一件」をきっかけに、朝鮮外交の体制が一新された。将軍の称号を従来の「日本国王」から「大君」と改める、などである。幕府はこの様式を以て朝鮮外交の仕切り直しを図った。これが一つ。また、今までの国使は、その名称を「回答兼刷還使《かいとうけんさつかんし》」といって、厳密な意味では通信使に該当しなかった。通信使とは「信を通ずる」という字意の示す通り、足利幕府の時代に淵源し、日朝間の友好を象徴する、伝統的にして正式な呼称である。回答兼刷還使とは、日本国からの問い合わせにとりあえず回答しておくとともに、秀吉の朝鮮出兵で日本に渡った朝鮮人を送還（刷還）する任務を掲げた臨時の呼称であった。幕府としては、海を隔てて両国が太平を謳歌《おうか》する以上、「通信使」の呼称の復活を欲した。これが真意の二である。

対馬藩を通じてなされたこの要請に対し、朝鮮側では反対論が大勢を占めた。太平の賀など前代未聞にして、派遣の理由なしというのである。対馬藩は粘り強く交渉を重ねたが朝鮮側の姿勢は頑なであった。対馬藩は困難な立場に立たされた。朝鮮通信使を派遣させよとは幕命である。これを果さねば、いかなる処置が待っているやも知れぬ。改易《かいえき》はありえぬにせよ、交渉能力なしと見なされ、朝鮮との交渉権を取り上げられれば、対朝鮮貿易に依存している対馬藩としては取り潰されたも同じ。藩をあげてさまざまな駆け引きを試みたが、しかし朝鮮側の姿勢を突き崩すことはできなかった。交渉はついに越年し、もはや絶望かと思われた時に、忽然《こつぜん》と柳生但馬守宗矩が対馬に姿を現わしたのである。

「御案じ召さるな、玄右衛門どの」

宗矩は揺るぎない口調で請け合った。

「彼らは一月以内に対馬に戻って参る。その時には、違う返事を携えているはず」

「では――」

「朝鮮通信使は必ず派遣されよう。この柳生但馬、神明に誓ってお約束いたす」

逗留を、と懇請する玄右衛門を謝絶し、宗矩も朝鮮使と同じくその日のうちに船上の人となった。

玄右衛門にすれば、宗矩こそは時の氏神であった。交渉のために派遣されてきたとは名のみの、首を横に振ることしか能がなく、瑞鳳寺に居着いて梃子《てこ》でも動かず、藩の饗応する美女美食に明け暮れていた面憎《つらにく》い韓使どもが、文字通り尻に帆かけて本国に立ち帰っていったのである。それだけでも、是が非にも宗矩を引き留め、謝礼に及ばねば気が済まなかった。だが宗矩にすれば、目的を達した以上、対馬になど用はない。将軍兵法指南役として、総目付として、一刻も早く江戸に戻らねばならぬ身であった。

——対馬藩が朝鮮との交渉で窮地に陥っている。

それを宗矩は総目付の情報網を以て幕閣の誰よりも早く入手した。そこで思いついたのが、柳生家に代々伝わる一然書翰を利用して朝鮮側を恫喝《どうかつ》することである。尤も、対馬藩のためそこまでしてやる義理はなく、総目付の役儀としても埒外《らちがい》でもある。にもかかわらず宗矩自身が対馬へ乗り込んだのは、対馬藩に恩を沽《う》っておこうと目論んだからに他ならない。慥かに対馬藩は、宗矩が監察すべき諸大名の一に過ぎないとは云えたが、この一万石余の小藩が他藩と際立って違うのは、鎖国の世にあって、朝鮮という異国と唯一結んでいることである。何と異国に藩邸をすら置いて（釜山の倭館《わかん》のことだ）、交易まで許されている。異国が絡むからには、監察者として他藩に倍する鋭い目を注がねばならぬ道理であった。そこで宗矩は影響力を扶植《ふしよく》する便法として、恐喝者の役割を演じてみせたのだった。

というのは表向きの理由である。ことが公になっても、幕閣内部での申し開きはこれで立つ。だが、知られてはならない裏の目的があった。友矩である。

この一年余、宗矩はそれこそ血眼《ちまなこ》になって友矩の行方を追った。将軍に剣術を教授する者が、こともあろうに息子によって足首を斬り落とされたなど、秘中の秘である。恨みなどという前に、その秘密を知る友矩の口を封じねばならないのだ。宗矩は柳生の総力を挙げ、総目付たるの権限を最大に振るって探索した。その果てに、足取りすら摑めないのは、日本にいないからではないか——かく結論づけざるを得なかった。友矩の立場で考えてみても、充分にあり得ることであった。父宗矩の力を、その息子として友矩は誰よりもよく知っている。どこに潜もうが、いずれ見つけられるはずと観念するだろう。が、国外ならばどうか。柳生の、徳川の権限の及ばぬ海の外ならば——そう想到した時、改めて宗矩の目は江戸に向いた。輒ち友矩の身辺、交友範囲の洗い出しにかかった。

一人の名が浮上した。一年前まで、対馬藩の江戸詰であった早乙女景盈である。柳生但馬守の庶子にして徒士頭を務める友矩と、対馬藩能吏の接点は、あまりに微弱なものではあったが、そこに宗矩としては匂うものを直感した。とはいえ事は慎重にも慎重に進めねばならない。介入方法を思いあぐねていた宗矩にとり、対馬藩が朝鮮との交渉に苦慮しているとの情報は、渡りに舟というべき代物であった。

宗矩の恫喝に朝鮮は間違いなく屈する。屈せざるを得ない。一然書翰とは、朝鮮にとってそれほどまでの危うきを秘めているのだ。当然、通信使の派遣は決定されよう。そうなれば対馬藩は存亡の危機から脱し得て、宗矩は藩の大恩人となる。対馬藩を影響下に収め、さらに友矩探索も実を結ぼうというもの。まさに一石二鳥であった。

宗矩は江戸で吉左右《きっそう》を待った。

一月足らずで、対馬藩江戸藩邸から宗矩に連絡が入った。韓使が返答を携え、対馬を再訪したという。

回答は——拒絶であった。

十

一然書輸の存在が、しかしながら直ちに朝鮮宮廷を震撼《しんかん》させたわけではなかった。

康祥重、秦鯉希の報告を受けて、彼らの上官にして日本外交を最前線で指揮する東萊府使鄭良《チョンリャン》弼《ヒョク》は、まず困惑した。檀君《タングン》神話は一然自らが捏造したものであるという。しかも、それを他ならぬ一然国師が自筆で告白しているというのだ。慥かに檀君神話は、一然の編纂《へんさん》に成る『三国遺事《サムグクユサ》』で初めて記された。それが編纂者一然自身の創作であったと知られれば、大変なことである。しかし、その告白が、あろうことか柳生悪十兵衛なる倭奴《ウエノム》に宛てた書輸でなされている点に、鄭良弼としては首を傾げざるを得なかった。しかも檀君神話は、何と倭国の修験道信仰の山岳に伝承された開山伝説を基にしている、というに至っては、眉唾《まゆつば》、噴飯ものとしか思えない。そのうえ――、

「何だ、この下手糞《へたくそ》な字は。これでも一然国師の聖蹟だと申すのか」

「いえ、ですからそれは写しでございます」

康祥重がやんわりと抗弁する。

「そうであったな」

鄭良弼は改めて仔細に目を通した。その顔から少しずつ血の気が引き始める。紙の新しさ、字の稚拙さ――写しというからには、それはもはや問うまい。問題にすべきは文体であった。整然たるその漢文脈は、広範な教養と深遠なる仏教思想に裏打ちされたもので、就中《なかんずく》、平静かつ論理的緻密さは、宋《そう》の名文家である曾鞏《そうきょう》の陰柔を髣髴《ほうふつ》させる。これほどの文章を書けるかと自問すれば、即座に否と答えるよりない。況して、僻遠《へきえん》の海島に穴居《けっきょ》する野蛮な倭奴如きの書き得るものとは到底思われな

かった。

「写しはともかく、その柳但州《ユタンヂュ》なる者が本物と称するほうは如何であったか」

二使に問う声は震えを帯び始めた。その反応に脅えたか、康祥重と秦鯉希は顔を見合わせて答えない。

「申せっ。見たまま、思ったまま、感じたままでよい」

「されば申し上げます。まぎれもなく一然国師の真筆と覚えました」

「遺憾ながら、わたくしもでございます」

「そなたは」

と鄭良弼は洪喜男にも問いを向けた。彼は二人の部下より、老練の訳官のほうを高く買っていた。否定の言葉を期待したが、洪喜男は重々しく答えた。

「本物であること、動かし難く存じまする」

直ちに鄭良弼は、洪喜男を連れて漢城に馬を駆った。

李朝の行政機構は、吏曹《イヂョ》、戸曹《ホヂョ》、礼曹《イエヂョ》、兵曹《ピョンヂョ》、刑曹《ヒョンヂョ》、工曹《コンヂョ》の六曹に分かれる。外交を掌《つかさど》ったのは礼曹である。他にも教育、科挙を担当したから、今でいえば外務省と文部科学省を併せた役所に相当する。時まさに北の蛮人女真族《じょしんぞく》が建てた後金《こうきん》との間が風雲急を告げようとしていた頃で、礼曹の庁舎は出入りする役人たちで戦場のようにごった返し、鄭良弼はかなりの時間を待たねばならなかった。長官である判書《バンソ》に面会が許された時には、冬のこととはいえ陽がすっかり暮れていた。

「通信使なら派遣している余裕などないぞ」

鄭良弼の顔を見るなり、李弘冑《イホンヂュ》は叱り飛ばすように云った。

「今は北の野人で手がいっぱいだ。南の倭奴まで相手にしている時に非ず」
七十五歳の老齢とは思えぬ矍鑠《かくしゃく》たる声音である。

野人《ヤイン》――中華の威を借りて自らを誇り、他民族を見下すことに長《た》けた朝鮮人は、日本人を倭奴、倭《ウェ》人《イン》と蔑んだように、北方の女真族を呼ぶにその卑称を以てした。女真とは、彼ら自身の称であるジュルチンの音に漢字を当てたもので、最も分かりやすく云えば満洲族のことである。満洲――松花江、牡丹江、黒龍江の下流域、沿海州地方に居住したトゥングース系の民族を指す。

女真族は十二世紀前葉に金を建国し、契丹《きったん》族の遼《りょう》を滅ぼし、宋の北半分を占領して覇《は》を唱えた。宋が、開封《かいほう》から南の臨安《りんあん》（杭州《こうしゅう》）へ遷都を余儀なくされ、以後南宋と呼ばれることになるのは、金の侵略によるものである。その女真族を、朝鮮人は野人と侮蔑したわけだが、実は女真族はこの金国時代に女真語を写すための民族文字である女真文字を作成している。それは、朝鮮で訓民正音（「ハングル＝偉大な文字」なる呼称は二十世紀に入って提唱された。それ以前は「諺文《オンムン》＝卑しい文字」という呼び名が一般的だった）が作られるより三百年以上も早い。何と！　文字を持たぬ民が女真族を「野人」と呼んで嘲笑したのである。

その後、金はモンゴルの興起によって滅ぼされ、多くの部族単位に分裂、元《げん》、明《みん》の支配下に甘んじることとなる。朝鮮はこの時期の女真の窮状につけこみ、彼らの領土を武力侵略して、国土を広げている。輒ち鴨緑江方面に四郡を設置するとともに、豆満江方面では六鎮を開拓、その結果として「鴨緑江と豆満江の国境が拡張された」（大韓民国・高校歴史教科書『国史』）。現代の中国と北朝鮮の国境線確定は、この時の侵略によるものだ。侵略により得られた女真族の地には徙民《しみん》（植民）が実施された。「国境線が北へ伸びてゆくにしたがい、朝鮮は徙民政策を積極的に実施する必要があった。そうして数万の南方の民家を北方に移住させた。（中略）これは住民の自治地域防禦体制を確立することで女真族の侵略に効果的に対処しようとするものであった」（同書。つまり韓国の歴史教科書は、領土を奪われた女真族の反撃を「侵略」とするのである。自らの侵略については女真を「鎮圧」「討伐」したと表記している）。この侵略の首謀者こそは誰あろう、女真文字の作成から遅れること三百年、漸くにして自民族文字のハングルを創製し得た偉業を以て、今の世に喧伝される世宗《セヂョン》大王《デワン》その人である。

世宗以後も朝鮮は「鴨緑江と豆満江以北の女真族を討伐した」（同書。かの李舜臣《イスンシン》もその将の一人である）から、女真族には長い受難の時代であった。間接的ながらも彼らの救世主となったのは太閤豊臣秀吉である。輒ち秀吉が十万を超す征明の大軍を朝鮮半島に発動させたことで、明と朝鮮はこれに対処せざるを得ず、武力支配が弛んだ間隙《かんげき》を衝《つ》いて奴児哈赤《ヌルハチ》が諸部族を統合し一気に後金国の建国へと突き進んだ。後金とはその名の通り、かつて自分たち女真族の先祖が建てた金の正統を継ぐという意味である。さらに奴児哈赤は後金の汗《ハン》――つまり皇帝となり、建元（年号を定めること）して天命と称した。二十年前のことだ。建元こそは皇帝のみが有する権利である。因みに朝鮮人の仰ぐ皇帝は明皇帝であり（朝鮮王は明皇帝の臣下、朝鮮国は明の属国である）、よって朝鮮は朝鮮独自の年号を定められず、宗主国である明の年号を使っている。

扨、自ら後金皇帝となった奴児哈赤は恩人である豊臣秀吉の遺志を果さんといわんばかりに、明の征服に意欲を燃やした。繰り返すが朝鮮は明の属国で、朝鮮王は明皇帝に任命される臣下である。秀吉の出兵に際し、目的は明ゆえ道を仮《か》せという要求に対し徹底抗戦に及んだのはこれがためである。後金軍が大挙して明に攻め込んだ場合、明の忠実な番犬である朝鮮軍によって背後を脅《おびや》かされるは必至。それを奴児哈赤は何より恐れた。ならば本敵を討つ前に背後を固めておくに如かじ。虎退治に先んじては狐《きつね》を狩るべし、である。さなきだに朝鮮は女真を野人と蔑み、剰《あまつさ》え領土を奪った仇敵《きゆうてき》であった。恨みは骨髄に徹し抜いている。奴児哈赤の死により後金皇帝となった皇太極《ホンタイジ》は、改元して天聡と称するやその天聡元年（一六二七）、直ちに父の遺志を奉じ、三万の軍師を興して朝鮮に進撃した。九年前のことである。

このとき朝鮮にとって不幸だったのは、瞭らかに国力の衰亡しつつある明と、新興著しい後金の間で、等距離外交という賢明な現実路線を選択していた前王の光海君《クワンヘグン》がクーデタにより斥《しりぞ》けられて、明のみ崇拝し後金を認めぬ「崇明排金《すうみんはいきん》」政策を掲げた一派が政権を掌握していたことだった。さらにいえば、この一派が武力の後楯なく徒に空理空論を弄《もてあそ》び、中華という仮想現実空間に身も心も溺れきっていたことである。彼らは、後金に対抗する明の遊撃将軍毛文龍《もうぶんりゆう》に平安道《ピョンアンド》での駐屯《ちゆうとん》をさえ許し、後金を刺激して憚らなかった。毛文龍の駐屯は、果然、後金に朝鮮侵攻の格好な口実を与えることになった。

侵入した後金軍は各地で朝鮮軍を撃破して南下した。平安道監察使の尹暄《ユンフオン》が「本城ノ軍兵、魚駭《ギヨガイ》烏散《ウサン》シ、独《ヒト》リ空城ニ坐シテ計出《イ》ヅル所無シ」と急報して副都の平壌《ピョンヤン》を抛棄《ほうき》するに及び、朝鮮王は色を失い、首都漢城を戎装《じゆうそう》乗馬で脱出して江華島《カンファド》に逃げ込むという醜態を万民に晒した。結局、朝鮮は屈服して和議が成立し、後金軍は撤収、両国の間に兄弟関係が結ばれた。後金にしてみれば、僅々三万の兵で朝鮮を征服できると考えたはずもなく、今回の進撃は大規模な武力偵察というべきものであったが、朝鮮側は後金軍の軍事力を寧ろ低く見た。そして喉元《のどもと》過ぎれば熱さ忘れるの譬え通り、兄弟の盟約を結んだことなど棚《たな》に上げ、再び崇明に血道をあげ始めたのである。これが後金を怒らせないわけがない。皇太極は糾問《きゆうもん》の使者を度々派遣し、己の意志を知らしむべく、兄弟ノ盟を君臣ノ義に変えるよう迫った。これに対し朝鮮の朝野は憤激した。三万の後金軍に連戦連敗したことなど忘れたように（およそ信じ難いことだが）、斥和《せきわ》排金——後金討つべしの声が朝野を圧して沸き起こったのである。

しかし宮廷では、宣戦か和睦《わぼく》かで論が二分して未《いま》だ纏《まと》まらず、来月には最後通牒《つうちょう》かとも囁《ささや》かれている後金の使節団が派遣されてくる運びになっていた。かかる国家的非常事態の最中にあって外交の陣頭指揮を執《と》らねばならぬ礼曹判書李弘冑のもとに、鄭良弼は「一然書翰」の一件を持ち込んだのであった。

十一

鄭良弼の報告に耳を傾けた李弘冑は途中から顔色を一変させ、跳ねるように椅子から立ち上がった。

「野人どもで頭が痛いというのに、そのうえ倭奴が難題を持ち込んでくるとは。いや、こうしてはおられぬ。直ちに備辺司《ビビョンサ》を召集せねば」

「なんたることだ」

備辺司とは当時、文武の重臣からなる国権の最高決議機関であった。李朝は建国当初より文武の官職を分明にして武官を政務に関与させなかった。政務は、民政であれ軍政であれ、すべて文臣のみで構成される最高決議機関の議政府がこれを取り仕切った。ところが女真族の「侵略」が甚だしくなり、文臣だけでは有効な対処ができないことから、辺境の事情に明るい武臣をも加えた機関を事変のたび緊急に組織した。今日ふうに云えば、国家安全保障会議の召集だが、これが備辺司の嚆矢《こうし》である。後に専用の庁舎が設置されて常置機関となり、秀吉の出兵以後は、その権限も辺境の軍事のみならず国内の一般行政にまで及ぶようになり、政策の議論、決定を行なった。従来の議政府は活動を停止し、備辺司といえば閣議それ自体を意味する用語となって久しい。

「備辺司を？」

鄭良弼も洪喜男も駭愕《がいがく》した。互いに顔を見合わせ、驚きの色を確かめ合うと、

「ですが閣下、書翰の信憑性《しんぴようせい》がまだ――」

「本物だ」

李弘冑は言下に断じた。

「いや、慥かに文面はもっともらしく書かれてはおりますが……」

李弘冑の即断を、暴走、過剰反応と恐れた鄭良弼が敷衍にかかるのを、

「黙っとれ」

一喝して沈黙させると、李弘冑は従事官を呼びつけ備辺司の召集に必要な手続きを取らせた。その間、鄭良弼と洪喜男は木偶《でく》のように突っ立ったまま、執務室の調度品と化していた。

ようやく手続きが終わり、従事官は風を巻いて退室した。李弘冑は二人を見やり、

「おまえたちも備辺司に参席し、諸臣諸卿の前で今の報告を繰り返すのだ。説得の要はない。わしを見てわかったろうが、事の重大性を悟らぬ者はない。なんとならば――おまえたちにのみ特別に明かすが、檀君神話が一然の捏造だということは、諸臣諸卿みな常識として弁《わきま》えておるのだ」

二人は驚愕して言葉を失った。李弘冑は説明した。――一然国師は、檀君神話が自身の創作物たることを明瞭に書き記した自筆の謂わば告白書を一ならず複数、残した。あるものは彼の僧友、高弟の手に託され、あるものは石仏の中に封印され、あるものは仏塔の秘密の龕室《がんしつ》に隠し置かれた。高麗を滅ぼして建国した李氏朝鮮は、国是つまり政策理念として儒教（朱子学）を導入し、高麗の国教で

あった仏教を抑圧したが、朱子学は高次の形而上《けいじじょう》概念を含む一個の哲学であったから、これのみを以て無知蒙昧《もうまい》な民を教導するのは不可能であり、よって民間信仰の存続を黙認した。民族共通の始祖神話としての檀君神話はこうして生き延びたのである。それのみか、儒教国家の下で隠然と浸透してゆき、竟には為政者も檀君神話の国家利用を思い立つに至った。輒ち、侵略大王たる世宗の御代に、檀君を高句麗《コグリョ》始祖の東明王《トンミョンワン》廟に合祀《ごうし》して、国を挙げての国家的な祭神と位置づけたのを皮切りに、全国各地で檀君信仰の普及を推し進めていった（今日に伝わる檀君関係のあらゆるものは実はこの時代に始まる所謂創られた伝統の好見本である）。そのような折り、偶然、一然の告白書の存在が明らかになって、為政者たちを恐慌に陥らせた。朝鮮の国家神たる檀君、朝鮮の民族神である檀君が、何と彼らの忌《い》み嫌う仏教徒の一創作、捏造物であったとは！　その衝撃もさることながら、檀君信仰を国家として推進してきた体面上、今更この真相を公表することはできなかった。そんなことをすれば、民百姓の物笑いの種となるだけである。民を教化すべき崇高なる儒教国家が、たった一人の坊主の嘘に騙され、踊らされていたなど、あってはならないことであった。時の為政者たちは、血眼になって一然の告白書を探し求め、抹殺していった。その内の一通が、かの悪名高き第十代朝鮮王燕山君《ヨンサングン》の手に入ったことがある。燕山君は仏教を貶《おとし》め、儒教を嘲笑しただけでは飽き足らず、檀君をも否定せんと欲し、これを満天下に公表しようとしたため竟に排除された、というのが歴史の真相である。

「燕山君が……」

首を絞められたような声をあげて、鄭良弼は絶句した。李弘冑はうなずき、

「燕山君だけではないぞ。鄭汝立《チョンヨリプ》事件を覚えておろう」

とたたみかけた。

今を去る四十七年前のことだ。礼曹の新進官僚であった鄭汝立は、李氏朝鮮を打倒して新たな国を

建てるという革新思想に燃え、同士を糾合《きゅうごう》し秘密結社を組織した。陰謀はあと纔かのところで露見し失敗に帰したが、

「鄭汝立の死体を改めたところ、一然告白書を身につけていたそうだ。やつがどこでそれを入手したかは不明だが、何に使うつもりであったかは考えるまでもなきこと」

「…………」

「…………」

あまりのことに、鄭良弼も洪喜男も呆然と聞き入るのみである。

「ともかく、重臣たちは一然告白書を極秘事項として申し合わせ、隠密裏に申し送ってきた。断じて世に現われることがなきよう警戒を怠らずにな。この一件を前にしては、如何なる党争もない。呉越《ごえつ》同舟《どうしゅう》——西人派も、南人派も、北人派も、畢竟《ひっきょう》、朝鮮《チョソン》という同じ舟に乗る身だ。一然告白書は、その舟を転覆させる飆風《ひょうふう》、いや魔風である。舟が沈んでは西人も南人もなかろう。鄭汝立事件から五十年近くを経た。爾来《じらい》、告白書は一通も出現してはおらぬ。あれが最後であったかと、我ら胸撫で下ろしていたのだが、よもや倭国で見つかろうとはの。——一然め、殺しても殺し足りない糞坊主だ」

最後は、高臣にあるまじき口汚ない罵詈雑言になった。

十二

緊急の召集であり夜でもあって、定員が揃わぬまま備辺司は、なし崩しに開かれた。時期が時期だけに、後金が再侵入してきたかと慌てふためいて駆けつける重臣たちも少なくはなかった。そうではないと知って安堵したのも束の間、案件を耳にするや、一様に表情を強張らせた。真偽を口にする者

は一人もいなかった。李弘冑が鄭良弼らに説得の要なしと云ってみせたように、檀君神話が一然の創作であることは、誰もが承知しているのであった。

　鄭良弼と洪喜男をさらに驚かせたのは、間もなく王が姿を見せたことである。歴史的には死後の廟号を以て仁祖《インヂョ》と呼ばれる第十六代朝鮮王李倧《イヂョン》は是年四十二歳。叔父である前王の光海君を廃して王位にあること十三年、悠揚《ゆうよう》迫らざる貫禄を身につけていた。が、顔色は勝れず、殺気立っている。

「殿下」

　李弘冑が驚きの声をあげた。王には後刻、改めて報告するつもりであった。事態の重大性を知った重臣の誰かが注進に及んだに違いない。

「孤《こ》にも説明せよ」

　王は命じた。孤とは王の自称である。

　李弘冑が促したが、鄭良弼は恐懼《きょうく》の余り舌が回らない。地方官吏が長く、王に拝謁するのは科挙に合格して以来である。さなきだに、ここは彼の如き堂下官が出られる席ではないのである。その点、却って訳官に過ぎない洪喜男のほうが胆《きも》が据わっていた。鄭良弼に代わり彼が一部始終を上奏した。柳生宗矩から渡された一然書翰の写しも提出した。

「由々《ゆゆ》しき事態なり」

　書翰の写しに目を走らせつつ耳を傾けていた王は、聞き終えると大声で慨嘆し、

「如何対処すべき。策ある者は直ちに申し述べよ」

　自ら主宰の役を買って出た。実に異例のことである。

　当初、諸臣は沈思黙考し、顔を見合わせるだけで重苦しい沈黙が続いたが、

「されば小臣が愚考を申し奉りまする」

と真っ先に口を開いたのは、左議政《チャウイヂョン》（第一副首相）の呉允謙《オユンギョム》であった。王の目が期待に輝いた。呉允謙は十九年前、倭国への回答兼刷還使に任ぜられ、時の将軍徳川秀忠に京都伏見《ふしみ》城で国書を奉呈した経歴を持つ（家康は前年に死去し、秀忠は東照大権現・正一位の追贈と日光遷宮勅使派遣などの御礼のため京都に滞在中だった）。謂わば李朝きっての倭国通と云っていい。

「臣思いまするに、この際、寧ろこれを奇貨として、檀君神話が一然の捏造であることを認めてしまうが上策かと存じます」

座が凍りついた。それは誰しもが胸中に秘めた思いである。朱子学の徒である自分たちが、なぜに前王朝の僧侶による捏造物を、後生大事に守り続けていかなければならないのか。もうたくさんだ。いっそ真相をぶちまけて、すっきりとしたい。現状はまさに「神々ヲ祭レバ神々在スガ如シ」であるが、その孔子《こうし》とて「子ハ怪力・乱神ヲ語ラズ」と云っているではないか。「過《アヤマ》チテハ則《スナワ》チ改ムルニ憚ルコト勿《ナカ》レ」「過チテ改メズ、是ヲ過チト謂フ」とも。誰もがそう願望しながら、口にはし得ない思いである。

呉允謙は声を励まして語を継いだ。

「檀君なる乱神は、我が朝鮮にとり無用の長物。いや、寧ろ害をなすものであります。朝鮮には太極と陰陽――輒ち、理と気があれば充分でございます」

「狂ったか、左相《チャサン》！」

王は斬りつけるように云った。

「それができれば苦労はない！　できぬから策を求めているのではないか！　建国以来二百四十年余、我が国は檀君を国の神、民族の神と認め、奉じ、祀ってきたのだぞ！　それが捏造でしたと、どの面下げて民に公表するのだ！　そんなことをしたが最後、我が国はその瞬間に崩壊するぞ！　況して今は野人の後金と対決を控えた時だ。我ら朝鮮民族は檀君の子孫、もっと云えば偉大なる檀君民族たるの誇りを胸に、民族一丸となって後金に抗してゆかねばならぬ切所であるぞ！　ここに一然も書いているではないか、『我が高麗の民は、かつての新羅《シルラ》、高句麗、百済《ベクチェ》――そのそれぞれの国の後裔の寄せ集めなどでなく、ともに始祖神を同じくする同一民族であるとの認識を持ち、それを精神的支柱として、蒙古の占領に抗戦し自立していかねばならぬ秋《とき》である。それこそが高麗を亡国から救う唯一の道である』と。どうだ、高麗を朝鮮、蒙古を後金、占領を強圧と置き換えれば、ちょうど三百五十年前の情勢が今にぴたりと当て嵌まるではないか。『神話が裏打ちする民族の自負心は、支配者に立ち向かう有力な武器になる』とも書いてある。孤は思うぞ、たかが坊主、されど坊主だ。嗟乎、一然こそ偉大な予言僧なりと。然り、一然は朝鮮が傲慢無礼な後金の脅迫を受けて立つべく、この日のために、今日の我々後裔のために、檀君を創ってくださったのだと。歴史に鑑《かんが》みよ、檀君を奉じた高麗は見事に蒙古を駆逐し得たではないか。どこが無用の長物だ。まさに檀君あればこその大偉業なる哉。その檀君を捨てよとは、狂人の戯言《ざれごと》にもほどがある！」

満面に朱を注いだ王の凄まじい怒りに、重臣たちは一斉に面貌を伏せた。やはり呉允謙は虎の尾を踏んでしまったのだ――そう同情しつつ、しかし彼のために弁じるものは一人として現われなかった。

「去れ！　去れ！　無用の長物とは、檀君ではなく、卿の如き無能の者を云うのだ」

呉允謙は真っ青になり、よろめく足取りで退室すると、去れという王の言葉通りその夜のうちに世を去った。

――左議政呉允謙卒ス、年七十八。允謙、字ハ汝益《ヨイク》、楸灘《チュタン》又タハ土塘《トタン》ト号ス。海州《ヘヂュ》ノ人、早クヨリ成渾《ソンホン》ノ門ニ遊ブ。光海君ノ時、曾テ信使ヲ以テ日本ニ入リ、俘虜《フリョ》ヲ刷還シテ功アリ。癸亥《キガイ》、首ニ憲長

ヲ拝セラレ、丙寅《ヘイイン》、遂《ツイ》ニ大拝、号シテ賢相《ヒョンサン》ト称セラル。忠貞《チュンヂョン》ト謚ス。（『李朝実録』仁祖十四年正月十九日条）

「他にないかっ」

怒気覚めやらぬ声で王は臣下を督促する。

気詰まりな沈黙を撃ち破るように、積極的な応答があった。

「されば、我らも攻勢に出るのです」

工曹判書の金尚憲《キムサンホン》である。気概横溢《おういつ》する顔には染みも弛《たる》みもなく、是年六十七歳とは思えぬほどに若々しい。

「攻勢？　よし、聞こう」

王の目が再度期待に輝く。

「小癪《こしゃく》にも倭奴めは、一片の文書を以て朝鮮を恫喝せんとしております。そこで我らも文書には文書を以て、倭奴めを逆に恫喝し返してやるのでございます。倭奴は武に長けたれど、文は我ら朝鮮こそが本領にございます」

「成程、目には目をならぬ、文には文をというわけだな。況や文には我ら一日の長あるというに於てをや、か。うむ、それで倭奴めを恫喝する文書はどこにある」

「ございませぬ」

「何！　尚憲、孤を愚弄いたすか！」

王は眦《まなじり》を裂いた。

金尚憲は泰然と応じる。

「書翰の写しに拠れば、柳生悪十兵衛なる倭剣士が一然国師にこう申したとあります。ないなら造ればよい、と」

「で、ではっ」

「倭奴を恫喝するに足る文書を捏造するのでございます」

王のみならず諸臣こぞって金尚憲に注目した。彼は七日前の人事で工曹判書に異動する前は、宮中の経籍文書を掌握する弘文館《ホンムングァン》の提学《チェハク》を務めていた。ならば文書の偽造などお手のものであろう。

「捏造か！」

王の目に喜色が溢れた。

「さこそ上策。で、倭奴を恫喝するに足る文書とは？　待て、孤にいい考えがある。神話には神話で……倭奴の神話も後世の捏造物だった、という内容はどうだ」

興奮に舞い上がる余り、自らの着想まで披露してみせた。王のそんな先走りに金尚憲はそれとわからぬほど眉宇を顰《ひそ》め、

「神話には神話で——さすがは賢明なる殿下でございます。されど、反撃は同程度のものではなく、敵を上回るものを以てしてこそ成果を挙げ得る、と申しまする。倭国神話が後世の捏造というよりも……」

そこで言葉を切り、焦らすように一同を見回した。

「早う申せっ」

たまらず王が催促する。

「倭国神話に登場する倭国の神々が、実は朝鮮人であった——とするのです！」

どよめきが起こった。熱いどよめき。金尚憲は得意然として、艶のある声を一段と張り上げ、

「かつて小臣、倭国の史書『日本書紀』『旧事本紀《くじほんぎ》』を購《あがな》い、その内容を検《あらた》めたことがございます。

何、史書とは名ばかり、取るに足らぬ蛮人の戯言が綿々と書き連ねられた、愚にもつかない奇想妄誕の書に過ぎませぬ。ですが、そのお蔭で内容には精通した次第にございます。意わざりき、かかる時にそれが役立とうとは。扨、それなる一然書翰の写しにも出て参りますが、倭奴どもが最も崇拝するのは、アマテラスなる女神でございます」

「何、女神とな？」

王は呆れたような声をあげた。儒学は男尊女卑である。その儒学を国是とする朝鮮は男尊女卑の大国、地上天国なのであった。

「こともあろうに神が女とは、如何にも野蛮人どもの神話でございまするなあ」

「これだから倭奴は倭奴、どうにも仕方がございませぬ」

重臣たちも失笑して思い思いを口にする。

「――女神アマテラスの子がオシホミミ、オシホミミの子がニニギ、以下ホホデミ、ウガヤと続き、ウガヤの子のイワレビコが倭皇《わおう》の初代となります。アマテラスにはスサノオなる弟神もおり、そこからオオクニヌシという系統も生じておりますが――ともかく、これら倭国神話の神々を、我が朝鮮から移住した古代朝鮮人とするのです！　古代朝鮮人、輒ち我らの祖先が海を渡って倭列島に上陸し、輝かしい朝鮮文明を以て未開野蛮の倭人どもを教化啓蒙してやった。倭列島を開拓したのは朝鮮人であり、倭なる国を建てたのは朝鮮人であった、ということです。倭地を開拓、建国した古代朝鮮人の活躍が、後世、神話の中に出てくる神々という形で記された――それが『日本書紀』であり『旧事本紀』だとするのです。そうした内容を、あたかも倭皇の一人が告白したように見せかける書翰なり文書を巧妙に捏造するのです。これに、倭皇の個人的な言葉として『だから我が国は、朝鮮には古代より多大の恩義を蒙っており、感謝を尽くし難い』とか『それゆえに私自身、朝鮮とのゆかりを感じています』などと添えれば、さらにもっともらしゅうなりましょう！　この捏造文書を便宜上、倭皇書輸と名づけるとして、これを倭奴に指し示し、一然書輸の本物を渡さずんば、この倭皇書輸を天下に公表すると脅してやるのです。アマテラスを始め自分たちの崇める神々、その子孫である倭皇の出自が、実は朝鮮人だったという履歴は、倭奴にとりまして一大痛撃となりましょう。ならないはずがございません。倭が朝鮮と同祖となれば、倭国など消失、もう一つの朝鮮が出現するわけです。かかる事実を隠蔽《いんぺい》、いいや、抹殺してしまいたい、というのが倭奴の心情でありましょう。必ずや応じて参りまする。臣尚憲、誓って断言いたします」

忽ち賛同の声があがった。

「成程、未開の倭奴にとっては、文明を携えて渡ってきた我らが祖は、まさに神そのものであったでしょうな！」

「倭奴は朝鮮人を神と見なし、今なお祀っているというわけですな！」

「もはや成功間違いなし。どうでしょう、この作戦を『神々の履歴書作戦』と名づけるのは！」

晴れやかな顔で口々に所懐を述べたてる重臣たちを末席から眺めやりつつ、そう簡単にゆくだろうかと、鄭良弼は懐疑せざるを得ない。彼は東萊府の指揮官として倭国外交の最前線を統括する立場にある。重臣たちは伝統的な思考を以て倭は武、朝鮮は文と決めつけるが、彼は対馬藩士たちの文書行政能力が如何に高いかを肌で知っていた。ことに近年、京都東福寺から識見高い学問僧が外交顧問格で対馬に赴任するようになってから、ややもすると朝鮮側が遅れをとっていると焦ることさえある。しかも倭国は、大坂に豊臣氏を平定して偃武《えんぶ》の世となり、太平を謳歌する中に文がますます隆盛となっている。かたや朝鮮では、後金との来たるべき対決を控え、武、武、武、武と勇ましくも声高に叫ばれているのが実態だ。倭が武で、朝鮮が文なりと誇るのは、現実を見ない旧弊思考である。そう鄭良弼は慨嘆せずにいられない。かかる重臣が机上で弄んで産み出した倭皇書翰捏造作戦なる空論が、果たしてどこまで倭奴を欺くことができるのか、はなはだ疑問であった。とはいえ、堂下官たる自分がここに列席していることさえ例外であるのに、その思いを発言するなど迚《とて》も叶えられぬことであった。が、反対の矢は慮外の方向から放たれた。

「倭国の主が朝鮮人ということになれば、寧ろ倭奴は歓ぶのではありますまいか」

完城君《ワンソングン》の崔鳴吉《チェミョンギル》である。前王光海君を排除する陰謀に功あって、現王の信任厚い股肱《ここう》の臣であった。老臣が顔を揃える席上、五十一歳は破格の若さだ。後金軍が侵入してきた九年前、和平を唱えて憎まれ、今も主戦派の筆頭である金尚憲とは対立する間柄である。

「何を申すか」

金尚憲は鋭い目で崔鳴吉を睨んだ。

「そうでありましょう。倭奴は、いくら国が盛んになっても畢竟その出自は未開の民なりとの劣等感を拭いきれませぬ。そこへ倭皇書翰なる捏造文書を示されれば、欣《きん》喜雀躍《きじゃくやく》、我らは未開蒙昧の蛮人に非ずして、文明の朝鮮と同祖であったかと、その歓びは如何ばかりか。金判書の狙いとはまったく逆効果を招来するは目に見えております」

「や、慥かに」

「それも、もっともなこと……」

付和雷同——対抗論理の登場に、重臣たちの間に動揺が走る。

「倭国は朝鮮と同祖なり——このこじつけを極めてゆけば、さらに恐るべき事態を甘受することにもなりかねませぬ。輒ち、我らの神聖なる国土を荒廃に至らしめた倭酋《わしゅう》豊臣秀吉の倭乱は、我らと同じ朝鮮人が建国した、もう一つの朝鮮が攻めて参ったもの。然らば侵略に非ず、謂わば内乱であって、我らは彼らを侵略者と非難できぬことと相なります。また、もし仮に——あくまで仮の話ではありますが、この先、万が一にも倭奴の侵略が成功いたし、朝鮮が倭国に併合されたと仮定いたしましょう。その際、金判書の云う同祖論、神々の履歴書作戦を逆手に取られ、これで朝鮮は一つになったのだから侵略には非ず、と盗人猛々《ぬすっとたけだけ》しく居直られたらどうするのです。つまり、倭国を逆恫喝するどころか、侵略を性とする倭奴に、お墨付きを与えるようなもの、そう云わざるを得ませぬ」

穏健な口調だが、内容たるや政敵金尚憲に対する熾烈《しれつ》な弾劾だった。

「正論なり」

王が裁断した。

「孤も初め尚憲が案を上策と思うたが、早合点であった。鳴吉の言こそ実にもっともである。倭皇が朝鮮人であると？ 孤はいやだぞ、断じていやだ。倭奴どもの酋長が孤と同じ朝鮮人だとは、考えただけで鳥肌が立つ。慎め、二度と口にする勿れ。よいな、尚憲」

相手を見下し、自分が上と信じて疑わなければ、同祖などという発想が出てくるはずもないのである。金尚憲も己の論理の自己撞着に気づき、

「愚臣の考え至らざるところなれば」

素直に頭を下げた。かくして神々の履歴書作戦は流産した。

「他に策はないか」

王は血走った目で重臣たちをねめつけるように眺め回した。だが、左議政の呉允謙が最大級の罵倒を以て斥けられ、金尚憲の案も空しく散った後では、敢えて発言しようという者は現われなかった。

「何もないのか！ 天下の秀才英才が雁首《がんくび》を並べて名案一つ出せぬとは、嗟乎、何という無惨！ 何という体《てい》たらくだ！ かくも卿らが無為無能では、もはや孤は昭格署《ソギョクソ》に頼らざるを得ぬ。そうだ、卿

らが蛇蝎《だかつ》の如く忌み嫌う術客たちにな」

昭格署は道教の祭祀を掌る官庁。そこに属する術客どもは妖術師なりとして、建国当初より、朱子学の徒たる文臣たちの目の仇となり、弾劾されて廃せられ、ほとぼりが冷めると再設置される、ということの繰り返しだった。このところ王は安巴堅《アンパギョン》なる術客を頼りにされているらしい——。その噂は誰もが耳にするところであったが、重臣たちは眉を顰めつつも口を噤んだままである。

「そこな者」

業を煮やした王は、末席で身を縮こめる鄭良弼と洪喜男を指差した。

「見ての通り諸臣諸卿は口を持たぬ。代わりに何か喋ってみよ」

驚いたのは、鄭良弼、洪喜男以上に、重臣たちだった。

「殿下、かような堂下の者に発言を許されましては、備辺司が成り立ちませぬ」

大司諫《デサガン》の尹煌《ユンファン》が即座に云った。

「ほう、口があったか。備辺司が成り立たぬのは、卿らが声を発さぬからではないか」

王は皮肉げに云い返すと、

「構わぬ。他ならぬ孤が差し許すのだ。意見あらば申し述べてみよ」

鄭良弼は額の汗を拭った。彼もまた官僚である。王の気まぐれで許されたからとて、あてつけに使われただけのこと。寧ろ重臣たちの恨みを買って後々に響くのが恐ろしい。

「申し上げます」

今度も口を開いたのは洪喜男だった。

「いっそ日本の願いを容れ、通信使を派遣してはと考えます」

忽ちあがった怒号を、即座に王は身振りで制すると、

「その理由は？」

「三つございます。一つ、今は北の後金に国を挙げて対処せねばならぬ時、このうえ日本と事を構えるのは得策とは申せません。日本との関係を厚くしておいてこそ、北に意を十全に注げるというものです。また、日本は豊臣秀吉時代の日本に非ず、徳川将軍の姿勢は寔《まこと》に友好的であり、小臣も前回の使行に加わってこの眼で確かめて参りました。後金とのこと云々は扨置いても、此度の日本の願いを幸いとして、友好という名の城壁を築くべき好機かと考えます。これが理由の二でございます。第三に、太平の賀なる名目は前例なしとのことでございますが、かかる旧弊な考え方にとらわれるべきではありません。日本との和を失して秀吉の来襲を許した前例をこそ鑑《かがみ》とすべきであります。いや、前例を云うならば、前例に倣《なら》って朝鮮通信使という本来の名称を復するべきでありましょう」

「見事だ」

王は叫んだ。

「孤は感服したぞ。訳官にしておくのが惜しいやつ。卿らも、かの者ほどのことを申してみよ」

王座を下りると、驚く諸臣を無視して、親しく洪喜男の前に足を運んだ。洪喜男は恐懼の色を浮かべて畏まる。

「であるがな、喜男。その案を受け容れたとしても、解決できぬことがある。抑《そもそも》の根本である懸案――そうだ、一然書輸だ。柳生但馬守なる者、通信使が派遣されても書輸は渡さぬと言明したそうな。あくまで此度は公表を控えるのみである、と。されば、書輸はこの後も柳生の手にあり。不日、倭国との間に不穏を生じた時、またも柳生が乗り出して、一然書輸を振りかざし、此れを公表されたくなくばと我らを恫喝するに違いない。つまり朝鮮は未来永劫《えいごう》、倭国に唯々諾々《いいだくだく》と従う犬と成り果てる。これをどう解決すべきや」

「…………」

洪喜男の顔が瞬時に脂汗にまみれた。

「それはそれ、これはこれ。此度はとりあえず書翰が公表されるのを防ぐを以てよしとし、改めて方策を考える、か。だがな、これでは問題を先送りするだけだ。根本の解決にはならぬ。柳生の手に一然書翰ありと明るみに出たのは、通信使派遣問題があったればこそ。ならば、この問題それ自体を以て柳生但馬なる者に逆捩《さかね》じを喰らわせてやりたい。孤はそう思うのだ」

「……御意に」

「改めて卿らに問う。策はないか」

王は試験監督官の如く重臣たちの背後をのし歩く。右議政《ウイジョン》の洪瑞鳳《ホンソボン》が苦渋の声音で云った。

「我が朝鮮を倭国の犬にする——さまでの価値を秘めたる代物、柳生も保管には意を砕いておりましょう。一朝一夕に盗み出せるものではありますまい。となれば、残る方途は強奪、これあるのみ。が、相手が悪すぎる。よりによって将軍の剣法師範であるとは！」

——良案かと耳を傾けていれば、単なる泣き事にすぎなかった。

その時、軍事を掌る兵曹判書の李曙《イソ》が発言を求めた。李曙はこの日、南漢山城《ナムハンサンソン》を実見すべく足を運び、漢城に戻ってきた時は已に備辺司が始まっていた。慌てて駆けつけ、王の秘書室長である都承旨《トスンヂ》から、これまでの議事を耳打ちされたところだった。

「殿下、お忘れでございましょうや。それがしが、後金軍の侵入に備え、剣士団の速やかなる養成を上奏し、允可なされたことを」

「うむ、忘れいでか。朝鮮には古来、剣術伝わらず。よって、剣術宗国たる倭国より密かに剣士を呼び寄せ、これを師範として我が国の有望青年に剣術を習わせる。そうであったな」

「御意。一年前、首尾よく倭国の剣士を招来するに成功し、目下、計画通り剣士団を育成中にございます」

「その報告も覚えておるぞ。昭顕《ソヒョン》が、その倭剣士にいたく興味を示しておるそうな」

昭顕とは、王の長男である昭顕世子《セヂャ》のことだ。

李曙はうなずくや、一気に云った。

「それなる倭剣士、柳生但馬守の子息にございまする」

十三

「友矩さま。仰せの通り、土地の古老を連れて参りました」

李隼綺《イチュンギ》が駆け戻ってきた時、柳生友矩は宿を借りた古刹《こさつ》の庫裏で、五人の弟子に剣術の稽古をつけているところだった。弟子というのは十代半ばの少年で、揃いも揃って少女と見紛うばかりに美しい。孰れも土地の少年たちであった。

友矩が慶州《キョンヂュ》にやってきたのは三日前、一月二十一日のことだ。この地方の若者の中から剣士として有望な者を択び、漢城に連れ帰って彼の剣士団に加える——現代ふうに云えばリクルートが目的である。兵曹判書李曙の書付を示せば、土地の役人がすべて便宜《べんぎ》を図ってくれた。そうして三日のうちに目をつけたのが、目の前にいる花のような五人の少年というわけだった。

「待っていなさい。すぐに戻ってくるから、稽古は続けているのだよ」

友矩が優しく命じると、五人は頰を染めて蟇肌竹刀《ひきはだしない》を引き、教えられた通り一礼した。

本堂への廻廊を歩きながら、友矩は上機嫌で云った。

「どうだ、隼綺。可愛い子たちだろう。さすがは花郎《ファラン》を生んだ土地だけのことはある」

「友矩さま好みの子ばかり。でも、腕のほうは確かなのでしょうね」

隼綺が嫉妬心を隠さぬ声で訊く。

「わたしの眼力を疑うのか。今はよちよち歩きの赤子に見えても、この友矩の手にかかれば、一年と経たず立派な剣士に成長する。おまえがそうであったようにな、隼綺」

「そして、友矩さまの夜伽の役も立派に務める、そうなのでしょ」

「フフ、おまえも手折《たお》ってみたいか、慶州の野菊を」

「隼綺は、隼綺は、友矩さまに抱かれるだけで幸せです」

「可愛いことを云う」

「友矩さま」

「何だ」

「今夜こそ、友矩さまのお情けを……」

隼綺の吐息が耳にかかる。友矩を見つめる眼は熱く潤み、目許に朱が散っている。剣士団の制服である革胴衣の鮮烈な深紅が、胸の熱情を表わしているようだ。まだ男も女も知らぬあの五人の少年を鄙《ひな》の野菊に譬えれば、隼綺はさしずめ薔薇《ばら》であろう。生まれも育ちも漢城の、洗練された都会の紅い薔薇。少年たちとさほど変わらぬ十六歳だが、年齢は同じでも隼綺にはその年には見えぬ妖艶さが香っている。年齢も定かならず、性も瞭らかではない。美しさは女以上、友矩の右腕にして恋童——純真無垢だった隼綺を一年でここまでに変貌させたのは友矩の手管《てくだ》である。

「わたしも久しぶりに隼綺を泣かせてみたいと思っていたところだ。よし、新羅千年の悠久の古都に、おまえの甘いむせび泣きを聞かせてやろう」

「うれしいっ、友矩さまっ」

隼綺が嬌声をあげて縋りついてきた。


「――何も伝わっていない、と？」

友矩は眉を曇らせた。

本堂には、隼綺が探してきた土地の古老が控えていた。七人だ。孰れも白髪白髯《はくぜん》をたくわえ、如何にも旧都の老人らしい風韻古雅を漂わせた者たちである。その七人が一人の例外なく、友矩の問いかけに首を振った。花郎の伝承など何もございません、と。

この国の言葉を人並みに操れるようになって友矩はまださほど日を経ていない。それも漢城の言葉である。老人たちの口から飛び出すのは、訛《なま》りの強い慶州方言だ。隼綺の助けを借り、問いを変えて幾度か質したが、伝承がないどころか、花郎という言葉さえ老人たちは知らなかった。

「役人たちの云った通りでしたね」

友矩の落胆を慰める声で隼綺が云う。

三日前、慶州に旅装を解いて友矩が真っ先にしたのは、府の長官である府尹《プユン》を始め、役人たちに花郎の伝承を問い質すことだった。答えは――しかし誰もが首を横に振った。慶州には花郎に関するあらゆる伝承も遺物も、痕跡一つ残っていないと云うのである。日本で役人とは輒ち武士のことだが、朝鮮では学者である。古今の学識を身につけた彼らが否定した以上、それまでであった。だが友矩は諦めきれず、隼綺に命じて土地の古老を呼び集めさせたのだった。

「そのようだな。花郎など幻――もはや信じるしかないのか」

礼を述べて鄭重に老人たちを帰すと、友矩は歎息した。

剣士候補生のリクルートを地方に拡大したいと進言し、庇護者である兵曹判書李曙の許しを得た友矩は、その初回として特に慶州を択んだ。偏《ひとえ》に、ここが花郎ゆかりの土地だからである。

慶州は、七百年前に滅んだ古代王国新羅の王都であった。新羅は伝説の時代を含めると一千年に亘《わた》って存続した国で、その間、一度も遷都を行なわなかった（高句麗は三度以上、百済は二度、都を遷している）。慶州が新羅一千年古都と呼ばれるのはそのためである。尤も当時の都名は、時代の変遷に応じ古くは徐羅伐《ソラボル》、その後、鶏林《ケリム》、金城《クムソン》、月城《ウォルソン》などと称された。これを慶州と一州名の如くに降等改名したのは、新羅を滅ぼした張本人たる高麗の太祖王建《ワンゴン》その人である。よって、亡国の悲哀を味わった新羅人が「新羅の古都慶州」なる後代の呼称を耳にすれば、怒りのあまり悶絶することだろう。

扨、その新羅王国に、高句麗にも百済にも存在しない、特異な戦士集団があった。その名を花郎という。淵源は、新羅固有の古代習俗に発すると云われるが、上級貴族の子弟から十五、六歳の美少年を択び、指導者として奉戴し、その下に多くの青年が集って結成された秘教的戦士集団である。厳密には、中心となる美少年が花郎であり、従う青年たちは花郎徒と称された。秘教的というのは、彼らが平時において学んだのは、種々の呪法、幻術を含む仙道だったからで、これによって心身を鍛錬し、自己犠牲の精神をも涵養《かんよう》して、戦場に臨んでは死を恐れぬ勇猛な精鋭部隊として常に新羅軍の先鋒を務めた。

新羅が百済、高句麗を滅ぼし、半島の覇者となった（厳密には半島の南半分だが）のは、花郎の存在あったればこそと云われる。花郎の中からは賢臣、忠臣、名将が綺羅星《きらぼし》の如く輩出した。三国統一に活躍した金庾信《キムユシン》将軍も花郎の出身だったという。

朝鮮に渡り、異国の言葉を学ぶ傍《かたわ》ら、友矩は朝鮮の歴史書にも目を通した。その国を知るには、言葉とともに歴史にも通じなくてはならない。その過程で花郎の存在を知ったのである。彼らの事蹟は『三国史記』『三国遺事』が記していた。例えば『三国史記』巻第四十七・列伝第七に記された官昌《クアンチャン》という花郎の散華《さんげ》に友矩は最も心を揺さぶられた。

――官昌は新羅の将軍品日《プムイル》の子である。騎馬と弓射を能くし、且《か》つ美少年であったので花郎に推戴された。十六歳で百済との決戦に出陣、父から「爾《ナンジ》、幼年ト雖《イエド》モ志気アリ。今日、功名ヲ立ツベシ」と励まされ、勇猛果敢に百済軍を直撃する。十数人を倒したが、多勢に無勢、捕虜の身となった。百済の元帥階伯《ケベク》が官昌を裸にしてみれば、勇猛な戦士は何と女以上に見目麗しい美少年である。心奪われた階伯は、官昌を犯してその瑞々しい肉体を貪ると「新羅ニ奇士多シ。少年ニシテ尚《ナ》ホ此《カ》クノ如シ、況ヤ壮士ニ於《オイ》テヲヤ」と歎息し、殺さず生還させた（彼衆我寡、為賊所虜、生致百済元帥階伯前、階伯俾脱冑、愛其少且勇、不忍加害、乃歎曰、新羅多奇士、少年尚如此、況壮士乎、乃許生還）。官昌は恥じ入り、再び百済軍に突入したものの、またも捕らえられてしまう。階伯は憐れみつつも官昌の首を刎《は》ね、その首を彼の馬の鞍に結びつけて還した。父の将軍品日は、流れる血で戎衣《じゅうい》の袖を濡らしながら我が子の生首をかき抱き、「吾児ノ面目、生クルガ如シ。能ク王事ニ死ス。悔ユル所無シ！」と絶唱した。これを聞いた新羅軍の闘志は天を衝き、鼓噪《こそう》進撃して百済軍を大いに撃破したという。

この一節を読んだ友矩は陶然となった。敵陣で全裸に剝かれ、衆目の前で荒ぶる敵将に犯される美少年の恥辱と、死をも恐れず再度の突撃を敢行したその勇猛に、云い知れぬ陶酔を覚えた。武士道の根幹は畢竟エロティシズムである。友矩は花郎に自分と同じ匂いを嗅いだ。そう、男色の匂いを。そして古代のエロスにめくるめく思いを馳せつつ想到したのである。

――朝鮮に武士道ありき！

さなり、花郎こそ武士道であった。時代的に鑑みると、日本武士道の原形、雛形《ひながた》というべきものであったろう。だからこそ洗練されていないぶん、エロスが、原初の妖しさが、生々しくも濃厚に香っているのだ、と。

朝鮮に剣士団を育成する——。それが兵曹判書李曙に嘱望《しょくぼう》された友矩の使命だった。しかしながら剣術は、ただ伎倆を伝えればそれで習得されるというものではない。そこには理念がなくてはならない。理念の土壌にこそ伎倆は開花する。剣術の伝統なき朝鮮に、いかに理念を扶植するか。その問題の突破口が見つかったのである。輒ち花郎の再興、これである。育成する剣士団を今の世の花郎剣士団とするのである。

友矩は猛然と花郎の研究を推し進めた。花郎について記されている史書は『三国史記』と『三国遺事』の二冊だけだった。いや、史書自体がこの二冊しかないのである。悠久の歴史を誇る朝鮮に史書が纔かそれだけとは如何にも不思議と思われたが、それはともかくも友矩は、新羅の金大問《キムデムン》が『花郎《ファラン》世記《セギ》』なる書を編纂していることを知った。花郎二百人の事蹟が記されてあるという。しかし、八方手を尽くしても『花郎世記』は手に入らなかった。そも道理、新羅時代の書物は、『花郎世記』はおろか、他の一冊だにこの世に残っていないのだという。いや、抑、基本史書ともいうべき『三国史記』『三国遺事』にしてからが、後世の高麗時代に入って作られた書物だというのだ。いやいや、それどころか仏教書を除けば『三国史記』こそは現存する朝鮮最古の書物だというのである。『三国史記』が編纂された時代の日本は、平清盛《たいらのきよもり》が擡頭《たいとう》し始めた頃である。遉に友矩は驚き、深く恠《あや》しまずにはいられなかった。朝鮮は歴史を誇り、文の国たるを自負していたのではなかったか——と。

花郎研究は暗礁に乗り上げた。

行き詰まりを打開したのは、隼綺の提案だった。

「花郎は慶州が本場です。慶州に行きましょう、友矩さま」

謂わば現地調査である。剣士として有望な人材を地方でも見出す——その口実に、李曙は大きくうなずき、許可証を発行した。かくて友矩は五人の少年を得たが、意わざりき、真の目的である花郎研究がよもや本場で霧散してしまおうとは。

「花郎は後世の捏造、そう云っていた役人もいましたね」

隼綺が言葉を重ねた。慶州府にその人ありと云われた碩学《せきがく》朴成壽《パクソンス》の言葉である。「鶏林精神文化書院」を扁額に掲げる朴成壽は、花郎を執拗《しつよう》に問う友矩に対し、花郎など後世の捏造であると断言したのだった。花郎のことは『三国史記』『三国遺事』の二書に載るのみ、それが実在した痕跡はどこにもない、虚偽虚構と見なさざるを得ず、と。

「——捏造か」

友矩は再び溜息をつく。不意に、『三国遺事』の編纂者である一然のことが脳裡を掠った。一然が柳生悪十兵衛に宛てた書翰を、友矩は父宗矩から見せられていた。兄の十兵衛が柳生ノ庄に逼塞を余儀なくされた頃のことである。宗矩としては、もはや友矩を後継者と思い定めて、代々継承されてきた秘巻の披見《ひけん》に及んだものだろう。

「何とも捏造の好きな国だ……慶州くんだりまで出向いて来て、この結果とはな」

花郎は虚構なり。されど信じる信じないは各人の心に委ねられている。貴殿が花郎は存在したと信じれば、それ輒ち存在したことになるのじゃ——消沈する友矩を、その時、朴成壽はそう慰めてくれたが……。

「いいえ、花郎はいます」

隼綺が云った。

「何？」

「隼綺の花郎は、友矩さま、あなたです。隼綺にとって友矩さまこそ花郎。命に更えてもお仕えいたします」

ふうわりと、しな垂れかかってきた。若鹿を思わせる新鮮な身体に手を回しつつ友矩は決意を新たにする。

〈倭奴たるこの友矩が花郎か。フフ、成程、それも面白い。捏造された檀君が今やこの国で大いに信仰されているように、おれも花郎伝説を存分に利用してやろう。そして、おれの花郎剣士団を最強に育てあげるまでだ〉


——予想はいたしておりました。

かつて友矩は、放逐を迫る父宗矩の前でそう云った。家光が己の興の赴くままに下した十四万石のお墨付きは、友矩に対する死刑宣告に等しかった。それを察せぬ家光の愚劣さに愛想が尽きた。家光を嫌悪し、父を憎み、延《ひ》いては柳生そのものを憎悪した。父の処分を予想した以上、直ちに対策を講じるのは当然である。友矩は躊躇うことなく、対馬藩士早乙女景盈の申し出を受諾した。景盈とは、ふとしたきっかけで数度密会し、逢瀬を重ねた仲だった。謂うなれば家光の〝愛妾〟たる友矩の浮気相手であったが、景盈のほうは意図を秘めて友矩に接近したのだ。

景盈は、朝鮮方と呼ばれる対馬藩士外交役の中で誰よりも深く朝鮮に浸透していた。朝鮮外交の窓口は東萊府であったが、景盈はこれを飛び越え、各曹の次官クラスと直に話をつけられる極秘ルートを持っていた。その中でも特に親しい間柄が李曙だった。朝鮮に剣術がないことを憂える李曙は、いずれ予想される後金との戦争に対処すべく、日本から剣術師範を招聘し、最強無比の剣士団を養成せんと図った。そのための師範斡旋《あっせん》を景盈に依頼したのである。正式の外交ルートで要請しなかったのは、偏に朝鮮国内の事情だ。倭奴は秀吉の出兵以来の仇敵であり、それに剣術を習うとは何事かと、諸臣の反対論が嵐の如く巻き起こるのは目に見えている。正式な議題として廟堂に持ち出したが最後、この案は潰れよう。ならば、と李曙は密かに王に上奏して允可をとりつけると、すべては自分の責任で極秘の内に事を進めたのだった。

　こちらの意を通す以上は、相手の便宜も図らねばならない。景盈は李曙の意に合う剣士の物色を始めた。ほどなく目をつけたのが友矩である。景盈は慧眼《けいがん》にも、友矩がその寵愛ゆえに、いずれは転落せざるを得ない運命であることを見抜いたのだ。

　かくて友矩は景盈を頼り、対馬を経て朝鮮に渡った。宗矩が草の根を分けてすら探し出せなかったのも道理、彼は日本を脱出していたのである。すべてのお膳立ては景盈が整えてくれた。友矩は、漢城の中心部にある李曙の別邸に住まい、専用の訳官がつけられ、彼から朝鮮の言葉を習うとともに、並行して剣士団の育成に取りかかった。友矩の人ならざる妖しい美貌は、生まれついてその気のある男を磁石のように惹きつけた。いや、その気がなくとも、友矩を見た瞬間、男色に目覚める美少年が続出した。

　その膨大な数にのぼる候補者の中から、友矩は剣士として有望な者を見抜き、マクシミリアン・ジンゴイズ伯爵に仕込まれた神業の如き男色の伎倆を駆使して彼らを虜にし、忠誠を誓わせ、昼になれば剣の師に変じて剣術を指南していったのである。新陰流——神後新陰流を。

　半年を費やして友矩は八十人の美少年を集めた。これを二十人四組に分け、忠組《チュンソ》、孝組《ヒョソ》、信組《シンソ》、戦組《チョンソ》としたが、その後、さらに員数が集まったため、殺組《サルソ》を増設し今は百人五組体制となっている。組名は、花郎の精神的指導者であったとされる新羅の高僧円光《ウォンガン》法師が、戦地に赴く二人の花郎、貴《クイ》山《サン》と箒項《チュイン》に餞別《せんべつ》として与えた五つの指針、

――事君以忠
――事親以孝
――交友以信
――臨戦無退
――殺生有択

俗に云う〝花郎五戒（世俗五戒ともいう）〟から、それぞれ一字をとったものである。この頃から已に友矩は、花郎剣士団の構想を少しずつ形にしていたといえよう。

扨、これだけの数の美少年を集めては、漢城内で目立たぬはずがない。友矩は李曙に進言して、北《プ》岳山《ガクサン》の中腹に専用の修行施設が建設された。そこに百人を優に超す美少年が集って剣術の鍛錬に励む光景は、壮観の一語に尽きた。それはまさしく古代新羅の花郎徒を髣髴させるものであった。美少年剣士たちは皆、身も心も友矩に捧げていた。そして夜ともなれば、厳しい剣術修行は一変し、夜な夜な妖しい声が彼らの修行堂から洩《も》れ聞こえてきた。それは慥かに友矩の〝大奥〟ではあったろうが、快楽で少年たちを繫ぎ止め、忠誠を誓わせ続けるためには、友矩に昼も夜もなかったとも云えるのである。

漢城の中流両班《ヤンバン》の三男として生まれた隼綺も、そうした少年剣士の一人だった。尤も隼綺はぎりぎりまで友矩の誘惑に抵抗し、最後には消耗しきって身を投げて来たが、そうであったぶん、今では友矩に身も心も捧げる愛の奴隷であった。友矩もそんな隼綺を愛で、組には配せず、謂わば〝小姓〟として常に手元に置いていた。今度の慶州行きに同行させたのも、そのためである。

その夜、友矩は明け方近くまで隼綺を責め抜いた。蠟燭の炎が幽玄に揺らめく古刹の本堂で、美青年と美少年の――男と男の妖しい曼荼羅《まんだら》秘図が延々と描かれた。嫋々《じょうじょう》と泣き咽ぶ隼綺の声は本堂を洩れ出し、古都の夜を淫美に彩って已《や》まなかった。もし花郎が実在のものならば、現し世の快楽を思い出し、甦ってきかねないほどのそれは激しさだった。

――纔かに開けられた戸の隙間から、五対の眼が密かに見入っている。友矩は疾《と》うに気づいていた。火のように熱い視線だった。

覗かせておく。隼綺を愉悦にのたうちまわらせ、自分も楽しみつつ、覗かせることが目的なのだ。これは演武、無垢の少年たちを花郎剣士団に誘い入れるための。

五人が志願することを友矩は疑わなかった。

翌日、友矩は漢城への帰還を少年たちに告げた。

「連れていってください、漢城へ」

「わたしも、立派な剣士になりたいのです」

果然、五人は口々にそう懇願した。睡眠不足で目を真っ赤に充血させて。

明日を出立日と定め、のんびりと準備を進めていた昼過ぎのことである。慶州府から伝言が齎された。先ほど、漢城より急使が到着した。兵曹判書李曙が遣わした使者で、友矩どのは至急王都に戻られたし――とのことであった。

十四

「何、一然書翰を渡せと申されるか」

予想だにせざる要求である。宗矩は愕然として韓使を睨んだ。——状況は二月前と殆ど同じだった。彼が対峙しているのは、東萊府から派遣された康祥重と秦鯉希、そして訳官の洪喜男。三人の顔ぶれも同じなら、場所も同じく対馬藩家老大森玄右衛門の別墅。異なっていることと云えば、床の間に活けられた花が、前回の侘助から躑躅《つつじ》に替わっていることぐらいか。いや、最も違うのは三人の顔に浮かぶ表情であった。尊大なまでに落ち着き払い、目には余裕たっぷりの敵意と、已に勝利を確信した残忍な喜びの煌きがある。宗矩の恫喝に慌てふためき、逃げるように対馬を後にした時と、果してこれが同一人物かと驚くばかりだ。

対馬藩からの急報は、宗矩の予想を完全に裏切るものだった。朝鮮側は通信使の派遣を拒んだ。のみか、宗矩に対馬への来島を要請し、応じねば柳生一族に恐るべき災厄が降りかかるであろう——と、これはもう立派な恫喝である。宗矩は対馬に急行した。恫喝に応じる応じないは別にして、予測が外れた理由を知らねばならぬ。大森玄右衛門に大口を叩いた手前もあった。

〈何をどこで間違えたるか〉

その疑問が脳裡を離れない。恫喝されたのは朝鮮である。恫喝され返されるいわれは何もないはずだった。況して、開口一番、書翰の引き渡しを求められようとは。

「何を以て、さようなことを？」

康祥重が薄笑いを浮かべて答える。

「御子息の一件を以て」

「む？」

「但州どの、書翰を渡さずんば、御子息友矩どの、我らが国にて剣術師範を務めておること、遠からず貴国将軍に暴露されよう」

青天の霹靂《へきれき》という言葉は、まさにこの日の柳生宗矩の為に在った。

「……友矩が……朝鮮に？」

かろうじて声を搾り出した宗矩の前に、証拠の品が次々と積み上げられる。友矩が李曙という重臣に宛てた書状であった。その中で友矩は、剣士団育成の進捗《しんちょく》状況を逐一《ちくいち》報告していた。

「御子息の字、よもや見間違えるはずもあるまい」

宗矩は答えない。だが、紛れもなくそれは友矩の字であった。

「写しではないぞ、本物である」

秦鯉希が勝ち誇った声をあげる。韓使は揃って言葉遣いまで変え、容赦がなかった。

「………」

ゆっくりと、宗矩は友矩の書状に目を通してゆく。見たところ、宗矩の顔色は変わっていない。表情も平静そのものである。だが鬢から汗が伝い、手の甲に音をたてて滴るのを止めようがなかった。

康祥重が人差し指を立てた。

「一月《ひとつき》だ。それだけあれば、一然書翰を手にこの対馬へ戻ってくるに充分であろう、のう但州どの」

「………」

「あくまで知らぬ存ぜぬとシラを切り通すのであれば、宜しい、日本よりの検使を受け容れ、御子息の姿を供するまでのこと」

この瞬間、進退谷《きわ》まったことを宗矩は自覚した。証拠が書状だけなら、何とでも弁明を弄せられる。だが、友矩本人が登場したが最後だ。そんなことになれば、柳生一族の終焉《しゅうえん》である。将軍兵法指南役の息子が、無断で朝鮮に渡り、そこで剣術を教えていたなど、許されるはずがなかった。しかも宗矩は、友矩が病を得て柳生ノ庄で療養中と幕府に届け出ているのだ。家光の諒解もそれで得た。

すべてが偽りだったと瞭らかになった瞬間、柳生は取り潰される。確実に取り潰される。それもただの改易ではない。家光の怒りは凄まじく、とどまるところを知らないはずだ。宗矩以下、一族、一門、女子供に至るまで切腹は免れないであろう。

〈お、おのれ、友矩っ〉

宗矩は胸中、呪いの言葉を吐いた。足首を斬っただけでは飽き足らず、父を、いや柳生を破滅させるつもりであるか、友矩め。父がそれほど憎いのか、と。

しかし、今は感情に身を委ねている場合ではない。追い込まれた状況を把握し、策を講じ、最善のものを選択して、困難な交渉に臨まなければならない時だった。宗矩は即座に決断した。

「無用と存ずる」

「ほう。と申さるるは」

「検使の受け容れ無用なり。お望み通り、一然書翰をお渡しいたす」

韓使は顔を見合わせ、破顔した。康祥重が膝を進めて、

「さこそ重畳《ちょうじょう》。なれど、但州どの、まことその言の如くであろうな」

念を押した。

「武士に二言《にごん》なし。ただし――」

「ただし？」

「この但馬の望みも、叶えてもらわねば相成らぬ」

「貴殿の望み？　申されよ」

宗矩はずばっと答えた。

「友矩が首でござる」

韓使は押し黙った。

「貴国にとりては一然書翰が、この但馬にとりては友矩めが、それぞれ差し障り。それもこれも、双方が持つべきものを互いに取り違えているからでござる。本来の持主の手に帰せば万事解決。雨降って地固まるの譬えある通り、これを以て両国の友好親善の礎《いしずえ》ともなろうかと存ずるが——如何」

相殺——これが宗矩にとっては最善の策であった。所期の眼目であった通信使派遣は実現不能となったが、是非もない。対馬藩に恩を売るより、身に降りかかった火の粉を振り払うこそ急務である。

「ご子息の首を。——生きたままでも、お引き渡しいたすが？」

康祥重が問いを返した。朝鮮側としても当然、宗矩の出方は予測済みであろう。

「然るべく」

宗矩は短く答える。叶うものならこの手で斬りたくもあるが、憂いが霽《は》れるのは早いに如《し》かずだ。向こうで処分してくれるならそれに越したことはない。要は、友矩の存在が朝鮮から、否この世から消えてくれることなのである。一日、一刻も早く。

「諒解いたした。然らば、さっそく交換の手際を詰め申そう。まず——」

そこまで康祥重が云った時である。宗矩は片手を振って制した。ほどなく、廊下を伝う跫音が聞こえ、障子紙に影が射した。

「失礼いたしまする」

早乙女景盈が現われた。前回同様、宗矩は会談中の人払いを大森玄右衛門に厳重に申し入れてある。咎める視線を向けた宗矩に一礼すると、景盈は使者たちに向かい流暢《りゅうちょう》な韓語を口にした。

韓使の間に動揺が走った。康祥重は秦鯉希と二言、三言交わし、慌ただしい口調で洪喜男に何かを指示して立ち上がった。洪喜男が宗矩に云った。

「卒爾《そつじ》ながら、急用の出来いたしたれば、これにて失礼つかまつる。話は後刻——」

旋風に巻かれたように三人が去ると、景盈のほうから宗矩に告げた。

「彼らの上役が乗り込んで来たのですよ。鄭良弼——東萊府使が自ら対馬に来るとは、前代未聞。よほどの大事が起きたのですな」


宗矩は待った。

韓使が再び玄右衛門の別墅に現われたのは一刻後だった。康祥重、秦鯉希の姿はともになく、代わって恰幅《かっぷく》のいい学者然とした男が洪喜男を連れて宗矩の前に対座する。

「東萊府使、鄭良弼と申す」

悠然と名乗った。しかし、目の奥に隠し通せない不安と憔悴《しょうすい》の色が揺れているのを宗矩は即座に見破った。

「先刻、康祥重より申し入れし件、すべて御放念ありたい」

「…………」

鄭良弼が口にしたのは、宗矩の予想を遥かに超えるものだった。だが宗矩の顔に内心の驚愕が毛筋ほどにも表われないのは先刻の如くである。無言で先を促す。

鄭良弼の余裕の演技が崩れた。

「ご理解いただけたのか、但州どの。一然書翰をとの申し入れは——」

「先を」

と、宗矩は冷たく遮り、

「お続けありたい」

焦らすようにゆっくりと語を継ぐ。

鄭良弼は、逆上しそうになるのを辛うじて抑制する表情になった。

「さ、されば、但州どのに改めて回答を申し上げる。通信使は派遣されることと廟議一決した」

「そは重畳至極なり」

「よって、一然書輸の公表は控えていただけるのだな」

宗矩は鄭良弼を凝乎《じっ》と見つめ、あるかなきかの微笑をそよがせ、うなずいた。

「武士の一言、金鉄の如し」

「では、これより対馬藩に正式な回答をいたすが――ただしその前に」

「ただし？」

「いや、これは条件ではござらぬ――要請、いいや要請でもない。お願いしたき儀があるのでござる――」

鄭良弼は宗矩の前に膝を進めると、両手をつかえた。そんな上司から目を背けつつ、洪喜男が彼の言葉を訳語する。

「――柳生新陰流の剣士を、我が朝鮮国にお貸し下されたく存じまする」

十五

黒々と厚い雲が行手に垂れ込めている。雷雲であろう、雲間に時折り身をうねらせて跳ね躍る黄金色の龍は、稲光がその正体であった。風が蕭々と草原を揺らし、見渡す限り街道には人影が見られない。

「まもなく雨が降り参りましょう。それまでに東大門に入れればいいのだけれど」

馬首を寄せて隼綺が云った。東大門を潜れば、そこはもう漢城である。

慶州を経って四日が過ぎていた。李曙の帰京命令を受けるや、友矩と隼綺は直ちに馬を駆った。古都で見出した五人の少年には充分な支度金を渡し、後を追って漢城の李曙閣下の屋敷を訪ねてくるよう云い置いた。

「後金軍の侵入ではなさそうだな」

友矩は云う。恐れたのはそれだ。だが、王都にここまで近づいて避難民の影さえないのは、杞憂にすぎなかった証である。

「でも、何か大事が起きたのです。そうでなければ、わざわざ慶州まで使者を出すはずがありませんもの」

云わずもがなのことを口にする隼綺は不安の色を隠さない。

「ともかく、あと少しです……あ、誰か来ます、友矩さま」

馬上、伸びをして隼綺は告げた。友矩も気づいていた。遥か前方から一騎、早駆けにこちらに向かってくる。低く垂れた黒雲の中から出現したように見えた。さらに——。その背後に三騎。遅れた仲間か、あるいは追跡者か。

みるみる迫ってくる。騎乗の主を認め、友矩は手綱を引いた。

「あれは、金甲樹《キムガプス》さま」

隼綺が声をあげる。剃りあげた頭、豪傑然とした立派な髭、筋骨逞《たくま》しい中年の男は、昭顕世子の側近で護衛役を兼ねる金甲樹であった。腰に自慢の大剣を佩《は》いている。

「おお、友矩さま。お迎えにあがってよかった。ここで出会うとは、まさに神佑、いや仏の思し召し」

金甲樹はそう云って、一瞬、素早く背後を振り返った。三騎が急接近をかけている。

「友矩さま、兵曹判書のお屋敷に行かれてはなりませぬぞ。これは世子殿下よりの言伝《ことづて》にございます」

「何が起きた」

「ひとまず北岳山の道場へ。詳しいことはそこでお話しいたします」

切羽詰まった口調だった。もう一度背後を振り向き、

「早くっ」

促す声は上擦っている。

が、その時には已に三騎が目前に迫っていた。友矩を躊躇わせたのは、新たに現われた三人も、見知った顔だったからである。見知ったどころではない、一人は李曙が友矩に連絡役としてつけてくれた陳桐坤《チンドンゴン》、韓語が上達するまで個人教授を務めていた徐泳仲《ソヨンヂュン》、隼綺に取って代わる前に従者だった朴炳鴻《パクピョンホン》――孰れも李曙の手の者である。慣れない異国で途惑うことの多い友矩に温かく接してくれた恩人たちであった。

「お迎えにあがりましたぞ、友矩どの」

「慶州からご苦労でございました。突然の呼び出し、さぞや驚かれたでございましょう」

「兵相閣下がお待ちでございます」

三人は金甲樹を胡乱《うろん》な目で見やり、口々に云った。

「何が起きたのだ」

友矩は困惑した。彼らに対しても同じ問いを向ける。

陳桐坤が馬首で金甲樹を押し退け、切迫した調子で答えた。

「国王殿下に、後金より刺客が放たれたのです。奇怪な剣法を操る者たちとか。友矩どのに是非お防ぎいただきたいと――」

「なりませぬ、友矩さま」

金甲樹が遮った。

「彼らの話はでたらめにございますぞ」

「友矩さま、この者は?」

陳桐坤が不審を口にする。金甲樹は一年前まで僧侶で、それも僧兵だったというが、縁あって還俗《げんぞく》し、昭顕世子の下に侍るようになったと聞いている。李曙の配下である陳桐坤たちが顔を知らなくて当然だった。

「もはや是非なきかっ」

金甲樹は絶叫するや大剣を抜いた。

次の瞬間、陳桐坤の首が胴を離れ、高々と空中を舞った。首の付け根から血が噴水のように噴き上がる。胴体が馬から転げ落ちた時には、金甲樹の大剣はその横にいた朴炳鴻の胸を深々と刺し貫いていた。

「狂ったか、甲樹」

友矩は素早く大刀を抜き上げた。

已に金甲樹は大剣を手元に引き戻し、徐泳仲に襲いかかっている。

鋼《はがね》と鋼が激突する鏘然《しょうぜん》たる音が響いた。

振り下ろされた金甲樹の大剣は空中で静止した。止めたのは友矩の大刀である。輒ち二本の剣は交差し、その纔か下で真っ青になった徐泳仲が首を竦《すく》めている。金甲樹の首筋にも剣尖がピタリと突きつけられている。隼綺の剣であった。

「友矩さま」

促すように隼綺が友矩を見やる。纔かでも剣尖を動かせば、金甲樹の頸動脈は切断される。

「昭顕世子のご下命でございます」

金甲樹が悪びれた様子もなく云った。

「何？」

「先斬後奏も已むを得ず。わたしは万難を排して友矩さまをお救い申しあげるよう命じられて参りましたれば」

「ひ、人殺しっ」

徐泳仲が漸く悲鳴をあげた。

金甲樹も声を張り上げる。

「友矩さま、兵相閣下の屋敷に行かれては命がございません。なぜなら、李曙は友矩さまを売ったからでございます」

「売った？　わたしを、誰にだ？」

かかる状況にあって友矩が即座に金甲樹を信じたのは、彼がこう答えたからだった。

「友矩さまの御父上、柳生但馬守さまに」

友矩は大刀を引いた。金甲樹の大剣はそのまま振り下ろされた。徐泳仲の顔は頭頂から顎まで両断された。

昭顕世子は王の嫡男で、是年二十五歳。友矩より一つ年上である。十四歳で世子としての冊封を受け、次の王たるを定められた。世子とは、世継ぎの王子の意味である。後金軍が侵入した際、彼は父王とともに漢城脱出を余儀なくされた。その屈辱に耐えられず、爾来、武事に心を寄せるようになった。妃を迎えてはいたが、九年たった今も一人の子をも生していない。十六歳で美女をあてがわれ、しかし二十五歳に至るも懐妊に到らせなかったのである。世子の性的嗜好《しこう》が奈辺にあったか、雄弁に物語っていよう。武に関心を抱き、女には見向きもせぬ――そんな昭顕世子の前に、海を渡って、絶世の美貌を持つ無敵の天才剣士柳生友矩が現われたのだ。

世子は忽ち友矩の虜となった。二人が結ばれるまでにさほど時間はかからなかった。この時も、男色の大家たるマクシミリアン・ジンゴイズ伯爵仕込みの技巧が大いに力を発揮したことは云うまでもない。しかも友矩は、家光の寵童であった経験上、世子を有頂天にさせる術を心得ていた。友矩は世子に性の快楽愉悦の何たるかを教えた。こんな謂い方が許されるならば、昭顕世子にとって友矩は初めての男であった。世子が友矩によって晴れて大人の男となったという史的な証は、友矩の励ましで妃との閨房に立ち向かい、竟に妃の妊娠が実現したことであろう。昭顕世子は友矩の力添えにより、男として、夫として、何よりも次代の王として、宮中に面目を施すを得たのである。

王族の立場上、自ら剣を習うことはできなかったが、それだけに世子は友矩の熱心な後援者、庇護者となった。北岳山に、独立した道場を建設し得たのも、李曙の力だけではなく、世子の口添えが与っていた。時折り世子は友矩の北岳山道場に微行し、夜を明かすことがあった。友矩の薫陶を受けた美少年の群れに囲まれた世子が、どのような濃厚な一夜を過ごしたか――。翌日、山を下りる世子の目は兎《うさぎ》の如く充血し、腰が抜けたような足取りだったという或る野史の一節を抽けば、それで充分であろう。

抑、そんな世子であったから、一月十九日の夜、緊急に開かれた備辺司の決議を知って愕然となったのも宜なる哉だ。

——柳生但馬守は一然書輸と引き替えに友矩の引き渡しを当然要求してこようから、朝鮮としてはそれに応じる。友矩を剣の師として最強の剣士軍団を育成するという李曙の極秘計画は中断し、北岳山の道場は一時的に閉鎖。剣士たちは武装解除され、新たな剣の師が見つかるまで待機を命ぜられる。

それが決議の骨子《こつし》であった。李曙にしてみれば、苦労して獲た天才剣士を失い、また国家的見地からも、後金に対抗する軍事力が低下するという損失を余儀なくされるわけだが、それにも増して重要なのが、これを好機として、檀君神話が捏造である明々白々たる証拠の一然書輸を、柳生の手より奪い、この世から永遠に抹殺し去ることなのであった。柳生但馬守を今度は朝鮮が恫喝すべく使臣が対馬へ向かい、李曙は慶州に滞在中の友矩を漢城に呼び寄せるため伝令を放った。

以上のことを世子が知ったのは、しかし漸く今朝になってからであった。備辺司の決定は、愛する友矩に対しての死刑判決そのものである。そのうえ、師として招聘した者をこちらの都合で売り渡すという、断じて承服し難い、卑劣極まる背信行為であった。世子が友矩を助ける決意を即座に固めたのは、友矩に対する愛の証であるとともに、自分の国の卑劣さに引け目を感じ、嫌気がさし、それに我慢ができなかったからでもあったろう。

かくして世子は、友矩を保護する方策を講じると、直ちに金甲樹を迎えに出したのだった。

「——御案じ召さるな。友矩さまを無事落ち延びさせるのが、世子がこの甲樹にお命じになった使命にございますれば」

金甲樹は語り終えた。

友矩は言葉を発し得ない。一年前、漢城の門を潜った時、不覚にも涙が流れて、空を仰ぎ、朝鮮こそ新たな故郷と誓ったが、こうもあっさりと裏切られてしまおうとは。

しかも、発端には父宗矩がいるという。偶然にしても出来過ぎている。切ったつもりでも宿縁は繋がっていたということなのか。

〈さぞや驚いたであろうな、父上は〉

そこに友矩は纔かな慰めを見出し、声をたてて嗤った。

「友矩さま――」

隼綺が案じる声をかけた。笑っている場合ではないのだ。

「わたしは大丈夫だよ、隼綺」

友矩は背筋を立て直すと、静かに一同を見回した。北岳山の道場は、畳を敷けば五百枚では迚も足りない。朝鮮剣法の根本拠点とすべく、江戸の柳生道場以上のものを、という友矩の望みが叶えられた結果である。その広大な板敷きに、友矩の愛弟子たちが集まっていた。剣の弟子にして、彼の美しい稚児たちが。金甲樹は友矩との一対一での話を求めたが、友矩は弟子たちの前でと譲らなかったのだ。忠、孝、信、戦、殺――五組百人の美少年たち。今、驚くべき話を聞かされ、彼らは水を打ったように静まり返っている。

「聞いての通りだ。わたしはもはやここにはいられなくなった。いや、この国のどこにも居場所をなくしたのだ。志半ばにして、おまえたちを教えられなくなったこと、心から残念に思う」

「友矩さまっ」

「友矩先生っ」

幾つもの声が飛んだ。友矩は手を挙げてそれを制すると、

「世子の友情に縋り、この金甲樹どのの手引きで、わたしは今から落ち延びてゆく。云うまでもないが、廟堂が求めているのはわたし一人だ。わたしが去った後は、宜しく武装解除に応じ、剣士団が再建される日を待て。その時の剣の師はわたしではないが、おまえたちは国の命運を背負って戦う身、わたしから学んだことを糧に、立派な新陰流剣士となるべく精進せよ。おまえたちを教えられたこと、この友矩、誇りに思う。短い付き合いだったが、交わりは深かった。可愛い子たちよ、おまえたちの一人一人、などて忘れることができようか……」

万斛の思いが込み上げ、声が震え、その先を続けられなくなった。

「友矩さまっ」

孝組の組長安蘭恵《アンラネ》が声を感極まらせ立ち上がった。組長とはいっても、まだ十八歳にもならない少年である。

「わたしたちは友矩さまを奉戴する者、友矩さまの剣士団です！」

呼応するように、背後に控えた孝組の美少年がこぞって起立する。

戦組組長の羅瀬純《ナレスン》も続いた。

「そうです。友矩さまのために戦い、友矩さまのために命を捧げると誓った身！」

歓声をあげて戦組全員が蹶起《けっき》する。

忠組の組長朱美礼《チュミレ》が和した。

「友矩さまのため死ぬなら本望です！」

忠組の剣士たちは勇躍した。

殺組組長の河大悠《ハデュ》が絶叫する。

「どこまでも友矩さまに従います！」

殺組の組子たちは奮い立った。

信組の組長王燿華《ワンヨンファ》は、

「友矩さまっ」

そう絶唱したきり後が続かず、立ち上がった組子たちは大刀の鞘から小柄を抜くと、鍔を打ち鳴らした。友矩がいつか教えた金打《きんちょう》であった。信組だけでなく他の四組も、我も我もと続いた。涼やかな金属音が広い道場に清雅に響き渡った。

「大変です、友矩さまっ」

見張りに出していた少年剣士の一人が駆け込んできた。

「何事か」

「禁義府《クミフ》の役人たちが向かってきます。途方もない数です」

色めき立つ剣士たちの間を抜け、友矩は道場の出入口に立った。外は雨だ。地を穿たんばかりの烈しい勢いで、沛然《はいぜん》と降り続いている。その雨の帳《とばり》を透かし、続々と蝟集《いしゅう》しつつある武装集団の群れが見えた。兵団といっていいほどの数だった。甲冑が雨に濡れて、鈍く不気味な輝きを放っている。

「禁義府の捕縛吏だけではありませんね。漢城防衛隊、それから京畿《キョンギ》兵営の兵士たちも動員されています」

後を追いかけてきた隼綺が云った。京畿兵営は京畿道兵馬節度使《ピョンマチヨルドサ》の統率下にある軍団である。成程、軍隊が動員されているなら、この数も納得できようというものだ。

金甲樹もうなずいて、

「ここは監視下に置かれていたのですな。兵相の屋敷へ行くはずの友矩さまが戻ってきたのを見て、計画が洩れたことに気づいた。軍を動かしたのは——何しろ、百人からなる新陰流の剣士団を相手にするわけですから」

その間にも、兵士たちは二重、三重に包囲網を敷いてゆく。道場は完全に封鎖された。

「この雨で鳥銃が使えないのはこちらの幸いだとしても、突破したところで、あれだけの員数だ、どこまで逃げ切れるか……」

云い淀んだ金甲樹に、

「大丈夫です。友矩さま、あの抜け穴を使うのは今です」

「そのようだな」

友矩はうなずいてみせる。隼綺が云っているのは、道場を出て暫く登ったところにある洞窟のことだった。奥は行き止まりになっておらず、辿ってゆくと麓《ふもと》の樹海に出られるようになっていた。人の手が加えられているのを見れば、かつて漢江《ハンガン》流域に都を置いた百済の時代に掘られた、王族用の秘密脱出路ではないかと推察されるものだ。再使用のための準備はしておいたが、このように使うことになろうとは、想像さえしなかった。

「よく云った、隼綺！　よし、みんなで友矩さまと金甲樹どのをお守りし、あの洞窟へ向かおう！」

戦組組長の羅瀬純が叫んだ。

「おう」

百人の美少年が頰を紅潮させ、目を熱狂に潤ませて絶叫する。

「や、待て」

友矩は止めようとした。このとき彼が連想したのは、関ヶ原合戦で薩摩《さつま》軍が主君の島津義弘《しまづよしひろ》を守って敵中突破を図った際に用いられた戦法、所謂《いわゆる》〝捨てがまり〟の故事だった。精悍《せいかん》無比の薩摩侍ですら膨大な死者を出したという。況して今、友矩を囲む美少年たちは、隼綺や各組の組長たち少数を除けば、まだ剣技が緒についたばかりの者たちなのである。包囲陣に向かってこのまま繰り出せば、彼らをあたら死に追いやるようなもの。

だが、止めることなどできなかった。美少年たちは、一人一人が、自分こそは友矩に殉《じゅん》ずるのだという覚悟に燃えていた。友矩のために命を捧げるのだという窮極の愉悦に酔っていた。彼らの思いは巨大な炎となって燃え盛り、有無を云わせず友矩を包み込んだ。もはや友矩は抗す能わず、雨中に押し出されてしまったも同然だった。

道場を包囲した兵士たちは瞠目《どうもく》した。深紅《しんく》の革胴衣をまとった目を欺くばかりの美しい少年たちが、手に手に白刃を抜き放って飛び出してきたのである。降り頻る雨の中、突如として花の嵐が吹き乱れたかと思われた。

彼らはすぐに我に返った。花は美しければ美しいほど手折る悦びは大きい——。その心理は、この争闘の場面においても例外なく、寧ろ遺憾なく発揮された。彼らは自分でも説明できない残忍な情動に駆られ、雄としての本能を、狩人としての闘志を剝き出しにして襲いかかった。

忽ち乱戦となった。凄まじい土砂降りの中を、吶喊《とっかん》、怒号、悲鳴が渦を巻き、血が幾筋もしぶいた。花の嵐は囲みを破り、山頂へと吹き流れてゆく。兵士たちは追いすがり、取り囲み、花びらを一枚、また一枚と千切ってゆく。

——友矩さま！

——友矩さま！

——友矩さま！

少年たちは口々に叫んだ。己のすべてをかけて叫び、至福の笑みを浮かべて絶命していった。まさに落花狼藉《ろうぜき》、筆舌に尽くし難い凄艶な修羅場であった。

洞窟の入口がようやく見えてきた時、友矩の周りにいるのは、金甲樹、隼綺を含め、もはや十人に満たなかった。こちらもかなりの数を倒しているはずだが、多勢に無勢、兵士たちは無尽蔵かと思われた。

友矩は足を止めた。

「隼綺、甲樹どのを洞窟へ。みんなも続け。あと纔かだ」

「友矩さまは？」

縋りつかんばかりの声で隼綺は叫ぶ。

「足止めしてくれる。その隙に早く行け」

友矩は隼綺の背を推すと、地を蹴った。

兵士たちが手にしているのは主に長槍だった。少年剣士の未熟な腕では、はなから勝ち目がなかったといえる。少年たちの殆どは、剣尖の遥か先から繰り出されてくる槍の穂先にかけられ死んだのである。今、たった一人で逆襲をかけてきた友矩に対し、虐殺に酔い痴《し》れた兵士たちは、嬲《なぶ》り殺しにしてくれんと我も我もと穂先を殺到させた。

だが——。

斬り落とされる穂先はその数を知らず、雁行《がんこう》するが如くに宙を飛んで、すぐに持主たちの首が一列に後を追ったのである。友矩は肉薄していた。近接戦となった以上、槍は剣の敵ではない。況して剣を手にした者が、他ならぬ柳生友矩であるからには。友矩の大刀が雨を弾くたび、兵士たちは首を刎ねられ、脊髄《せきずい》を断ち割られ、心臓を抉《えぐ》られ、胴を袈裟《けさ》がけに両断されて落命した。数を恃んで密集していたのが彼らの命取りだった。雨で視界が霞《かす》んでいたにせよ、友矩の動きは迅速苛烈《かれつ》で目に留まらなかった。己を斬った者を網膜に映さぬまま彼らは死んだ。死神が旋風となって兵士たちの間を思うがままに駆け抜けているような展開だった。

友矩は自分を止められなかった。殺戮《さつりく》の快感に酔っていたのではない。彼が手塩にかけて育てようとした美しい少年たちが死んでいったのだ。せめて同じ数だけ斬り殺さなければおさまらなかった。一人斬るたびに憎しみは弥増《いやま》した。背信した朝鮮を憎悪し、背信に追い込んだ父宗矩を呪った。

〈これは手始めに過ぎぬ。いずれ必ず報いてくれん――〉

「友矩さまっ、友矩さまっ」

隼綺の叫びを耳にした。振り返る。已に彼らは洞窟に入っていた。金甲樹も無事だ。隼綺が頻りに手招いている。友矩が討って出たことで、隼綺たちは無事に抜け穴の入口に到達できたのだった。すぐに友矩を呼ぼうとしたが、死神の剣舞のような友矩の剣戟に心奪われて、暫くの間、言葉を発するのを忘れていたのである。

友矩は周囲を見回した。死体の山が堆《うずたか》く築かれている。兵士たちは浮き足立ち、後退していた。この恐るべき魔剣士に対しては、離れるより他に命を得る方法はないと漸く気づいたのだった。

「今行く」

友矩は身を翻した。洞窟に飛び込む。

それを見るや、兵士たちは態勢を立て直した。槍を垂直に構えると、僚兵の屍《しかばね》を乗り越え前進してきた。

「準備はできています」

隼綺が炎をあげる炬火《たいまつ》を示した。かかる場合に備えて、入口には道具一式が用意されてあった。

炬火の投げかける明かりで、洞窟の奥に身を潜めた金甲樹を始め、王燿華ら少年たちの顔が見える。

「よし、やれ」

友矩は命じた。

一方の壁に穿たれた小穴から火線が伸びている。壁の向こうには、火薬樽が運び込まれていた。隼綺がうなずき、火線の端に炬火の火を押しつける——。

十六

「友矩め、逃げきれぬと観念し、自爆して果てたのであろう」

宗矩は云った。

「それがでござる、但州どの」

鄭良弼は懸命に説明を続ける。

「念のため、崩落した岩石を二日がかりで取り除いたところ、死骸は一体も見つからず、さては爆発で粉微塵になったものかと仔細《しさい》に検分してみても、指一本だに発見されぬ結果でござった」

「…………」

「そのうえ洞窟の奥は抜け穴になっていることが判明いたした。御子息はここを通って落ち延びたと見て間違いはござらぬ」

〈でかした、友矩〉

宗矩は内心、北叟笑《ほくそえ》んだ。この時ばかりは我を忘れて不肖の息子を褒めたのである。

「それが証拠に——数日後、王宮の壁に落書が貼られているのが見つかり申した。曰く、貴山箒項ノ仇、豈忘《アニ》ルベケンヤ、と」

「…………」

「貴山と箒項と申すは、その昔、新羅に存在したとされる神秘戦士――花郎でござる。百済との戦闘で殿軍《しんがり》を務め、満身創痍《そうい》で戦死したという逸話を史書は伝えており申すが、それとても知る人ぞ知る名。己の剣士団を古代新羅の花郎に擬《なぞら》えんとした御子息なればこその、かかる落書なれと思料される。輒ち、自分のため命を落とした少年たちを愛惜し、花郎に見立てることで、報復を宣言したものでありましょう。今に至るも、御子息とその残党の行方は知れず」

今に至るも、とは鄭良弼が釜山《プサン》の港を出帆した今日――三月一日の早朝までの時点ということである。江戸初期のことであり、しかも二国にまたがっているので、時差による混乱は如何ともしがたい。ここで改めて日付を整理しておけば――まず、柳生宗矩の恫喝を受けて漢城に備辺司が緊急召集されたのが一月十九日の深更である。直ちに慶州の友矩を呼び返すべく使者が遣わされる一方、鄭良弼は洪喜男を従え東萊府へ帰還の途に就いた。改めて通信使派遣の要求を拒絶し、友矩の件を以て宗矩に逆襲をかけるためである。

友矩は二十一日に慶州入りし、土地の古老から聴き取り調査を行なって花郎伝説の捏造を得心した翌日の二十五日、帰京命令を受けた。直ちに慶州を出発、北岳山に屍が満ちたのは四日後の二十九日である。

明けて二月一日（一月は和暦では大尽月だが朝鮮暦では小尽月）、鄭良弼の指示を受けた康祥重と秦鯉希が洪喜男を伴って釜山を出帆、対馬に着いた（『接待事目録抄』という史書に「是月、訳官洪喜男〔中略〕対馬ニ趣ク」とあるのは、日付を欠くが、これを指している）。

朝鮮側の拒絶回答に接した対馬藩の大森玄右衛門は、時を移さず江戸に使者を送り、青天の霹靂というべき想定外の結果を宗矩が知らされたのは二月十五日のこと。三日後の十八日、宗矩は江戸を発った（諸大名監察を任務とする総目付の役職柄、宗矩は比較的行動の自由を認められていた）。

一方、朝鮮側は半月以上を費やして友矩一党の行方を突き止め得ず、しかも報復を予告する落書に接して恐慌に陥ったために、当初の方針を大転換し、一然書翰の奪還は当面見送りとし、通信使派遣の要請も受け容れて、柳生宗矩の顔を立てることとした。この決定が東萊府に伝えられたのが二十八日である。内容の重大性に鑑み、鄭良弼は自ら宗矩と折衝《せっしょう》すべく釜山港に向かった。

かくして今日三月一日、宗矩の到着に遅れること数刻、鄭良弼も対馬の土を踏んだ。以上、かかる時差あって、康祥重と秦鯉希の二使は本国の事情を知らず宗矩を恫喝し、一時は宗矩もそれに応じるところだったわけである。

「——結果的に御子息を裏切ることとなった兵曹判書の李曙閣下を始め、重臣たちは報復の標的となるを恐れ、戦々恐々の毎日を過ごしている有様にござる。後金との紛争を抱える昨今、このままでは国家の機能が麻痺《まひ》しかねませぬ。重臣たちの身辺警護は万全の手を打ったつもりなれど、何しろ相手は名にし負う新陰流の剣士。いずれは国剣の師範となるを見越して呼び寄せた最強の剣客なれば、彼に太刀打ちできる者は我が国にはおらぬも道理でござろう。よって——」

新陰流の剣士を朝鮮に貸せ、というのであった。

「如何であろうか、但州どの」

鄭良弼は苦渋の声を搾り出した。

「さて、どうしたものでござろうか」

宗矩は考えを巡らす。——結局、柳生は外れたのだ。事は朝鮮と友矩の対決に移ったのである。この対決、朝鮮もそれなりの痛手を負うだろうが、所詮は国家対個人である。友矩が敗北するのは目に見えている。そうなった場合、今聞いた経緯からして、友矩は断じて生きてはいまい。友矩の未来には死あるのみ。宗矩としては、このまま捨て置いて何ら不都合はないということであった。

「但州どのは今一人、剣術の達人たる御子息をお持ちとか。聞くならく——柳生但馬守が御嫡男は、剣を操っては一代の麒麟児《きりんじ》。その伎倆、已に父君を超えておるやもしれぬ、と」

成程、望みは十兵衛か。宗矩は内心、舌打ちする。おそらく早乙女景盈辺りから聞き知ったものであろうが。

「これは過分のお言葉。十兵衛、ふふ、あれはまだ若造にすぎませぬワ」

「その十兵衛どのをお貸しいただければ、我らとしても安心というものでござる」

図々しいにもほどがある要求というものであった。十兵衛と友矩、輒ち兄と弟を異国で戦わせようというのだ。

宗矩はゆるゆると首を横に振った。

「ご存知のことであろうが、我が国において異国に人を出すは御法度《ごはっと》でござる。さなきだに、それがし幕府で総目付を務める身。何条以て国禁を破れよう」

「そこを枉《ま》げてお願い申し上げているのでござる。秘密は洩れぬよう万全を尽くす。十兵衛どのには最大級の便宜をお図りいたす。国賓の待遇でお迎えいたしたいと、国王殿下も仰せである。さればこそ但州どの、何卒御嫡男十兵衛どのを朝鮮に」

「お断りいたす」

鄭良弼は頭を下げた。

「この通りでござる」

「お断りいたす」

「うぬ、これほど申してもお聞き届けくださらぬか。なれば——その幕府総目付の御次男が、已に国禁を犯して朝鮮に渡りし件、公になってもよいと申されるかっ」

「ほほう、公に。如何にして公になさるおつもりか」

「うっ」

鄭良弼は言葉に詰まった。——もはや彼らの手に友矩はない。得たとしても、それは死体となった友矩だ。死人に口なし。死せる友矩など、宗矩を脅す如何なる証拠ともなり得ないのである。言葉を変えて云えば、朝鮮側は宗矩を動かす切り札を失ったのだ。一然書翰は依然、宗矩の手にあり。勝負は已についていた。

鄭良弼は再び頭を下げた。今度は額を畳にこすりつけた。

「……この御恩は必ず。国を挙げて」

危うく宗矩は失笑するところであった。国禁を犯すに足る恩など、あり得ようはずがない。この手に一然書翰ある限り、朝鮮は思いのまま。恩など不要の一語に尽きる。

お断りいたす——三度その言葉を口にしかけ、ついと宗矩は耳を欹《そばだ》てた。

「府使どの、面をお上げなされよ」

廊下に跫音が聞こえた。鄭良弼は慌てて上体を起こした。鼻水をすすり上げる。

「失礼いたしまする」

現われたのは、またしても早乙女景盈である。だが、今度の用向きは韓使に対してではなかった。

「但馬守さまにお目通りをと願う者、それがしの屋敷に参っておりまする」

「見ての通り、取り込み中であるが」

「是非にもと申しておりまする」

宗矩の非難の目を敢然と跳ね返すような景盈の返答である。

「されば江戸より？」

景盈は意味ありげに韓使を一瞥して、首を横に振った。

——何者か？

勝利の快感に酔っていた宗矩の胸が俄に波立った。鄭良弼に向き直って告げる。

「暫し、お待ち願いたい」

十七

已に夜であった。朔日《ついたち》ゆえ春宵《しゅんしょう》の朧月など望めないが、そのぶん明るさを増した星々が輝きを競って、春の夜空は賑やかである。早乙女景盈の屋敷まで、纔かの道程だった。景盈は宗矩を中庭に案内した。

星の煌《きらめ》きを映す池の端に、黒い影がひっそりとうずくまっていた。

「柳生但馬守さまである」

景盈は韓語で云った。

颯《さつ》と影が面を振り上げる。

〈——これは〉

宗矩は内心、舌を巻いた。まだ十代半ばの少年だった。人形のように整った美貌が銀色の星影を浴びて——水もしたたる、とはこのことであろうか。女と見紛うばかりの、妖しいまでの美しさなのである。

美少年は鋭い眼差しを宗矩に向けた。瞭らかに敵意を宿した目だ。

「花郎剣士団信組、琴一花《クムイルファ》と申します」

名乗りを、景盈が訳する。それに続く言葉が宗矩を驚倒に追い込んだ。

「友矩さまより遣わされて参りました」

「何と」

宗矩は一歩進んで美少年の顔を凝視し、次に景盈を鋭く見やった。景盈は平然とした表情を崩さない。

〈やはり、そうであったか。この男が友矩を朝鮮へ――〉

宗矩も、その思いを表には顕わさず、

「これは異なことを聞くもの哉。早乙女どの、なぜにかような不審の者を？」

「お気をお留めなきよう。それがし、この場は通詞を務めるのみにございますれば」

一切口を噤んで何も答えるつもりはない、景盈はそう云っているのである。

美少年は言葉を継ぐ。韓語を解さぬ宗矩にも、彼の凛然《りんぜん》たる口調は、それが弾劾以外の何ものでもないと理解された。

「友矩さまのお言葉をお伝えいたします。此度のこと、すべての起因は柳生但馬守が為様《せんよう》にあり。よって、朝鮮成敗の暁には、柳生に刃が向くを覚悟せよ」

「何を申すかっ」

逆上しそうになるのを宗矩は既《すんで》のところで自制し、

「大言壮語、嗤うべし。友矩は追われる身というではないか。味方する者は僅かであるとも聞く。異国にて何ができるというのだ」

景盈の知るところとなっても構わなかった。どうせ、この少年から仔細を聞かされているのであろうから。

美少年は沈黙した。返答に窮しての沈黙ではなかった。視線を下げ、宗矩の身体の一部位を凝視する。少年の視線の先が自分の左足であることを知って、宗矩は慄然、総毛立つ思いに駆られる。忘れていた、今一つの弱点を抱えていることを！

景盈も少年の凝視に気づいた。その視線を辿り、しかし小首を傾げただけである。

聴て、美少年の朱唇が花弁のように優美にほころんだ。

「友矩さまは、後金におわします」

後金――そのことが何を意味するか、宗矩は咄嗟には理解できなかった。友矩が後金にいる？　それがどうしたというのだ……後金にいようがどこにいようが……。

「やっ」

驚愕の声が咽喉から迸った。

「頼ったと申すのかっ、後金をっ」

「後金皇帝陛下は、友矩さまと、友矩さま麾下《きか》の花郎剣士団の帰順を、あたたかくお迎えになりました」

「き、帰順となっ」

「友矩さまは今、後金帝国皇帝の直属の剣士なのです」

友矩は朝鮮に潜み、哀れにも逃げ回っている。そうとばかり思っていた。だが、後楯を得たというのだ。

――後金！

武力を以て朝鮮を〝弟ノ国〟とし、豊太閤が果たせなかった征明の夢を代行せんとばかり、明に荒々しく牙を剝いている勃興目覚ましい国。それが、友矩の後楯になったというのだ！

「後金帝国はいずれ朝鮮を斬り従え、明を滅ぼして中華の覇者となります。その時、友矩さまは皇帝陛下の剣士として歴史の表舞台に登場されましょう。但馬守さま、父として剣の師として、これに過ぎる欣快《きんかい》はないと存じますが――如何」

恐るべき皮肉であった。欣快どころか、柳生の破滅である。実現させてはならぬ。断じてならぬ。今のうちに友矩を仕留めてしまわなければ。が、並みの剣士では叶わない。友矩を斃《たお》し得るのは――。

宗矩は、もどかしさを隠しきれぬ口調で云った。

「早乙女どの、それがし韓使の元へ急ぎ戻らねばならぬ。この者はさらに糺したき儀があるゆえ、取り押さえておかれたい」

「では、話は終わったのですな」

「一応は」

景盈がその旨韓語で伝えたようである。美少年はうなずくと、「一花」という名の如く花のような典雅な笑いを閃かせて、

「友矩さまっ」

陶酔至福の叫びをあげるや、懐中から取り出した短刀で己が頸動脈を掻き切った。一瞬の出来事だった。びゅうと噴き迸った血流は星空をかすめ、柳生但馬守もこれを避ける暇はなかったそうである。

十八

宗矩は翌日、対馬を出帆した。夜を日に継いで道中を急ぎ、江戸に戻ったのが三月十四日夕刻のこと。旅装を解くのももどかしく腹心の佐野主馬を呼んだ。

「――十兵衛は、相変わらず放浪か？」

家光の勘気に触れた嫡男十兵衛三厳を大和柳生ノ庄に放逐して十年が過ぎている。十兵衛は最初のうちこそ殊勝にも大人しく謹慎に服し、逼塞していたが、軈て生来の野生児たる奔放不羈の血が疼《うず》き出すのを抑えきれず、あちらこちら出歩くようになった。それが柳生近辺ならまだしも、「十兵衛廻国修行」だの、「一から出直し剣術暴れ旅」だの、果ては「剣聖上泉伊勢守の諸国足跡探訪」などと称して、北は陸奥から南は薩摩まで、全国を放浪して回っている。一時は多大な期待をかけていた友矩を失い（宗矩は真相を十兵衛にも明かしていなかった）、いずれ父が、嫡男たる自分を必ず呼び戻すであろうと、そこまで計算に入れての勝手放題である。宗矩も已むなく、時折り十兵衛に隠密仕事を命じたりして、後日、咎められた場合の弁明を用意してやっていた。

主馬は、主君の顔色にただならぬことが起きたのを察しながら、うなずいた。

「はい。こないだの手紙には、伊勢に面白い刀具を扱う者がいるので、それを視に行くとしたためてありました」

一瞬、宗矩の目に炯々たる火が灯った。

「即刻、早馬を出して呼び戻せ」

十九

「ふうむ、これが刀架か。変わっているな」

十兵衛は片目を細めた。目にしたことのない刀具が所狭しと置かれた中で、それが真っ先に目を引いた。

　普通、刀架は横架けである。前後二個所で水平に安置する。だが、この刀架は刀を垂直に差し入れるものだ。謂ってみれば、箙《えびら》を大型にして、矢の代わりに複数本の大刀を入れて置くわけだが、それだけならば大型の壺か箱を代用すればよい。だがそうすると、纏めて何本もの大刀を入れるわけだから、選り分けるのに時間がかかり、目当ての大刀を見つけるまでに時間がかかってしまう。それでは実用的とは云い難い。そこでこの刀架は、立てかけた大刀が整然と一本ずつ並ぶようになっている。その形状は、高さ一・五尺（約四十五センチ）、厚さ三寸（約九センチ）、幅は二間（三・六メートル）。つまり、やたらと細長い木箱である。大型の樋のようなその中には、取り外し可能の間仕切りが幾つもあって、大刀一本あたりの枠《わく》幅を自由に調節することができるという寸法だ。

「どないです、十兵衛さま。最大で三十本の大刀が差せますのや」

信頼刀具舗《しんらいとうぐほ》の店主和田屋哲斎《わだやてっさい》が、自慢するでもなく説明する。白髪が目立つものの、顔はまだ若々しい。家業は蠟燭屋だが、無類の刀具好きが嵩じ、刀具屋を構えるに到ったという。洋の東西を問わず機能と意匠に優れた信頼に足る刀具を紹介し、遣手の立場からその遣いこなし方法を提案、刀具の普及に努めていると聞いて、十兵衛は伊勢国松坂《まつさか》まで足を運んでみる気になったのだ。

「変わってはいるが実用的だ。道場の隅にこれを置いておけば事足りる。七面倒臭い刀架を取付ける必要もない。いや、大いに気に入ったぞ、和田屋」

「そうおっしゃっていただけると思うとりました。ほな、刀を実際に刀架に差してみましたのが、こちらでございます」

哲斎は笑みを浮かべて扉を開け、蔵の中を示した。

「ほう、これは！」

漆塗りの色も拵えも様々の大刀が三十本、縦差しにズラリと横一列に並んだ光景は圧巻だった。

「こないなもんですわ。中に収める大刀によって、刀架全体の表情が変わりますねん。分かってもらえましたやろか」

「うむ。とりあえず大和柳生ノ庄に十個ばかりいただこうか。それから江戸の柳生屋敷にも五個、送ってやってくれ。親父どのへの贈物だ。たまには孝行をせねばな」

「まいどおおきに。で、支払いは、どないしはります？」

「つけだ」

十兵衛は即答した。

「柳生但馬守さま宛てで頼むぞ。さあ、他にも何か見せてくれ、和田屋」

頭上に薄く影が射したのは、その時である。

「若、大急ぎで江戸にお戻りを」

十兵衛だけに聞こえる声で影は告げた。

二十

「——成程、檀君神話とやらの元ネタは、壇ノ浦色稚児受難ノ巻というわけか。こいつはとんだ男根神話だ。なあ、親父どの」

「笑い事ではないぞ、十兵衛」

宗矩は苦い顔をした。

「け」

十兵衛は吐き捨てる。冗談を云っている場合でないことは百も承知だ。実に柳生一族は危殆に瀕している。由々しい事態である。だが、そうとでも洒落てみないことには、腹の虫がおさまらなかった。彼がたった今、父から聞かされたのは、初めて耳にする事柄だらけだった。父宗矩と弟友矩の確執、雪中斬り落とされた将軍剣法師範の左足、友矩の朝鮮渡海、さらに北行して後金なる新興国を頼ったこと、第二の故郷を追われた友矩は、自分を裏切った朝鮮のみならず、その因を成した父にも挑戦してきている……これらが他ならぬ柳生但馬守の口から出たのでなければ、何たる荒唐無稽ぞと一笑に付したところだ。

「すべての起因は柳生但馬守にあり——か。友矩の云うこと、おれも尤もと思うぞ。そうではないか、親父どの。晦然《かいねん》とか一然とか申す高麗の坊さんは、太祖悪十兵衛さまを信用してその手紙を送ってきたのだろう。高麗の民に檀君神話の毒が蔓延した時にのみ、神話捏造の真相を暴露してくれよ、と。悪十兵衛さまと云えば、おれには馴染みのある名だ。坂崎出羽守の化物によって右眼を失った時、十兵衛よ、おまえの先祖の悪十兵衛さまと申さるるお方も、やはり隻眼《せきがん》であったが、いっそう精進して誰にも負けぬ強い強い剣士となられたぞ。悪十兵衛さまこそ、我が柳生剣法の始祖神と崇むべきお方。おまえも悪十兵衛さまに倣い、隻眼を不利と思わず、そのぶん朝鍛夕錬、人の百倍千倍かけて剣の道に励むのだ――そう教え諭《さと》してくれたのは、覚えておられるか、他ならぬ親父どの、あなたではなかったか。だからおれは、悪十兵衛さまにあやかろうとして、七郎丸《しちろうまる》という幼名を十兵衛に変えたのだ。それなのに……親父どのは悪十兵衛さまを裏切ったんだ。高麗坊主の手紙を己のため、私利私欲で使おうとした、だからこんなことになって――」

「わしの失策であったことは認めよう。しかし、十兵衛、今はそれを云っている時ではない。友矩の――処分だ」

宗矩はあくまで冷静に云った。

十兵衛は沈黙した。聴て、片目が潤んだ。

「友矩、生きていたか」

それまで激していたのと打って変わり、ほろりとした声音で、

「上様とのことは、おれの耳にも聞こえていたよ。このままでは親父どのが許すまいと危惧《きぐ》していたが、突然のお役辞退、柳生ノ庄で療養するという。そうか、おまえも踏み外したか、お互い父に放逐された身、剣でも交えて楽しく暮らそうと待っていても、いっこうに現われぬ。こりゃあ親父のやつ、やりやがったなと思っていたが……」

耐えきれず面を伏せた。肩が小刻みに震え出した。嗚咽のような声が洩れる。声は次第に高まり、歓喜の笑いとなって爆発した。全身を揺すって十兵衛は笑い転げる。

「やりやがったのは、友矩、おまえのほうだったとはな。冷血非情な父にきっちり落とし前をつけ、用意周到、ひらりと海を渡って朝鮮に逃げ、剣士団を組織するとは。女のような面で、何とも胆太い

やつ。ぬけぬけと、このおれにもできぬこと、ようもやってのけたもの。友矩よ、友矩よ、兄は感服つかまつったぞ」

「十兵衛っ」

さすがに宗矩は鞭打つ声で云った。だが十兵衛は耳に入らぬとばかり、さらに笑い続ける。

「おれはおれなりに、おまえを可愛がったつもりだったよ、異腹の弟よ。異国の空を、今おまえはどんな思いで仰いでるんだ……楽しいか。やりたいことをやったのだものな。楽しいはずだ。城勤めなど、籠の鳥も同然。おれにしてからが、狭いこの国をうろうろと熊のようにうろつきまわるしか能がない。羨ましいよ、まったく……いや、抑、これはおまえのやりたいことだったのかな。案外、寂しいんじゃないのか、友矩。なぜって……おれは寂しいからさ。おまえが遠い彼方へ旅立っちまって、寂しくてたまらない。おかしいな、おまえが生きていたと聞かされて、急に寂しさがこみあげてくるなんて」

十兵衛は笑う。涙をぼろぼろ降らしながら笑う。

「まあいいさ。これからおまえのところへ行くんだから。父上が許してくれたんだ、会いに行けってね。まったく、これが笑わずにいられるか。幕府総目付の要職にもあろうお方が、息子に海を渡れ、国禁を犯せとは。しかし十年ぶりだなあ、おまえの顔を見るのは。最後はおれが二十歳で、おまえは十四歳だったか。今は二十四――さぞ美しい剣士になったろう、友矩。それでも……」

と、十兵衛は嗄《かす》れた声で云った。重い意味をふくんだ「それでも」だった。

「おれはおまえを、斬らねばならん」

背後の襖がするすると開いたのはこの時である。

「失礼いたします」

闘志を秘めた声で宗冬が入ってきた。

「又十郎《またじゆうろう》か」

宗矩は咎めもせず、うなずく。宗冬が隣室で息をひそめ耳傾けていたこと、宗矩も十兵衛も先刻承知だ。聞かしておけ——十兵衛はそう思っている。やつだって知っておくべきなんだ。宗矩の考えは稍《やや》違う。十兵衛は結局柳生家を継ぐ規格に非ず、と宗矩は判断している。となれば、残るは宗冬である。剣の伎倆では二兄に見劣りすること甚だしく、見てくれも性格も地味で、ぱっとせず、手堅いといえば聞こえはいいが、要は愚図で鈍重、万事年寄じみている。だが裏返していえば、派手さはないが慎重にして実直、穏健で、若くして動ぜざる風格がある。本人も何か自覚するところがあるらしく、友矩が消えてからは居酒屋通いをすぱっと止め、酒も断って、剣の修錬に身を入れ始めた。今ではそれなりに腕を上げて、そろそろ家光の打太刀をつとめさせてもよい頃合いと考え始めている宗矩である。つまり宗冬は後継者に内定していたのだ。後継者として、いずれ友矩一件の経緯は知らせるつもりだが、盗み聞きするなら、それもよし。却って二度手間が省ける——それが宗矩の本心である。

「如何に思うか、又十郎」

「はい。これ以上、放置するわけにはゆきません。あれは柳生一門の恥辱です」

宗冬は黄色い乱杭歯を露わにして、父の問いかけに答える。言い方こそ穏やかだが、目には友矩に対する憎悪、敵愾心がメラメラと燃え盛っている。両手をつかえると、

「父上、お願いでございます。どうか、この宗冬も朝鮮にお送りください」

「む」

「やつは柳生に仇なす蛇蝎、疫病神の類い。わたくしが斬りとうございまする。それが宗冬めの使命

と心得ます。朝鮮で左門に会うたら、その時こそ一刀のもとに斬ってやる」

本気だった。それほど宗冬は頭に来ていた。殺意は、友矩に動きを封じられ、尻を撫でられた、あの瞬間に芽生えたものだ。父の挙動から、友矩が死んではいないことを宗冬は確信していた。剣の修行に本腰を入れ始めたのも、いつか友矩と対決するためだった。その機会が、いま目の前になった。父の左足首を斬り落とした柳生の反逆児を己の手で返り討ちにし、自分こそ柳生家を継ぐに足る器量であることを父に知らしめる絶好の時だ。

「け」

十兵衛が小さく嗤った。

「おまえに斬れるかね、友矩が」

宗冬は横面を張られたように、まじまじと十兵衛を見た。

宗矩に決断させたのは、十兵衛の今の一言だったといえる。父として慙愧《ざんき》に耐えぬ思いながら、十兵衛は、ずばり野良犬である、野犬である。その奔放不羈な性格からして、朝鮮に送ったはいいが、そこで解放された気分になって自由を謳歌し、柳生のことなどどうでもよくなるのではないか。それどころか最悪の場合、友矩に与してしまうのではなかろうか。さまで宗矩は疑懼《ぎく》した。この野良犬には首輪をつける必要がある。その綱を握る監視役が要《い》る。

「よし。宗冬を連れてゆけ、十兵衛」

翌早朝、寛永十三年三月二十五日、柳生十兵衛三厳、同又十郎宗冬、江戸を出立――。

第三部　戦神裂空ノ巻

一

西紀一六三六年は、和暦でいう寛永《かんえい》十三年に該当する。徳川家光《とくがわいえみつ》が三代将軍に即位して十四年目である。家光は、実弟の駿河大納言忠長《するがだいなごんただなが》を四年前に改易して最大の政敵を除去し、昨年には武家諸法度を全面改定して参観交替制度を確立させるなど、幕藩体制、輒《すなわ》ち徳川による日本支配を盤石《ばんじゃく》不動のものとしつつあった。

明暦《みんれき》では崇禎《すうてい》九年である。毅宗《きそう》崇禎帝朱由検《しゅゆうけん》の治世は十年目を迎えていたが、陝西《せんせい》で五年前に起きた李自成《りじせい》の叛乱は鎮圧されるどころか拡大の一途《いっと》を辿り、加うるに後金《こうきん》軍の度《たび》重なる侵入にも苦しめられて、栄光の大明帝国は今や滅亡への坂道を逆落《さかお》としに転げ落ちつつあった（明朝のラストエンペラー朱由検が景山《けいざん》の松の枝に首を縊《くく》って自殺するのは、僅《わず》か八年後のことだ）。

明を唯一無二の宗主《そうしゅ》国と仰ぐ属国李氏《りし》朝鮮王朝は、第十五代国王光海君《クァンヘグン》李琿《イグン》を追放した甥《おい》の綾陽君《ヌンヤングン》李倧《イヂョン》が王座に登って十四年目、内政は安定しているとはいえ、明への事大（大ニ事《ツカ》フ）路線をますます強め、ために後金の再侵に脅《おび》える不安の日々を送っていた。

扨《さて》、その後金だ。これが女真《じょしん》族の建てた国であることは前に述べた。かつて女真族は十二世紀前葉に金《きん》を建国、契丹《きったん》族の遼《りょう》を滅ぼして宋《そう》を臣従させ、一時は中国大陸の北半分を領有したものの、蒙古と宋の連合軍により百年余りで滅亡した。その後、元《げん》、明の支配下で四百年近くの長きに亘《わた》り雌伏《しふく》の期間を余儀なくされたが、十六世紀末に至り、豊臣秀吉《とよとみひでよし》の出兵を奇貨とし、分裂していた諸部族を愛《あい》新覚羅《しんかくら》氏の奴児哈赤《ヌルハチ》が統合、疾風怒濤《しっぷうどとう》の勢いで一気に後金の建国へと突き進んだ。これが二十年前、明暦でいう萬暦《ばんれき》四十四年（一六一六）のことである。直ちに後金は明への「七大恨」を宣言して、開戦に踏みきった。

その一代の英傑たる愛新覚羅奴児哈赤が十年前、明将袁崇煥《えんすうかん》を寧遠《ねいえん》城に攻めた時の傷が因《もと》で死ぬと、皇太極《ホンタイジ》が大汗《ハン》の位を継ぎ、翌年、後金暦天聡《てんそう》元年（一六二七）、三万の兵を以て朝鮮を侵した。朝鮮は屈服し両者の間に和議が結ばれた。だが、朝鮮側が約を違《たが》えること数次に及び、皇太極は立腹、再び緊張が高まっている、いや、もはや極限状態に達したようだ——ということも前述した。

皇太極は、奴児哈赤の第八男として一五九二年に生まれた。豊臣秀吉が征明を夢見て朝鮮半島に史上空前の一大遠征軍を派遣した奇しくもその年であり、同年生まれの貴種としては、かの「捨て童子」松平忠輝《まつだいらただてる》がいる。忠輝は家康《いえやす》の六男だが、共に太祖《たいそ》を父にするという点で立場を同じくしよう。だが、父および兄秀忠《ひでただ》に疎《うと》まれ不本意な後半生を強いられた忠輝に対し、皇太極は後継の有力候補であった二人の兄、二男代善《ダイシャン》、五男莽古爾泰《マングルタイ》を実力で斥《しりぞ》けて大汗となるを得た。

帝国、とは名ばかりで、その実、草原の狩猟民の部族連合にすぎなかった後金は、この皇太極の図抜けた資質、並外れた政治的手腕によって、明の行政に倣い国家としての体制を着々と整えていったのである。それにともない国力も充実、昨年には大モンゴルの復興を志す察哈爾《チャハル》のリンダン・カーンを敗死させてモンゴルを併合した。この一戦で、リンダン・カーンの所有していた元朝の玉璽《ぎょくじ》「伝国ノ印璽」が皇太極の手に帰したことは、後金のさらなる飛躍と発展を暗示するものであった。なんとならば、この印章を保有する者こそ、女真族をも含め全騎馬民族の帝国を統《す》べる天下の覇者《はしゃ》たるの証だからだ。皇太極はこれを天命と見た。自分は、かのチンギス・カーンの正統を継ぐ後継者となったのだ、と。チンギス・カーンに遡源《そげん》する元朝が、宋（南宋）を討って中国を支配したように、皇太極もまた明を滅ぼし中国を併呑《へいどん》せんと欲した。

彼はまず手始めに、「ジュシェン」という彼ら自身の呼称に中国人が勝手に漢字を当て嵌《は》め、その挙句《あげく》、差別的なニュアンスすら帯びるに至った「女真」「女直《じょちょく》」の語の使用を禁じ、新たなる民族名として「満洲」を択《えら》んだ。満洲とは「マンジュ」の音に漢字を当てたもので、抑《そもそも》、彼の父奴児哈赤が後金を国名とする前にマンジュ国を名乗っていた。語源的には彼らが厚く信仰するラマ教（チベット仏教）の仏である文殊菩薩に因《ちな》むものだ。

そのうえで、竟《つい》にこの一六三六年、皇太極は自らを、満（満洲＝女真族）・蒙《もう》（蒙古＝モンゴル族）・漢《かん》（明＝漢族）の三族に君臨する皇帝であると宣言、国号を後金から「大清」へと改めたのである。新国号は四月十一日乙酉《いつゆう》に公布された。

その日、帝都盛京《せいきょう》（現瀋陽《しんよう》、旧奉天《ほうてん》）で百官を前に公布式が厳粛かつ壮大に執《と》り行なわれた。それを見守る群臣の中に、柳生刑部少輔友矩《やぎゅうぎょうぶしょうゆうとものり》がいた。

二

「いい例が金大中《キムデヂュン》であるが、内訌《ないこう》が生じると敗者は国を脱出し、臆面《おくめん》もなく敵国に救いを求めるのが我が民族の歴史的、民族的特徴である」

――と聞く。

慥《たし》かに韓国史を閲《けみ》すれば、当たっていなくもなさそうだ。古代の三国時代の新羅《シルラ》がそうである。高《コ》句麗《クリョ》、百済《ペクチェ》、新羅は三百年近くに亘って三つ巴《どもえ》の戦いを繰り広げてきた。七世紀半ば、同祖である高句麗と百済が手を結んだことで亡国の危機に瀕した新羅は、朝鮮半島の侵略を目論む唐に通じ、その臣下となることで百済、高句麗を滅ぼし、半島の覇者となった。新羅の真徳《チンドク》女王は、唐に祝詩『五言太平頌《しょう》』を献じ、次のように謳《うた》った。

外夷違命者
翦覆被天殃

「野蛮人のくせに、中国皇帝陛下に従わないやつなんて、天の災いを受けて滅ぶがいいのよ」

寄らば大樹の陰、長い物には巻かれろ、ということであろうか。

新羅の事大策は、当然のことながら大きな代償を払うことになった。半島の君主は、以後、中国皇帝陛下から王として任命され臣従する家来となった。つまり半島の国家は、中国の属国であることを強いられたのである。属国状態は常態と化し、新羅が自前の元号を捨てた六五四年から、日清戦争で宗主国の清が明治ニッポンに敗れたことで李朝が清からの独立を果たす一八九七年まで、何と一千二百四十三年間の長きに亘り、朝鮮半島の国——新羅、高麗《コリョ》、李朝は、中国の属国であり続けた。これは韓国史の実に四分の三に相当する。

扨、新羅の国力が傾いた十世紀初めのことである。新興の高麗と後百済《フベクチェ》が半島の覇権をかけて争った。二国の戦争は一進一退、三十年以上にも及び、その果てに後百済王の甄萱《キョンフォン》は、後継者選定の失敗から息子たちにクーデタを起こされ、王座から追放された。代わって王位に即いたのは、彼の長男である神剣《シンゴム》だった。さあ、甄萱はどうしたか？　幽閉所を脱出すると、宿敵高麗を頼ったのである。翌年、後百済との決戦に出陣する高麗軍の先鋒には、甄萱の姿があった。後百済の内情を知りつくす甄萱の戦術に、彼の息子たちはひとたまりもなかった。甄萱は、己《おのれ》一代で建てた国を己一代で滅ぼしたのである。これを日本史に譬《たと》えるならば、武田勝頼《たけだかつより》に追放された信玄《しんげん》入道晴信《はるのぶ》が宿敵上杉謙信《うえすぎけんしん》を頼るようなものだ。そのような設定で架空戦国戦記小説を書いたところで、リアリティ・ゼロとして読者に受け容れられまいが、韓国史ではこれが確固たるリアルなのである。

さらに――高麗時代の半ばのことだが、高麗王朝の将軍だった洪福源《ホンボグオン》は、高麗王と対立してモンゴルに亡命し、その手先となって高麗侵略に多大な功績をあげた。洪一族の高麗王家に対する恨みは骨髄に徹しており、モンゴルの属国となってからも、宗主国の威光を背に、執拗《しつよう》に祖国を苦しめ続けた。洪福源の息子は、元軍の指揮官の一人として文永《ぶんえい》、弘安《こうあん》の二度、日本侵略に赴いた洪茶丘《ホンタグ》である。輒ち、洪一族はモンゴルに寝返って祖国を蹂躙《じゅうりん》しただけでは飽き足らず、日本遠征を強いて祖国の民に塗炭《とたん》の苦しみを舐《な》めさせたわけである。

それらを一概に民族性と決めつけてしまってよいか分からないけれど、日本では事例が探し難いから、ここでは一応、民族性としておくが、その民族性は李朝の前王の時にも遺憾なく発現された。前述した通り、現国王李倧は、伯父である光海君をクーデタによって廃し即位した。朝鮮史にいう「仁《イン》祖《ヂョ》反正」である。その翌年――一六二四年、李适《イグァル》という将軍が叛乱を起こした。李适は仁祖反正の中心人物の一人であったが、論功行賞に不満を抱き、叛旗を翻したとされる。しかしてその実、武臣としての彼の能力、識見、信望に危機感を抱いた文臣たちが、無実の罪をでっちあげ、彼を除去しようと陰謀を巡らせたのであった。李适は、この巧妙な罠から逃れ得ぬと悟り、追いつめられた末に挙兵した――というのが真相だ。後金軍の侵入に備えるべく北の国境線の防衛にあたっていた李适軍は、一気に南下して王都漢城《ハンソン》を陥落させた。国王李倧は、かつての百済の古都である公州《コンヂュ》まで逃げ延びた。叛乱軍の、それこそ顔も向けられないような凄《すさ》まじさに恐れをなし、逃げに逃げて、気がついてみたら公州だった、というところだろう。李适の怒りはそれほどのものだった。しかし、李适の覇権も明智光秀《あけちみつひで》よろしく三日天下に終わった。反撃に転じた官軍によもやの大敗を喫し、逃走中を部下に殺されたのである。

過大の犠牲を払いながら、李适を除くという文臣たちの陰謀は成功した。だが、代償は一時の内戦にとどまらなかった。これにより北辺の守りが一気に手薄になったのみか、李适に寵愛された武将たちが、李朝への復讐を誓って、続々と後金に奔《はし》ったからである。文臣たちこそは祖国に仇《あだ》なす毒虫であった。彼らは後金に対すべき国軍を、あろうことかその後金側へと寝返らせてしまったのである。

皇太極の喜ぶまいことか。三年後、彼が朝鮮を攻略する際、光海君を廃した仁祖反正の非理非道が口実の一つに利用され、さらに後金軍には李适麾下《きか》の部隊が編入されていた。

講和が成立し、後金軍が撤収するにあたって皇太極は、朝鮮の内情を探り、後日の再侵を期すべく、これはと見込んだ李适残党の兵士たちを数十人、朝鮮に残留させた。彼らは名を変え、身元を変え、朝鮮社会に潜伏していった。

その中に、僧侶に身を窶《やつ》した者がいた。彼は、山中で狩りを楽しんでいた王世子昭顕《セヂャソヒョン》が虎に襲われた急場を偶然にも救い、その剣の腕を見込まれて、護衛役に抜擢された——。


「お疲れではございませんか、友矩さま」

金甲樹《キムカプス》が入室した時、友矩は隼綺《チュンギ》と一緒に女真語の学習に余念がなかった。教師役は女真族の若い娘である。異国の美青年剣士と美少年剣士に相対し、美しい顔を紅潮させ、陶酔した眼で二人を交互に見やりつつ、愛を囁《ささや》くように女真語を伝授している。しかし、教え子たる友矩と隼綺は、娘を愛《め》でるどころか、関心の色一つ示さない。これはまあ、当然といえば当然だが。

「今日のところは、これぐらいにしてくれないかな、阿喇《アラ》。また明日を楽しみにしているよ」

友矩が、覚えて間もない女真語を流暢《りゅうちょう》に操ってみせると、阿喇と呼ばれた女真娘は、いっそう頰

を染めて、

「そのぶんでは、すぐにご自由に話せるようにおなりですわ」

うっとりとした口調で云い、金甲樹に一礼して、名残惜しげに部屋を出ていった。

「いや、お見事なものですな。わたしなど、いまだに簡単な受け答え以外は苦労しておりまするに」

「甲樹どのは朝鮮に戻っていたのだから、女真の言葉を忘れてしまって当然だろう」

友矩は女真語で答える。李适麾下の部将だった金甲樹は、後金に奔った後、朝鮮侵攻軍に加えられるまでの足かけ三年を、この盛京で過ごした――彼自身の口から、友矩はそう聞いていた。

「ほんとうに友矩さまの覚えの早さといったら。朝鮮の言葉を習得されたばかりだというのに、今度は女真の言葉まで。このままでは女真人になってしまいそう」

感歎と羨望《せんぼう》を交えた声で隼綺が云った。

女真人に――とは云うものの、友矩も隼綺も服装を女真風に改めてはいない。朝鮮にいた時同様の白い上下に深紅の胴着であり、頭も弁髪ではない。輒ち、前頭部を割るように剃り上げ、後頭部の髪を長く伸ばして編み下ろしてはいなかった。いずれそれを強制されるかもしれないが、今のところは不問に付されている。

「異国の言葉を学ぶのはこれが二度目でね。どうやら剣術と同じで、コツというものがあるらしいな。語術、というべきか」

二度目――つまり、国という居場所を一度ならず二度までも失ったことを意味する。だが、友矩の口調には屈託の響きなど微塵もない。寧《むし》ろ軽く、爽《さわ》やかですらある。

「とはいえ、これが最後であれかし――とは思うのだがね」

「いえ、三度目があるかもしれませせぬぞ」

「どういう意味です、甲樹どの」

友矩を慮《おもんぱか》るあまり、隼綺が眉を顰《ひそ》めて挑むように訊いた。

「今度は後金を――いや、七日前からは清でしたな――清を逐《お》われる、というのではありませぬ。どうかその点はご安心を。皇帝陛下は友矩さまの剣に多大な期待を寄せておられますゆえ」

隼綺をなだめる口調ながら、金甲樹はあくまで友矩に云う。

「陛下は、いずれ明を倒して中国を手に入れられましょう。かつてチンギス・カーンの孫クビライが、南宋を征して中国に大元帝国を樹立されたように、明を滅ぼし、中国を大清帝国領とされるおつもりなのです。その暁には、友矩さま、あなたの新陰流は、陛下の庇護《ひご》のもと、あの広大な中国大陸に公布されることになります。とあっては、漢人に剣を教えるためにも、漢人の言葉を学んでおく必要が生じましょう」

「新陰流が中国大陸に――」

友矩は、そのまさに夢のような壮大さに一瞬、眼を宙にさまよわせた。尤《もっと》も、それは皇帝陛下――皇太極が明を征服してこその話だが、七日前に目《ま》の当たりにした新国号公布式の盛大さからすれば、あながち非現実なこととも思われぬ。

時間が経過した今なお、友矩の眼には鮮やかかだ。――華麗な金糸銀繍《ぎんしゅう》の正装に身を包み、壮麗な宮殿の前に整列した百官群臣たち、その絵のような光景が。さらには、皇宮の広場を埋め尽くした装甲の騎馬軍団と、青天に翻る旗の数々を。

女真改め満洲族は、国民皆兵制で、その所属を八つの軍団に分かち、これを八旗と称した。輒ち正黄旗、鑲《じょうおう》黄旗、正紅旗、鑲紅旗、正白旗、鑲白旗、正藍旗、鑲藍旗の八軍団である。皇太極は、これら満洲八旗のみならず、包摂したモンゴル軍団にもこの八旗軍制を適用し、そのうえ投降兵からなる明の漢人軍団の八旗さえも、広場には昂然《こうぜん》と翻っていたのである。

島夷《とうい》の主であった太閤豊臣秀吉が夢見て頓挫した征明の壮図。それを、同じく野人《ヤイン》の主と蔑《さげす》まれる愛新覚羅皇太極が（友矩は朝鮮に来て、秀吉が倭酋《ウエチユ》、皇太極が奴酋《ノチユ》と呼ばれていることを知った）実現し得るのか。その成否はともかくも、この新興の帝国には恐るべき勢いがあり、皇太極は本気である――そのことだけは慥かだった。

三

北岳山《ブガクサン》の道場を襲撃された友矩が、金甲樹の手引きで北に逃れ、鴨緑江《アムノクカン》を渡り渾河《こんが》を越えて、帝都盛京に到着したのは、二月十五日のことである。つまり、七日前の四月十一日を以て清と国名を変えた後金に身を委ねてから、まだ二ヵ月と少ししか経っていない。行を共にするのは、隼綺を含め七人の花郎《ファラン》剣士たちだ（当初は八人だったが、友矩の後金入りを柳生宗矩《むねのり》に告げるべく琴一花《クムイルファ》が別れを告げて七人となった）。

多民族国家に成長を遂げつつある後金帝国の中にあって、李适軍の残党である朝鮮人たちは、確固たる足場を築き上げていた。その彼らにとり、仲間の金甲樹が朝鮮から連れ帰った友矩と、少数とはいえ抜群の剣の伎倆を有する花郎軍団は、自分たちの地位をさらに格上げしてくれる、またとない自慢の品となった。さなきだに彼らは、同病相憐れむの譬えの通り、同じく朝鮮を逐われた友矩たちを歓迎し、手厚く遇し、あらゆる手配を尽くしてくれたのである。当面の宿舎、食事、衣類、身のまわりの世話、女真語の教師の調達に至るまで。それと並行して、金甲樹が友矩の売込みに乗り出した。友矩は幾度も女真武将の前で柳生新陰流の剣を披瀝《ひれき》した。回を重ねるごとに、謂《い》わば面接官の武将たちの位が上がってゆくのが分かった。輒ち、売込みは順調であった。洋式の大砲など新兵器の火器を積極的に取り入れつつも、あくまで騎射が伝統武芸である女真族の眼に、新陰流の剣法は精妙無比、驚嘆に値する勝れた武術と映り、高い評価を受けたのである。

皇帝皇太極に謁見《えっけん》するに至るまで、さほどの時間は要しなかった。皇太極は数十人の武装女真兵に友矩を襲わせ、友矩は峯を返して悉《ことごと》く彼らを打ち据えた。日本では、かつて徳川家康がこれと同じやり方で新陰流の兵法者疋田文五郎景兼《ひきたぶんごろうかげかね》の腕を試したことがある。疋田文五郎も数十人の徳川家臣を残らず倒したが、家康は将たる者は匹夫《ひっぷ》の剣を学ばずとして文五郎を容れなかった。皇太極はそうではなかった。彼は友矩の剣に目を見張り、古今無双の武芸と激賞し、自ら学ぼうとしなかったのは家康と同じであるにせよ、麾下の女真軍団に宜《よろ》しく伝授すべしと命じたのだ。つまり柳生友矩は、大清帝国皇帝のお声がかりにより、女真軍団の剣術師範たるを公認されたも同然であった。破格のことと云わねばならない。

尤も、今はその準備期間である。まず言葉の問題があった。言葉ができなくては女真人兵士に剣技の説明はおろか、意思の疎通も図れない。皇太極が特別に寄越《よこ》した教師役の阿喇は、女真貴族の娘とのことだったが、友矩の嗜好《しこう》を知らない皇帝の配慮は、その点においては空回《からまわ》りに終わったようである。とは云え、彼女が優秀な語学教師だったからか友矩の才能ゆえか、彼の女真語は短期間のうちに長足の進歩を遂げた。

言葉だけでなく、女真の歴史、文化、民俗、風習についても教授役が派遣された。友矩はだから新知識の吸収に忙しい日々を送っていたわけである。そうした学習行為は、常に既視感を伴うものだった。宜《むべ》なる哉《かな》、これら一連のものは彼が日本を捨てて朝鮮入りした時のプロセスの繰り返しと云えた。しかし、一度目でコツが呑み込めているだけに習得の進度は速く、さらに自分の視野が広がり、未来の可能性も広がってゆくことに、友矩は新鮮な楽しさを覚えていた。

「その新陰流に関し、是非にもお伝えせねばならぬことあって参上いたしました」

ふと金甲樹の声が緊張を孕んだ。

「実は先ほど、漢城から極秘連絡が入りまして――」

前述した如く、九年前の朝鮮侵攻後、残留潜伏して朝鮮の情勢を探り続けているのは金甲樹だけではない。彼らは情報を探り出すのみならず、秘密裏に後金へと持ち出す伝達網まで構築していた。朝鮮の側からすれば機密漏洩《ろうえい》ルートであるが。それを通じて届けられた新情報である、と金甲樹は手短に前置きして、

「七日前といいますから、新国号公布の式典が行なわれたあの日のことですな。漢城に二人の新陰流剣士が到着したそうです」

四

「けっ、話にならんな」

十兵衛《じゅうべえ》はむっつりとした表情で、吐き捨てるように云った。

「兄上、私たちは朝鮮に来てまだ七日にしかならないのです。焦らずに待ちましょう」

宥《なだ》める口調で宗冬《むねふゆ》が云う。

外は雨が降っている。音もなく樹々の梢《こずえ》に降りそそいでいる。窓から見える中庭の景色は、濃淡の新緑がしっとりと濡れて、花の季節に劣らぬ美しさだが、雨に閉じ込められているという感覚が、十

兵衛の鬱屈《うっくつ》をいっそうかきたてるらしかった。

柳生兄弟は漢城にいる。十兵衛にとっては弟、宗冬には兄である友矩を斬るべく——。

父宗矩の命で江戸を発った二人は、まず対馬《つしま》に渡った。対馬では早乙女景盈《さおとめかげみつ》が待っていた。直ちに景盈は兄弟を鄭良弼《チョンリャンヒョク》に引き合わせた。東萊府使《トンネプサ》鄭良弼は、宗矩と同じ日に対馬を発して釜山《プサン》に上陸、柳生但馬守《たじまのかみ》が子息十兵衛三厳《みつよし》の朝鮮派遣を受諾した旨、廟堂《びょうどう》に早馬を飛ばして一報を入れると、その後を追って自らも漢城に赴き、宗矩との対馬会談の詳細を王及び重臣たちの前で上奏して、十兵衛受け入れの諸準備を関係各部局と打ち合わせた後、十兵衛を迎えるべく再び海を渡って対馬の地を踏んでいたのだった。

十兵衛と宗冬は、鄭良弼に伴われて釜山に到り、騎行して王都漢城に入ったのが、寛永十三年四月十一日——後金皇帝の皇太極が帝都盛京にて国号を新たに清と公布したその日のことである。

以来、二人は漢城を出ていない。漢城どころか宿舎にあてがわれた兵曹判書《ピョンジョパンソ》李曙《イソ》の屋敷の離れで、軟禁状態に置かれているといってよかった。三食は出る。見た目にも豪華な食材、山海の幸が、手の込んだ調理で、しかも食べきれぬほど盛大に出てくる。盛り付けられた白磁の器も、素人目にも芸術品の域に達していると分かる見事なものだ。もてなされている、ということは慥かのようだ。そのうえ、食事を運んでくるのは目も醒《さ》めるような美女ときている。だが十兵衛も宗冬も女をくどく柄《がら》ではない。

さなきだに、二人は血を分けた兄弟を殺しにきたのである。毎晩、夜の伽《とぎ》をつとめにやってくるらしい美女たちを四苦八苦して追い返すのも日課になっている。

二人が欲しいのは、豪華な食事でもなければ夜伽の愛人でもなかった。情報——友矩に関する情報である。友矩が後金を頼った、というこちら側の情報は、已《すで》に朝鮮側に伝えてある。その情報をどう活用して、友矩を仕留める算段を描くか。それは朝鮮のなすべきことである。言葉もできず、地理も風俗も不案内な十兵衛、宗冬には如何ともし難い。その算段さえ整えば、柳生新陰流の剣を振るう用意はいつでもできていた。

だが、未だに何も云ってこない。問い質《ただ》しても返事は得られない。今も、連絡役の通詞姜両基《カンヤンギ》が顔を出し、十兵衛は苛立ちの色を隠そうとせず、友矩の消息について問いを重ねたが、答えはこれまでと同じく、まったく以て要領を得なかった。それどころか、姜両基は朝鮮文化の日本文化に対する優位性や、両国の神話の類似を意味ありげに講釈し始めたので、たまりかねた十兵衛が追い払ったところだった。

「七日しかだと？　七日もあれば、何か摑めそうなものだがな」

十兵衛は不平そうに鼻を鳴らし、布団の上に横になった。床《ゆか》には当然だが畳がない。不精《ぶしよう》な十兵衛は布団を敷きっぱなしにしてあるのだ。

「後金は朝鮮の敵国です。敵国に逃げ込んだ以上、消息を摑み難いのは仕方のないことではありませんか」

「又十郎《またじゆうろう》」

十兵衛は手枕をしたまま、凄まじい一睨《にら》みを呉《く》れた。彼は決して宗冬とは呼ばない。

「おまえ、どちらの人間だ」

「兄上、わたしは、ただその……」

宗冬の顔が蒼ざめた。

「親父が命じたのは、友矩を斬れ、ということだ。朝鮮の立場に立て、朝鮮のために弁じてやれと一言でも云われたか？」

「失言でした」

「獲物《えもの》が穴に逃げ込んだのなら、引っ張り出せばいい。それが狩りだ、いや兵法だ。兵法といえば、今の両基とかいうクズ野郎も、孫子《そんし》の兵法を援《ひ》いて、おれに高説を垂れようとしたな。剣を握ったこともない蒼白いウリナラ、いやウラナリ風情が、この柳生十兵衛三厳さまに兵法を説くなど、臍《へそ》で茶を沸かすようなものだ。兵法がわかっているなら、友矩を後金から引っ張り出してみろというのだ。何が兵法だ、何が孫子だ。第一、孫子は朝鮮人ではあるまいに。虎の威を借りて――やつらときたら、一事が万事この調子だ。ひょっとすると、なあ又十郎、おれたちの敵は友矩ではなく、朝鮮なのかも知れんぞ」

「兄上、またそんな過激な……」

「ふん」

十兵衛はまた鼻を鳴らすと、ぐるりと宗冬に背を向け、窓の外に視線を投げた。

「友矩も最初、この離れに寝起きしていたと云っておったな。親父に一太刀《たち》浴びせて、朝鮮に逃れてきて、どんな思いで過ごしていたのか……おれには想像もつかんよ」

「…………」

「想像もつかんといえば、後金とやらに関してもだ。どんな国なのか、どんな言葉を喋るのか、どんな服を着て、何を楽しみに生きているのか、剣術は巧みなのか」

「…………」

「……後金は朝鮮の敵国、か。攻めてくるなら来い。友矩も従軍するのだろう。その時こそ友矩を斬ってやろう」

五

「そうか、兄上が朝鮮に……」

友矩は虚空を見つめた。

「――友矩さま？」

隼綺が、案ずるように彼の反応を窺う。

しかし友矩に動揺はない。驚きすらない。自分の後金入りを、琴一花を通じ父宗矩に敢《あ》えて告げやった以上、こうなる展開は予想していた。

庶子であるとはいえ将軍家兵法師範役の子息が、父との確執から海を渡って朝鮮に、さらには後金に、御家《おいえ》流である柳生新陰流を流布した。しかも将軍家兵法師範役の左足が義足であるということ、輒ち武辺不覚悟者であることを知っている。それが天下に暴露されたが最後、柳生一族は破滅するしかない。父のことだ、当然の如く、阻止に乗り出すだろう。

つまり友矩を亡き者にする――。

だが、それを為し得る者は、限られていよう。父自身は動けない。いくら諸大名監察役の職務を以て隠密裏に諸国に出没し得るとはいえ、鎖国は国法、外国に行くことはできない。うってつけなのは、唯の一人だ。謹慎して柳生ノ庄《しょう》に逼塞《ひっそく》を余儀なくされている、と思われている兄十兵衛である。

宗冬が一緒という。これは予想外だが、おそらく自分から志願したのだろう。「いい気になるな、二千石」と嘲笑《ちょうしょう》を浴びせた異腹弟の、嫉妬に濁った目を思い出し、友矩は即座に得心した。

〈兄上、よくぞはるばる朝鮮へ！〉

　このとき彼の胸を去来したのは、十兵衛への溢れる思いだ。兄が自分を追ってきてくれた。無論、彼を斬るため、殺すためだが、そうであっても、これが血の濃さというものだろうか、言葉に尽くせぬものを感じずにはいられない友矩なのである。

　隼綺が思いきったように口を開いた。

「友矩さまの、お兄さまは――」

「十兵衛という。柳生十兵衛三厳」

　己の一族については、隼綺にすら殆《ほとん》ど何も告げてはいなかった。朝鮮に渡ることになった父との確執を除いては。

「やはり新陰流を？」

「遣う。手だれだ」

「……そう。友矩さまとは……」

「勝てる自信は、ないな」

　さらりと口を衝《つ》いて出た。

　隼綺は息を呑んだ。

「といって、負ける気もしないがね」

「ともかくご安心を。友矩さまが盛京にいる以上、何も手出しはできぬはずです。それに彼《か》の者たちの動静は、我らが監視下におきますゆえ、何かあれば直ちにわたしのもとに伝わります」

　金甲樹が云った。

「しかし、いずれ兄上とは遣り合うことになる。皇帝陛下が朝鮮を征する時が、そうなりそうだな」

　予感を、友矩は口にした。その時の来るのが待ちどおしい、とでも云いたげに。

隼綺が何かを云おうとしたが、新たな入室者によって遮られた。

「お取り込み中のところを失礼します」

朝鮮語で云って入ってきたのは、通詞であり連絡官を務めている察鐸《チャド》だった。まだ二十歳を超えたかどうかの青年で、知性がそのまま顔になったような怜悧《れいり》で秀麗な目鼻立ちをしている。皇太極の信頼も厚く、友矩の監視役でもあった。

察鐸は云った。

「皇帝陛下がお呼びです、友矩どの」

六

小説は本来、融通無碍《ゆうずうむげ》のものであるはずだが、今日では、作者が顔を出してはならぬ決まりになっているようである。曰く——小説とは描写である。作者が登場して賢《さか》しらげに読者に説教を垂れるのは、物語の進行を妨げて、読者をシラケさせる、云々《うんぬん》。小説とは描写、だなんて余りに狭量な物言いで笑止千万だが、幸い時代小説はその限りでないらしい。とはいえ、許されるのは大家のみだが。

わたしは今、西紀一六三六年、清を宣言した国と、軈《やが》てその清に征せられる国、その二国を舞台に書いているところだ。清の勃興《ぼっこう》にともなう所謂《いわゆる》「明清交替」あるいは「華夷変態」は、十七世紀の東アジアにおける一大変動であり、その動乱のスケールは巨大なものがある。だが如何せん、日本の読者には馴染《なじ》みが薄く、纔《わず》かに近松門左衛門《ちかまつもんざえもん》の浄瑠璃《じょうるり》『国性爺合戦《こくせんやがっせん》』を通じ、明朝滅亡の余波という形でこの史実に触れるのみである。つまり当時としても、国を鎖《とざ》していた日本人には、自身に急迫した問題ではなかったのだ。

馴染みが薄けりゃ、関心も低くなる。そこに、信長《のぶなが》でもなければ深川《ふかがわ》でもないこの『柳生大戦争』の苦心と惨憺《さんたん》はあるのであり、したがって柳生は、悪くは「だし」、つまり方便、良くてナヴィゲーター——そう云えなくもないが、ここに幸いにも、この時代、この主題を扱った先行作品が、二つある。

一つは、大家司馬遼太郎《しばりょうたろう》の第十五回大佛次郎《おさらぎじろう》賞受賞作『韃靼疾風録《だったんしっぷうろく》』で、今さらわたしが記すまでもないが、九州平戸《ひらど》島に漂着した女真貴族の娘を送り返すべく、主人公の平戸の青年武士桂庄助《かつらしょうすけ》が女真の国に赴き、明朝から清朝への交替劇を目の当たりにする、という物語である。主人公が皇太極に謁見する場面が中盤あたりに出てくる。司馬の描く皇太極は次のようなものだ。

　女真の大汗ホンタイジは顔にうぶ毛がなく、色白の頰がなめし革のようにつやばんでいる。眉うすく、両眼は小さく、鼻下のひげまでまばらだった。唇から上はとりとめもない印象をあたえる顔でありながら、ただあごばかりは瓦のように大きく、馬の骨でも嚙みくだきそうなほどの力を感じさせた。

　「倭人をはじめて見る」

　ホンタイジの小さな目が微笑《わら》った。

二つ目は、清代の中国小説に定評のある井上祐美子《いのうえゆみこ》氏の『海東青《かいとうせい》』である。司馬作品が日本人武士の目を通して綴られた、謂わば傍観者の視点からの小説であったのに対し、井上氏の作品は、副題に「摂政王ドルゴン」とあるように、皇太極の異母弟であり、その息子（清朝第三代皇帝世祖順治《じゅんち》帝。かの康熙《こうき》帝の父である）の皇父摂政王として辣腕《らつわん》をふるった多爾袞《ドルゴン》を堂々と主人公に据えている。

読者が小説を楽しむのは、主人公と一体化して物語の展開を体験することにある、とするならば、傍観者となるより、文字通りの主役を主人公に据えたほうが臨場感もあり面白みは増すというものだ。その『海東青』は、少年多爾衮の母が殉死を強制させられる場面から始まる。劇的なことこのうえない幕開けである。

井上氏の描く皇太極は――。

おっと、何もわたしは、両先輩作家の作品を比較したり、批評しようというのではなかった。信長だの深川だのに馴染んだ読者に、およそ馴染みのないこの時代、この主題を、どうしたら身近に感じてもらえるか、そのことに頭を絞り、絞った挙句、先輩二作家の先行作品を紹介、例示するという奇手、禁じ手に出たわけだった。

扨――。

七

皇太極の執務室には、大きな地図が掲げられていた。六畳はあろうかという巨大なものである。以前、友矩が招かれた時には、帝都盛京を中心に描かれた地域図がかけられていた。下半分を渤海《ぼっかい》湾が占め、上半分の陸地は盛京を中央に、右下に朝鮮の王都漢城が、左下に明の帝都北京《ペキン》が、つまり地域図とはいえ三国の首都が一枚の図面におさまっていた。盛京から漢城、北京までの距離は等しく、したがって三都を結ぶ線は二等辺三角形を形成しているわけである。友矩には、妙に既視感のある地図だった。地名が記されていなければ、渤海湾に突き出た遼東《リヤオトン》半島は三浦《みうら》半島だと思ったかもしれない。また実際の距離は違うのだろうが、そうやって一枚の地図におさめてしまうと、平壌《ピョンヤン》、盛京、北京の三都は奈良、京都、大坂のような近さに感じられもしたのだった。

今は、違う地図がかかっている。北の大陸から南に向かって長く伸びた半島図——朝鮮の全図だ。漢城を基点に南下を始めた指示棒の尖端は、半島の南端から先、大海に乗り出し、小豆を横置きしたような島を突いた。

「済州島《チェヂュド》だ」

と皇太極は云った。大清帝国皇帝は是年、四十四歳である。

彼の言葉は、通詞の察鐸が直ちに訳した。

「この島へ行ってほしい」

水軍を用意しよう。そなたの剣で一働き頼みたいのだと、まるで客将に用いる言葉遣いで皇太極は云う。

「水軍？」

友矩は訊いた。

草原の狩猟民族である女真、いや女真改め満洲族に、水軍などあるはずもなく、現に九年前、朝鮮を攻めた時に最後の詰めを闕《か》き講和を結ぶことになったのも、水軍を保有しなかったがため、朝鮮王の逃げた先の江華島《カンファド》を大軍を以て攻略できなかったのが原因だった、と友矩は朝鮮にいたとき聞いていた。

しかし、今は違う。

鴨緑江の中洲である皮島を根城に、毛文龍なる明将がいた。将軍、とはいうものの、彼の麾下である軍隊「毛家将」は、軍だか海賊だか密貿易団だか分からない、一種の独立愚連隊《ぐれんたい》、鼻つまみ者の集団で、朝鮮からも後金からも、当の明からも嫌われて、挙句、親分の毛文龍は僚将の罠《わな》に嵌められ処刑されてしまった。その残党たちが帰順してきたのである。彼らは明に帰れず、いや、帰ってはみたものの結局叛乱を起こして討伐軍に追い散らされ、後金を頼ってきたのだった。三年前のことである。それが今や、名にし負う大清帝国水軍だ。――その経緯を、察鐸が友矩に簡潔に伝える。

皇太極は続けた。

「済州島には、前の朝鮮王がいる。光海君という」

この経緯ならば、友矩も詳しい。朝鮮滞在中に幾度か聴かされている。前王がなぜ済州島にいるかといえば――いや、ここは一つ大家の高説を拝聴しよう。司馬遼太郎『韃靼疾風録』からの引用である。

「事がおこるたびに火のような大義名分論が噴きあがり、しばしばイデオロギーが先行して、国家の現実的な課題が後《しりえ》にしりぞくこともあった。

かつて光海君は、このために廃位になり、済州島に流された。

光海君は、朱子学的価値観をはずして評価すれば、不世出といえるほどの外交家であった」

「光海君は、現実的だった。かれはイデオロギーよりも国家を守るべく四苦八苦した。明廷への礼をまもりつつ、北方の〝野蛮の国〟である女真とも好《よし》みを通じ、いわば首鼠両端《しゅそりょうたん》の計を用いた。あくまでも、計にすぎなかった。

こういう光海君に対し、朝鮮官僚のうちの一派が光海君を大義名分論で批難し、ついにクーデターをおこしてこれを廃した」

友矩はうなずき、皇太極の次の言葉を待った。島流しにされた朝鮮の廃王に、大清皇帝は何用あって自分を遣わそうというのか。

皇太極は云った。

「光海君の意向が知りたいのだ。王座に返り咲く気があるのかどうかを」

——こういう次第であった。皇太極は近く朝鮮を再び攻めるつもりである。今回は容赦しない。講和などあり得ぬ。朝鮮の降伏、これあるのみである。朝鮮が全面的に白旗を掲げれば、清は朝鮮を属国とし、もはや後顧《こうこ》の憂いなく、最終目的である大明攻略に全力を注ぐことができる。厄介なのは、朝鮮王が漢城を逃れ、地方を転々としてあくまで抗戦をし続ける、という展開であった。その場合になすべきは、直ちに傀儡《かいらい》王権を漢城に樹立することである。これは古今東西の常道と云っていい。卑近な例が、北朝を擁した足利《あしかが》政権であり、玉こと明治帝を握った薩長である。朝鮮半島においても高麗時代、モンゴルへの降伏を是《ぜ》としない三別抄《サムビヨルチヨ》という私設軍隊は、叛乱にあたって王族の一人を正統な高麗王として推戴《すいたい》したし、かの李适も、王都を捨てて公州に蒙塵《もうじん》した国王李倧の叔父興安君《フンアングン》李瑅《イチエ》を新たな朝鮮王として擁立した。要するに、侵すにせよ叛《そむ》くにせよ、現王権を覆《くつがえ》そうとする側にも王が必要だ、ということであった。清が擁立するに足るのは、その場合、光海君を措いてないと皇太極は云うのである。成程、傀儡政権の王としてこれに過ぎる候補は他にないであろう。叛乱で座を追われた王が再び返り咲くという大義名分があるうえ、光海君こそは親明崇明を唱える重臣たちの声を抑え、奴児哈赤時代の後金と「好みを通じ、いわば首鼠両端の計を用いた」「不世出といえるほどの外交家」だった——つまり親清派だからである。

「済州島に潜入し光海君を連れ帰れ、と？」

友矩は訊いた。

皇太極は首を横に振った。——そうではない。そなたの使命は、あくまで光海君の意向を聞き質すことである。再び王座に即く気があると答えたなら、その時は連れ帰ってほしい。ないと答えれば連れ帰るには及ばず。王になる気がない者を無理強いしても仕方がないのだから、と。

皇太極の特質は、この柔軟さにあった。目的を達成するための手段を一つに絞ってそれに徒《いたずら》にとらわれるのではなく、あらゆる手を打つ型の指導者である。

「なぜ、この役を異国のわたしに?」

友矩は最後に訊いた。

「三つある」

と皇太極は理由を挙げた。一つ、光海君もそなたも朝鮮を追われた身である。同じ境遇と知れば、廃王も心を開き易いであろう。二つ、朝鮮人でも満洲人でもない第三者のほうが使者には適任であろう。利害関係がなく、公平感を与えるであろう。三つ、そなたの剣である。流された先が絶海の孤島とはいえ、それなりの警備が敷かれているであろう。

友矩はうなずいた。

「慎んで承りましょう」

御前を下がった友矩は、直ちに人選にとりかかった。済州島における廃王警備の規模は不明だが、仁祖反正から已に十三年が経っている。配流《はいる》の当初こそ脱走を恐れ警戒は厳重だったろうが、今はさほどのものとは思われない。任務が任務だけに、多勢を率いて事を荒立てるのは好ましからず、少人数で潜入し、密かに光海君に接近するに如《し》かずである。彼の剣士団からは隼綺のみ擢《ぬ》き、金甲樹を加えて三人とした。甲樹は、その剣の腕を当てにするというよりは、お目付役として同行する察鐸との間に立つ役割を期待してのことだ。何といっても友矩は新参者なのである。皇帝の代理人との仲は円滑でありたかった。

　この当時、大清帝国の水軍基地は、遼東半島の先端にあった。下って十九世紀後半、日清戦争で明治ニッポンが得たこの地を、所謂三国干渉で返還させたロシアが恩人面《づら》してぬけぬけと租借、難攻不落の要塞を建設し、一大軍港都市を築き上げた。

旅順《りょじゅん》である。

　ここに、毛文龍麾下だった孔有徳《こうゆうとく》、耿仲明《こうちゅうめい》が、数百隻の軍船を繋留していた。この旅順から船に乗り、海路で一気に済州島に乗り着けるのである。

　盛京から旅順へと出発する前日、彼は金甲樹に耳打ちした。

「漢城にいる兄に伝えてほしい。皇太極の密命を受けて友矩が済州島へ向かったと」

八

「友矩め、おれに挑戦してくるとはなあ！」

　十兵衛の声は嬉しそうだ。

「たいそうな自信だ。だが、その自信が命取りになる」

　と応じたのは宗冬である。

「兄上、わたしがやつと剣を合わせます。どうか手出しはご無用に」

　念を押すように続けた。

「ふん、好きにしろ」

　別の話題を聞いたとばかりに十兵衛は鼻を鳴らす。

二人の頭上には、澄みわたった四月下旬の青空が広がり、翼を伸ばした鷗《かもめ》が悠々と風に舞っている。兄弟を乗せた朝鮮水軍の戦船は矢のように一路、漢江《ハンガン》を下っていた。

金甲樹から意図的に泄《も》らされた友矩の済州島行き情報が、直接、十兵衛に伝わったわけでは無論なかった。朝鮮から清へと向かう通常の漏洩ルートを遡り、漢城宮廷内に潜む二重スパイが、彼を忠臣と信じて疑わぬ兵曹判書李曙に耳打ちした。清朝内部の極秘情報としてである。

李曙は直ちに備辺司《ピビョンサ》を召集し、この情報を披瀝した。議場は大騒ぎになった。

——おのれ、オランケめ!

重臣たちは口々に罵りの声をあげた。オランケとは、朝鮮人が好んで伝統的に女真人を蔑んで呼ぶ差別語である。

と同時に彼らは斉《ひと》しく事態の重大さを認識した。共有した。廃王の身柄がオランケに渡ったが最後、事態はどう進行するか。近く想定される後金改め清との戦いは、神聖な祖国防衛戦争から、前王対現王の争い——輒ち王位の正統性を巡る一種の内戦に堕するのだ。彼ら重臣は皆、脛《すね》に傷を持つ身である。勝者となったればこそクーデタを反正と呼んでいるが、敗者なれば逆賊、逆徒、叛徒の汚名を蒙るのが必至だった者たちである。清との緊張が高まり、再侵の危機が肌で感じられる昨今、女真との融和的な現実路線を標榜していた光海君を、改めて評価する声が隠然と高まっている。戦端が開かれれば、彼らは光海君のもとへ、清へと奔るだろう! 朝鮮は前王派と現王派に分断され、結局、清のものとなるのだ。

——断乎、阻止せねばならぬ。

衆議は一決した。

だが、敵は、あの柳生友矩である。彼と彼の剣士団が、北岳山において、数で優る朝鮮軍を対手に、如何に鬼神のような奮戦、死闘を繰り広げたか、重臣たちは詳細な報告を受けていた。よほどの大部隊を編制するか、広く精鋭を抜擢《ばってき》して済州島に送り込まぬ限り、あの友矩を阻止し得るものではない。しかし事は焦眉の急、一刻を争う。

柳生十兵衛、宗冬兄弟の名が思い出されたのはこの時である。そうであった。尊大な柳生但馬守の要求を呑み、辞を低くして十兵衛を日本から迎えたのは、抑、友矩に対するためであった。今こそは彼らの出番である、と。

かくて十兵衛、宗冬は、無聊《ぶりょう》を託《かこ》っていた李曙邸の離れから解き放たれ、漢江の渡し場から戦船に乗せられたのだった。行先、目的は、船が纜《ともづな》を解いてから聞かされた。

〈友矩が知らせたに違いない！〉

十兵衛は直感した。それは宗冬も同じであった。何の証拠もないが、それこそは兄弟だからとしか云いようがない。二人が漢城に現われたことを友矩は何らかの方法で知り、それならばと自分のほうから対決を仕掛けてきたのだ。これは輒ち挑戦である。二人にとっても望むところであった。

「——廃王の警備はどうなっている」

十兵衛の問いを、通詞の姜両基が訳して伝える。

「手薄だ。済州牧使《モクサ》の兵が、三交替で常時十人は警備に就いているとのことだが……」

答えたのは、李曙の腹心で、自ら二十人の手勢を率いてきた南錫煥《ナムソクファン》である。彼らは十兵衛と宗冬の援軍であると同時に監視役でもあった。

「済州島それ自体が、脱走不可能な監獄として完結している。しかも、反正から十三年も経過しているのだ。誰が思おう、オランケに心を寄せる廃王を救い出す者が出てこようなどとは」

言い訳がましさの少しもない、当然と云わんばかりの口調だった。

「そんなところだろう。是非は問わぬ」

十兵衛はうなずいた。さなり、配流とはそんなものだ。平氏により薩摩潟《さつまがた》の沖遥かな鬼界《きかい》ヶ島《しま》に流された俊寛僧都《しゅんかんそうず》など一人の警備の兵もつかなかった。警備が緩いからこそ、源頼朝《みなもとのよりとも》や後醍醐《ごだいご》帝のように配所から抜け出せるのであり、それが恐ければ殺してしまうしかない。南朝の護良《もりなが》親王や駿河大納言徳川忠長卿のように。今、松平上総介《まつだいらかずさのすけ》さま（忠輝）が諏訪に配流中だが、それとて四六時中、二重三重の見張りがついて監視しているわけではあるまい——と十兵衛は納得したのだ。

「だが、十人では、いや三十人でも、友矩にかかってはひとたまりもないだろうな」

十兵衛の言葉に、南錫煥はこの国の武臣らしい濃い髯《ひげ》を震わせ、黙ってうなずいた。主君の李曙が友矩の庇護者だった関係上、彼は友矩が披瀝した新陰流の剣を幾度もその目で見ているのだった。

「ともかく、時間との勝負になるぞ」

十兵衛は対岸の山肌に目をやった。船は漢江の河口にも達していない。

「友矩より先に着けばよし。遅れたら——目も当てられん」

そう云いながらも、これが友矩からの誘いである以上は、こちらが遅れても待っているのではないか——という確信めいたものが十兵衛にはあった。

九

済州島は、朝鮮半島の最南端から遥か二十里（八〇キロメートル）の海上に位置する。標高二千メートル近い漢拏山《ハルラサン》がつくった火山島である。古代には耽羅《タムナ》国が統治する独立国で、倭国の大和朝廷とも交易していたが、十二世紀初頭、高麗に併呑され、その行政単位に編入されてしまった。輒ち粛宗《スクチヨン》十年（一一〇五）、高麗は耽羅国を高麗国耽羅郡と改称し、さらに高宗の御代、耽羅の名を済州と改めた。

時を経て、高麗から李朝へと国権が移っても、李朝は高麗同様この島の開発に力を注ぐことなく、それどころか中央から送られてくる役人は民情をかえりみず搾取、苛斂誅求《かれんちゅうきゅう》を擅《ほしいまま》にした。中央の監視の目が行き届かない絶海の孤島にあって、役人こそは島の絶対権力者、王であった。

そのうえ李朝は、この島を流刑の島として利用した。政争のたび国事犯を流した。「韓国楽園紀行」の副題が附された康熙奉《カンヒボン》氏の『済州島』より一節を援けば、

……とにかく朝鮮王朝時代に策謀によって済州島へ流刑となった者は甚だしく多かった。

朝鮮王朝の政治史は、高級官吏がそれぞれに党派を組んで激しく対立する権力闘争の歴史であった。儒教的な価値観の違いをふりかざし、権謀術数のかぎりを尽くして敵対勢力を追い落とすことに、支配層のエネルギーは費やされたのだ。

なにしろ、日本の幕藩体制とは違い、朝鮮王朝の政治体制は徹底した中央集権である。勝ち残ったときに得られる高位と栄達はただならぬものがあった。心血を注いで相手の追い落としに奔走する高級官吏が多く、政治的な妥協が入り込む余地はなかった。

それゆえに、雌雄が決したあとの処遇は天と地だった。

敗者側の官僚や儒者たちはあらぬ罪を押しつけられて処刑され、あるいは、都から最も遠い果てへ流罪になった。その「果て」が済州島だった。

そんな島へ、苟《いやしく》も国王だった人物が送られたのである。尤も、光海君は最初から済州島に流され

たのではなかった。まず江華島に送られた。古来、王族の流刑地は江華島と決まっており、他ならぬ光海君自身も、同母兄の臨海君《イムヘグン》と異母弟の永昌大君の二王子を江華島に流し、どちらも死に至らしめている。その因縁の島で、彼は夫人（廃妃）、嫡男保（廃世子）を悲惨な形で失い、天涯孤独の身となった。李适の乱が起こるや、叛乱軍との接触を憂慮されて忠清南道《チュンチョンナムド》の泰安《テアン》に移送され、乱の終熄《しゅうそく》後、再び江華島に戻された。そして後金との間で緊張が高まると、さらなる遠方に隔離する必要上から、竟に「都から最も遠い果て」の済州島へ送られたのであった（なお、史書によっては、清による第二次侵攻の後に済州島行きとなったと記すが、これは状況的に見て不自然かつ不可解というものであろう）。

国王と重臣たちが光海君を殺さなかった理由は唯の一つだ。反正の理由に、兄殺し、弟殺しを掲げたことが自縄自縛《じじょうじばく》となったのである。現国王は光海君の甥である。光海君を賜死すれば輒ち伯父殺しとなり、相殺《そうさい》されて反正の正当性が減じるからだ。

かくて、現王権に無限の恨みを抱く廃王光海君は、南海の果ての孤島に、その姿を隠然と、無気味なまでに潜《ひそ》めている——。

十

十兵衛と宗冬が漢城を出発したのは、四月二十六日のことである。後金が清と改名、皇太極が皇帝に即位したことは、新国名公布式から十五日後のこの日、朝鮮に伝わった。伝えたのは、後金に国使として派遣されていた羅徳憲《ナトクホン》と李廓《イカク》の二人である。二人は、新国名公布式に列席していた。正確に云うと、列席を強制されていた。司馬遼太郎の『韃靼疾風録』では、次のように描かれる。

ホンタイジの即位のとき、瀋陽の郊野は白い包《パオ》でうずまるほどにぎわい、堂内にあっては遠くからきた朝貢のひとびとでひしめいた。たれもがにわか仕込みの礼にまちがいがないよう、青ざめながら進退し、小動物がおびえるようなすがたで拝跪《はいき》した。

そのなかにあって、朝鮮国王の使者（正使羅徳憲・副使李廓）だけは、例外だった。かれらは、ただ突っ立ったままでいた。

清廷のひとびとはおどろき、この両人を叱って拝跪させせようとしたが、頑として従わなかった。天ニ二日ナク地ニ二王ナシ、ということばが、かれらの全身を電流のように戦慄させせつづけていたのである。国を失うとも大義名分は失わぬという気概が、彼らを佇立《ちよりつ》させせつづけていた。

ホンタイジは、そのままに見捨てておいた。

まず訂正しておくと、李廓は副使ではない。羅徳憲は「春信使《チユンシンサ》」の正使であり、李廓は「回答使《フエダプサ》」の正使である。前者は毎年定期的に派遣される国使、後者は前年十二月、仁烈《イニヨル》王妃《ワン》韓《ハン》氏（昭顕世子の母）が四十二歳で高齢出産し、死産の衝撃と産褥熱《さんじよく》とが原因で薨去《こうきよ》、後金が弔使《ちようし》を派遣してきたことに答礼するための臨時国使である。つまり、偶然二人の正使が瀋陽にいあわせたわけで、これを司馬が短絡的に正使・副使と決めつけたのは、おそらく正副の別ある朝鮮通信使に馴染んだがゆえの怠《たい》惰杜撰《だずさん》でもあろうが、今頃、泉下で李廓に執拗な抗議を受けて辟易《へきえき》しているに違いない――と想像すると、少し可笑《おか》しい（司馬に異議申立てしているのは、膨大な人数にのぼるだろうけれど）。

羅と李、二人の正使が「ただ突っ立ったままでいた。清廷のひとびとはおどろき、この両人を叱って拝跪させようとしたが、頑として従わなかった」のは、彼らの認識、輒ち朱子学的世界観では、皇帝とはこの世に一人、大明皇帝がいるばかりであって、皇太極に拝跪したが最後、この野蛮人を皇帝と認めることになってしまうからに他ならない。朝鮮の国使がそれをすると、明の属国である朝鮮が大清皇帝を認めたことになる。帰国すれば死罪、という己一身の命のみならず、祖国の名誉と面子《メンツ》にかけて彼ら二人は敢然と抵抗したわけである。

因みに、時代が下って西紀一八六八年、日本から朝鮮に明治維新を通告する国書が齎《もたら》された。この中に「皇」字が用いられているとして朝鮮は国書の受け取りを、輒ち、国交の申し出を敢然と拒絶する。日本と韓国、不幸な近現代史のこれが始まりである。彼らは傲然《ごうぜん》と云った。

「天皇？　この世に皇は、大清帝国皇帝あるのみである」

扨、その羅徳憲と李廓である。二人は帰国に際し清の国書を渡された。だが「皇」字の用いられた国書を明以外から持ち帰るわけにはいかない。そこで写しをつくり、原本は宿舎にこっそりと置き残し、「オランケがこのようなものを」と、写しのほうを朝廷に上げたのであったが、しかし、ここまでしながら二人を待っていたのは——。

清と国境を接する平安道《ピョンアンド》の観察使としていち早く事を知った洪命耉《ホンミョング》は激怒した。二使を斬るよう上奏し、

「愚臣、思いまするに、義士数人を募って徳憲と廓の首を賊汗（皇太極のこと）の門に投げ込ませ、大義によって問責すれば、犬羊といえども慴《おそ》れ憚るでありましょう。怒りにまかせて攻めてくれば、その時はその時、我が国の将卒は皆、袂《たもと》を奮い、刃を冒して、北首死を争うでありましょう！」

と勇ましくぶちあげた。

「事がおこるたびに火のような大義名分論が噴きあがり、しばしばイデオロギーが先行して、国家の現実的な課題が後《しりえ》にしりぞくこともあった」とは、先に引用した司馬遼太郎の指摘だが、これなどそ

の好適な実例の一つとすべきであろう。

上奏を受けた備辺司の決議は、次の通りであった。まず二使は拿鞫《だきく》に処す。皇太極の式典で屈しなかったのは是であるにせよ、国書を受け取ったのは言語道断である。その場で直ちに字句を改めさせ、それでも従わないなら受け取りを拒否すべきであった。こっそり宿舎に置いてきたのは、なお悪い。これを見つけた女真人は、その事実を公表せず、あくまで我が国の使者は国書を受け取って帰国したと言い張るであろう。そうなったら「但《タ》ダ専《モッパ》ラ卑辱ヲ受クルノミナラズ、永ク一国、漸《スス》ギ難《ガタ》キノ羞《ハジ》ト為《ナ》ラン」。

そこで考え出されたのが、次なる策であった。残置した国書を清側が発見する前に手をうつ。輒ち、羅徳憲の名で書を清に送って曰く、実は国書を差し出された場で文面を確認したかったのだが、しっかりと封に糊《のり》づけしてあり開けなかった。帰国の途上、ようやく開封するを得て読んだところ、我が朝鮮を「視ルコト奴隷ノ如シ。我ガ国ノ臣民、何ゾ見ルニ忍ブ可ケンヤ」。よって宿舎の雑物の中にこっそりと残し置いてきたので、「望ムラクハ、其ノ書ヲ取リテ汗（皇太極のこと）ノ前ニ伝達センコトヲ」。

書を作成したのは、当代の名臣として文名高き大司成の李植《イシク》であった。

これを読んだ皇太極は、蓋《けだ》しその姑息《こそく》さに呆れ、鼻で笑ったことであろう。

後金が新たに清を号し、皇太極が皇帝に即位したことは、前後そのような経緯で朝鮮に伝わったのだったが、その四月二十六日、朝鮮水軍の戦船で漢城を発した十兵衛と宗冬は、漢江河口から黄海《ファンヘ》に乗り出し、朝鮮半島西岸を左舷に望みつつ南下、二十九年前、李舜臣《イスンシン》将軍が十三隻で百三十三隻の日本水軍を撃退した鳴梁《ミョンニャン》海峡を通過し、目的地である済州島の地を踏んだのは、六日後の五月三日早朝であった（四月は小尽月）。

済州島は、漢城の中央政府から派遣される済州牧使（正三品）の支配下にある。牧使の庁舎は、全周二・二キロ、高さ三・三メートルの城壁に囲まれた済州邑城《ウプソン》の中に建てられていた。十兵衛と宗冬は、南錫煥の先導で城門を潜った。

城内は上を下への騒ぎになっていた。牧使が何者かに連れ去られたという。なすすべを知らない官吏たちを南錫煥が問い質したところ、以下の事実が判明した。昨夜遅く、正門を守備する夜番兵の前に牧使が現われ、門を開けるよう命じた。牧使は夜着のまま馬に乗り、同じく騎乗の数人を従えていた。不審を覚えた門兵が目を凝らすと、何と牧使は男たちを従えているのではなく、男たちの虜となっていたのである。

『門を開けよ。開けねば牧使閣下の命はないと心得よ』

長剣を牧使の喉元に擬した男が涼やかな声音で云った。かかる危急の場であるにも拘らず、門兵は目を見張った。その男が、美姫かと錯覚される美貌だったからである。動転しながらも、さらに門兵の目は、これも花のような容姿の美少年を捉え、前頭部を剃り上げ長い髪を三つ編みに結って背中に垂らした異形の青年をも認めた。他に一人、こちらは完全に頭を剃り、豪傑然とした髭を生やした中年の男がいた。

門兵は凍りついた。長剣の尖端が牧使の咽喉を纔かに突いた。悲鳴をあげて牧使は叫んだ。

『云う通りにしろっ』

門兵は慌てて城門を開いた。

脅え、追い立てられるような声で、牧使はなおも命じた。

『わしを追ってはならぬっ。よいか、探してもならぬぞっ』

『明朝、閣下は無事に帰還される。それまで坐して待つのが賢明であろうな』

牧使に剣を突きつけた男が云い、五騎は夜の闇の中に消え去った。

「――友矩だ」

十兵衛は云った。成程、大人数を相手に斬り込みをかけるより、彼らの首長を人質にとるのが賢明というものだ。

「何と卑劣な」

宗冬が唾棄《だき》するように云う。

「光海君はどこだ」

十兵衛が促すまでもなかった。牧使の身を慮って首を横に振る官吏たちを、南錫煥が手荒く脅しつけていた。

十一

「遠来の客人を歓迎しよう」

それが廃王の第一声だった。存外に落ち着いた、のびやかでさえある声音だ、と友矩の耳には響いた。

光海君の配所は、済州邑城の南、騎行して半日足らずの山中にあった。寺である。寺といっても疾《と》うに住持の絶えた廃寺で、あばら家も同然、如何にも廃王の終焉《しゅうえん》の地、終《つい》の棲《す》み処《か》に相応《ふさわ》しい。

警備する兵は纔《わず》かに七人。斬るまでもなかった。厳重に縛り上げ、身の回りの世話をする二人の下男とともに庫裏《くり》に抛《ほう》り込んだ。金甲樹が見張っている。

友矩は本堂にいた。寺に通じる山中の一本道が眼下に見渡せ、隼綺が鋭い視線を注いでいる。追手に対する備えはこれで充分だった。他には、お目付役の察鐸と、手足を拘束し布で猿轡《さるぐつわ》を嚙ませた府使。本堂にいるのは友矩を含め五人である。正午にはまだ間があるが、日は已に高く昇り、緑陰を吹き抜ける初夏の風は爽やかだ。蟬《せみ》の声が時雨《しぐれ》となって本堂に降り注いでくる。

友矩は勧められるままに客人の如く光海君に対座した。光海君は昨年、還暦を迎えていた。是年六十二歳である。その半生は、金甲樹から聞かされていた。光海君は庶子、それも第二王子であったため、本来は王となるべき資格を有してはいなかった。彼の運命を変えたのは、豊臣秀吉である。秀吉が半島に大規模な遠征軍を送った時、王世子がまだ決まっていなかった。正妃が嫡男に恵まれていなかったからだ。日本軍は破竹の勢いで王都に進撃してくる。まさに国家存亡の危機、王の不時に備え、直ちに王世子を定めねばならない。王子たちは皆、庶腹であったが是非もなく、粗暴な兄臨海君は斥けられ、弟の光海君が冊立《さくりつ》された。

日本軍の出兵は足かけ七年に及んで終熄した。すると父王は諸臣の反対を押しきり、継妃を迎えた。父王の執念が実ったか、継妃から待望の男児が生まれた。由緒正しき嫡男の誕生である。光海君にとっては息子以上に年の離れた異母弟であり、最大の政敵であった。彼は父王の死とともに電撃的に動き、即位すると、継妃を幽閉し、まだ幼い異母弟を庶人に落とし、江華島に流して死に至らしめた。成程、まことに陰惨ではあるが、所詮は君主の宿命——御家騒動というに過ぎない。

光海君は名君だった。当時、国内は秀吉の出兵による惨禍の恢復《かいふく》を見ず、民は病み、餓えていた。彼は敢然と税制を改革し、民に優しい——つまり利権に甘い汁を吸っていた官吏には厳しい新税法を施行して、国民の苦しみを救済した。

対外的には司馬遼太郎の評価に尽きる。宗主国の明にのみ偏せず、後金との間にも友好関係を保ち続けた手腕は、まさに「不世出といえるほどの外交家」だ。また、彼は断絶していた日本との国交を回復した朝鮮王であって、「日朝平和条約」ともいうべき「己酉《キユ》約定」は彼が王座について締結したものである。大坂ノ役後の元和《げんな》三年に来日した朝鮮通信使（正確には回答兼刷還使だが）も、彼が派遣した。この時に正使を務めたのが、前述した通り、柳生但馬守の恐喝《きょうかつ》に対処する御前会議の席上、檀君神話が捏造《ねつぞう》であることをこの際認めるべしと上奏し、現国王の罵倒を浴びて、その晩に死去した呉允謙《オユンギョム》である。

朱子学のイデオロギーに狂った奸臣《かんしん》たちに王座を追われて十三年、已に還暦を超えた廃王は、友矩の目に、老鶴のような気品を備えた隠者、と映じた。

「隠者を尋ねて遇わず、と申しますが、柳生刑部少輔友矩、殿下の謁を賜り、恐悦至極に存じます」

友矩は諄々《じゅんじゅん》とすべてを明かした。自分が何者であり、こたびの使行が大清皇帝の命《めい》によるものであること、朝鮮、明、そして女真改め清――その三国の現下の国際情勢を。

光海君は、終始、穏やかな微笑を浮かべて話に聞き入った。驚きもせず、喜怒哀楽とは無縁の表情で、世俗を超越した清浄なものが感じられた。

「女真の大汗が、皇帝になられたか」

話を聞き終えて最初に口にしたのがその言葉だった。蔑みや皮肉の響きはなく、どこか案ずるような調子だった。

「お答えを賜りたく存じます、殿下」

友矩は促した。再び王になりたい――そう答えれば、この老人を連れて山を下り、船に乗せるまでだ。清水軍の軍船は、島内に無用の騒ぎを引き起こさぬよう、済州邑の港を避けて、西に離れた入江に停泊中である。帆をあげ、針路を北にとり、数日を以て旅順に帰港、王都盛京に到り、廃王は皇太極の客人となる。そして皇太極が朝鮮を征した後、朝鮮王に復位するのだ。

「折角のお誘いながら、遠慮いたそう」

恬淡《てんたん》と廃王は云った。

「ことづかりました」

友矩も、あっさりと首肯した。

老人は諾《うべな》うまい。一目見た時からの直感だった。何かすがすがしいものを覚えた。来た甲斐はあったようである。とまれ、彼の役目は終わった。

「理由をお聞かせ願えませぬか」

察鐸が朝鮮語で割って入った。語調は丁寧ながら、おさまらぬ響きがあった。

「理由か」

「殿下に申し述べねばなりませぬ。我ら満洲族を野人と侮っての拒絶なれば――」

「そうではない。お若いの」

と光海君は首を横に振った。

「孤《こ》は考える、女真と朝鮮とは同族だと。中国から見れば両者は同じ夷《い》なのだからな」

察鐸が息を呑んだ。

「華と夷――この二分法は、我らが世界の宿痾《しゅくあ》のようなものだ。漢人は自らを華と称して他を夷と蔑み、朝鮮人は中華に憧れ、同じ夷の仲間たちを蔑んできた。女真を野人、日本を倭奴と呼んでな。だが、孤は悟った。王となって悟った。この世には華も夷もない。敢えて云えば、漢人もまた夷。夷の一にすぎざるなり、と。結局のところ、中原を制した夷が華となるのだ。漢人が華であった時間が多分に長かったため、漢人輒ち華と思い込まれているにすぎない。そうではないかね、お若いの」

「驚きました。よもや殿下の口からそれを耳にするとは」

驚愕の冷めやらぬ顔、熱を帯びた声で察鐸は云った。

「明を滅ぼさんとするは領土欲に出ずるに非ず、我がマンジュ族に蔑みの限りを尽くして参った漢人の根源——つまり華夷の考え、華夷の枠組みを滅ぼさんがためなり。我が皇帝陛下は常々そうお考えなのです」

「崇高な考えだ」

その言葉には微かな皮肉があった。実行できれば——そう留保をつけたのだろうか、と友矩は解釈した。

「このところ、豊臣秀吉を思うことが少なくない」

光海君は友矩をちらと見て、意外なことを云い出した。

十二

「秀吉を？」

「彼は、いきなり我が国を攻めたのではなかった。最初、朝鮮を誘ったのだ。一緒に明を攻めよう、と。同じ夷同士、力を合わせ、自らを華と誇る尊大な漢人の国を滅ぼそう、延《ひ》いては華夷の考え、枠組みそのものを滅ぼそうではないか、と。あれは、重大な岐路であった。もし我が国が秀吉の誘いに乗っていたら、今ごろ、この世界はどう変わっていたであろうか。最近、頻《しき》りと、そう夢想されてならぬ。老人の夢想だがな。少なくとも、奴児哈赤の歴史への出番はなかったろう。だが現実には、我が朝鮮は明の番犬よろしく秀吉と戦った。その結果はどうであったか。華夷の枠組みは温存されたまま、つまり朝鮮は明の属国であり続け、第二の秀吉たる奴児哈赤が歴史の表舞台に躍り出た。孤はな、期待しているのだよ、お若いの、奴児哈赤の後継者たる皇太極に」

察鐸は、しかし相槌を打つことさえ忘れて聞き入っている。

「孤は、王になって知った。いや、王になる前から気づいてはいたのだ。明——中華、中国というもののいかがわしさを。漢人たちは中華を自称し、我ら朝鮮を永く属国としてきた。我ら朝鮮も、その枠組みを疑うことなく受け容れ、属国たるの身に甘んじてきた。中華に憧れ、夷でありながら他の夷とは違うと誇らんがため、漢人に媚《こび》を売り、尻尾を振って参ったのだ。そう、飼犬が飼主に頭を撫でてもらう嬉しさだ。ところが、その飼主の尊大さときたら——」

廃王は言葉を切り、静かに息を吸った。それは、感情に心を乱されまいとする者の仕種《しぐさ》だった。

「我々は秀吉軍と戦った。偏《ひとえ》に明のため。宗主国が侵されぬように、と。だが明の云い分はこうだ。——我らは軍を出し、多大な犠牲を払って、おまえたちを守ってやった。だから恩に着よ、朝鮮人。恩に着るべきは、どちらであろうか。それだのに、この現実を直視せず、明への恩を神の恩賜の如くにありがたがる大臣たちの何と多いことか。明、いや中華とのかかる歪んだ関係を、我が朝鮮はいつまで続けてゆかねばならないのか——」

朝鮮に出陣した明軍が、宛《さなが》ら進駐軍の如く振舞い、朝鮮を属国と侮り、その数々の暴虐に朝鮮側がどれほど苦しめられ、惨めな思いを強いられたかは、当時の諸記録が遠慮がちにも書き留めている。のみならず、光海君には個人的な恨みもあったはずである。明は、彼が庶腹の第二王子であるのは王位継承上問題ありとして、王世子の冊封を引き延ばしに引き延ばしたのだった（国王の地位同様、王世子も宗主国の承認が必要とされた）。立ち場の弱い属国に難癖をつけ、ねちねちといたぶる——明は、朝鮮開国当初から、そのような嫌がらせを加え続けてきた。

「ヨーロッパの概念でいえば、朝鮮は属国とはいいがたく、独立国であった」

と司馬遼太郎は『韃靼疾風録』で云う。「ただ、アジア的な概念においては、明の版図であった」だけのことで、中国と朝鮮との関係に存在するのは、収奪でもなく、内政干渉でもなく、「宗支の礼」であり、それは「まことになごやかなものだった。このなごやかさを華（文明）といった」と。

――なごやかさ！

光海君は続けた。

「――わたしは王になった。王になって見えてきた、分かってきた、理解した。なぜ秀吉が明を討たんとしたか、を。中国を攻めるのは、夷の長の義務のようなものだ。さよう、夷の長は須《すべか》らく中国を攻めるべし。華夷という考え方そのものを破壊し、抹消するために。成程、漢人にとっては迷惑千万であろう。しかし、これは華夷という差別的な秩序を定めた漢人が自ら負った宿命なのだ。非は彼らにあり。それがいやなら、華であることをやめればよい。それだけだ、それだけのことだ」

「殿下！」

感極まったように察鐸が叫んだ。

「殿下が今も朝鮮王であり続けてさえいましたなら！」

「孤は、いずれ後金と手を携え、明に討ち入るつもりだった。蜂起――この壮挙を孤はひそかに胸の内でそう呼んでいた。明を討つのは、属国が属国を脱する矜持《きょうじ》、輒ち蜂起である、と」

「蜂起！」

「秀吉の出兵も、夷としての矜持、蜂起であったと孤は思う。国を華と夷に分けるという非理を正しきに反す――まさに反正だな。太閤反正というわけだ。失敗したから倭乱だの侵略だのと批難されるだけである。孤もそうだ。反正という言葉は孤を逐った者たちのものとなり、孤は暴君と呼ばれている」

「しかし殿下、失礼ながら殿下が蜂起を志されても、永く華夷の考え方に親しんだ臣下の者たちは従わなかったのでは？　いや、現に親明派の逆臣が叛いたわけで――」

「それは孤の迂闊《うかつ》さだった。彼らの動きがかくも性急だったとは――。だが、漢人に一矢報いたい、属国の軛《くびき》から逃れ、独立したいとの志は、巨大な伏流水の如く、我ら朝鮮民族の無意識の底に滔々《とうとう》と流れ続けている。いずれその日が来るだろう」

「なればこそ、殿下、大清帝国へお越しください！　我が皇帝陛下の御許で、殿下の志は必ずや実を結ぶでありましょう」

烈々と察鐸は云った。

廃王の口元に微苦笑がそよいだ。

「お若いの。この老人に、祖国を攻めよというのかね。外国が祖国を攻める、その先陣を承れ、と？　できぬ相談だよ。今、くどくどしく述べてきたことは、老いの繰り言というやつだ。笑って聞き捨てられよ。孤は已に老い、己の使命を果たした身なれば、今さら歴史の表舞台に返り咲こうという気はない。この島で、気ままに余生を送り、人知れず死んでゆくつもりだ」

「しかし、それが殿下の国の独立に繋がるのであれば――」

「独立にも作法というものがある」

光海君は察鐸を遮って云った。

「それをお分かりなればこそ、皇太極どのも孤の意向を聞けと、ただそれのみ命じられたのであろう。聡明なお方だ、王を知るは王のみ、というべきか――」

一瞬の逡巡《しゅんじゅん》があって、

「皇太極どのに宜《よろ》しくお伝え願おう。孤の謝意と——そして僭越《せんえつ》ながら、謝するがゆえに老人の懸念を一つ。皇帝となられたのは、方便であればよいが、と」

皇帝とは、畢竟《ひっきょう》、華夷秩序のシンボルである。華の頂点に位するのが皇帝だ。華を破壊するためには、まずこちらも華にならねばばと皇太極は戦略的に称帝したのであろうが、それは華夷秩序の裏返しの肯定であり、中原の覇者となった満洲族は、いずれ漢人化し、延いては中華そのものへと変質してゆくのではないか、との懸念であった。朝鮮が魅入られた中華の魔力、それを身を以て知る光海君ならではの忠言といえた。

「承りました」

察鐸が、理解のゆかぬ色を正直に面に刷いて、うなずく。

その時、隼綺が叫ぶのを友矩は聞いた。

「来ました、友矩さま！」

友矩は眼下に視線を投げた。頃もよし。狭い山道を二列縦隊となって、武装騎兵の向かってくるのが遠望された。

十三

済州島は東西に長い楕円《だえん》形の島である。島の中央には、雄峰漢拏山が雲を突き抜け聳《そび》え立っている。その秀麗な山容は、島のどこからも望み得る。だがこの深緑の季節、山麓に足を踏み入れたが最後、鬱蒼《うっそう》と茂る枝葉に遮られ、漢拏山は見えなくなる。尤も、済州邑城から馬を飛ばす一行には、山を愛でている余裕などあろうはずもなかったが。

先頭をゆくのは南錫煥と、彼に道案内を強いられた済州牧の役人である。二頭並べば、もう山中の道幅いっぱいだった。二列目には南錫煥の副官と通詞の姜両基。三列目が十兵衛と宗冬だ。その後を、南錫煥が漢城から引き連れてきた兵士十九人が続いている。

「止まれ」

南錫煥が緊迫した声を出した。片手を挙げて合図する。彼に倣い一同は次々と手綱を引いて馬を止めた。

前方から、これも騎行の一団が山道を下ってくるのが見えた。彼らもまた、こちらに気づいたものの如く、速度をゆるめた。

軈て両者は、五馬身ほどの間隔をおいて対峙した。

「柳生友矩!」

叫んだのは南錫煥である。

「お久しぶり、南将軍」

友矩が優雅に笑って久闊《きゅうかつ》を叙《じょ》する。

「これは奇遇というべきですね。将軍とこの島でお目にかかれるとは」

友矩の口から完璧な朝鮮語が響くのを、三列目の十兵衛と宗冬は、棒を呑んだような顔で見つめる。

「倭奴め、裏切り者の分際で、よくもぬけぬけと」

罵りの声を上げげつつ、南錫煥の目は友矩の背後を慌ただしく見やる。三人——門兵が云った通りだ。友矩と朝鮮から逃げた美少年の李隼綺。髭を生やした坊主頭の男は、名は知らぬながら、王世子の警護役の中に見覚えがある。そして弁髪を結った女真人。

「廃王はっ、廃王はどうしたっ」

彼らは光海君を救出すべくやって来たのではなかったか。

友矩は肩越しに振り返った。その視線の先には、山頂近く、丹青《たんせい》の剝げた堂宇のような建物が小さく見えている。

「急いだほうがよいのでは？」

「何？」

「そればかりの数とは――。南将軍、どうか御武運を」

南錫煥の顔色が変わった。彼は即座に察したのである。別働隊がいる。それも少なからぬ数の。光海君は彼らに護衛され、別路を下っているに違いない。――と、つまりは友矩に欺かれたのだ。

「柳生どの、この場はご貴殿らに任す」

振り返って叫び、十兵衛と宗冬が何の反応も返さないと、

「訳せ、この莫迦《ばか》もの！」

真後ろの姜両基を叱咤した。

「こ、ここはお任せいたす、と」

首をすくめて姜両基が云った。

二人の柳生剣士の顔が振られる。十兵衛は静かに小さく、宗冬は決然と大きく。

「者ども、廃王を追うぞ。続けっ」

南錫煥は鐙《あぶみ》で馬腹を蹴った。

友矩が手綱を捌いて馬を脇に寄せる。後続の三人が同じように彼に倣った。南錫煥はもはや友矩には見向きもせず、きっと前方を見据え、真横をすり抜けていった。あたふたと済州牧の役人が続き、

二列目の副官が後を追った。

副官の位置に、すかさず十兵衛が馬を前進させる。これは後続の兵士たちを行かせるためだが、この時十兵衛は、手にした鞭《むち》で姜両基の馬の尻を弾いた。

「――あ、あいごぉ？」

姜両基は女のような声を放った。いったん走り出した馬は止まらなかった。しかも後続の兵士たちが続々と押し出してくる。通詞の姿はあっという間に見えなくなった。

兵士たちの怒濤が去ると、十兵衛と宗冬の二人だけが残った。蹄《ひづめ》の重奏は次第に遠のき、蟬時雨が彼らを包み込んだ。

「兄上」

友矩のほうから呼びかけた。その声音と同じく、表情も静かなものだった。あらゆる感情がせめぎ出ようとし、その結果、おしなべて表出を憚った――そんな静謐《せいひつ》さだ。

「友矩」

十兵衛が応じた。彼のほうも同じく、声も表情も抑制されている。

この時ほど兄と弟が似ていたことはなく、十年ぶりの再会――そんなことは微塵も感じさせなかった。

「なぜおれを呼んだ、友矩」

「わたしと、清国に参りませんか」

「清国？」

「女真の後金が国の名を新しいものにしたのです。大清、清と。大清帝国はいずれ中原に攻め入り、明を討ち滅ぼします。わたしは清国の剣術師範を仰せつかりました。輒ち、新陰流の剣が中原を斬り従えてゆくのです。ああ、考えただけで胸がすく。この壮図、兄上とともにできたら、そう思ったのです」

「大きいなあ」

声には、皮肉もなく、憧憬もなく、微かに暖かい響きのみ感じられた。

「折角だが、遠慮しよう。おれはおまえを斬りに来たのだから」

二杯目の茶を辞するように十兵衛は云い、

「ほんとうに今日は、よく断られる日だ」

ようやくに友矩は微笑した。悪戯っぽい笑みだった。

「では、やるかね」

「お待ちください、兄上！」

宗冬だった。彼は二人の兄のやりとりを苛立たしげに聞いていたが、怒りは竟に頂点に達した。

「わたしが斬ります。その約束だったはず」

「と又十郎が申しておる」

十兵衛が肩をすくめ友矩に云った。

「又十郎では、フフ、力不足かと」

友矩が十兵衛に応じる。

宗冬は二人の兄から完全に無視された形だった。

「おのれ、左門！」

馬から飛び降りると、

「おまえなど柳生一族の恥辱だ！　叩き斬ってやる！」

憤然と叫び、腰を沈めて大刀の柄に右手を走らせた。

友矩は宗冬と目も合わせなかった。

「隼綺」

「はい」

隼綺が馬首を並べた。

「おまえにちょうどいい対手と思う」

隼綺は纔かの間、宗冬の力量を推し測る視線を向け、

「はい、やってみます」

にっこり笑ってうなずいた。勿論、二人のやり取りは朝鮮語でなされた。

「兄上」

と友矩は日本語に切り換え、

「この友矩が朝鮮で育てた一番弟子。伎倆のほどは保証しましょう」

「逃げるか、左門。なぜ、おれと勝負せん」

宗冬が烈火の如く喚いた。

「又十郎、何を聞いた。力不足と申しておるのだ、友矩は」

友矩の言を肯定するが如く、十兵衛が冷ややかに云う。それで決まりだった。

馬を降りた隼綺の背に友矩は声をかけた。

「わたしを衛ると思って剣を揮ってくれ」

隼綺の頬が薔薇《ばら》色に紅潮した。

「はい、友矩さま！」

宗冬が抜刀した。左足を進め、大上段に振りかぶる。

「女のような小童め。おおかた友矩の色子であろう。このおれに刃向かおうなど、千年早いわ」

小童――慥かに宗冬は二十四歳で、隼綺は十六歳だ。しかも短軀猪首《いくび》の宗冬は、実年齢以上に老けて見えた。長身細腰の隼綺との対決は、芋虫《いもむし》と蝶の立ち合いかとも見えた。

日本語でなされた宗冬のこの罵詈《ばり》が、隼綺に理解できたわけがない。隼綺は小首を傾げつつ、友矩仕込みの優雅な仕種で大刀を抜き放つ。こちらは中段青眼に構えを取った。

意《おも》わざりき、予定された十兵衛と友矩の兄弟対決が、まず以て双方代理決闘という形をとろうとは。宗冬の背後には十兵衛が、隼綺の後方には友矩、金甲樹、察鐸が、それぞれ馬上から対決を見守っている。この中で日本語を解する者は柳生三兄弟しかいない。十兵衛が姜両基を去らしめたのは、日本語による会話が後日、何かの言質とされることを慮ってのことである。

〈――腕をあげたな、又十郎〉

この時になって友矩は見抜いた。上段青眼に構える宗冬が、二年前の宗冬ではないことに。ふと、隼綺を向かわせたことを後悔する気持ちがわいた。これでよかったのか？　彼は自分が思いのほか深く隼綺を愛していることに気づいた。もし隼綺を失うようなことになれば……いや、所詮、剣士とはそういうものだ。それに、勝敗はやってみなければわからない。

〈――友矩、よくぞここまで〉

十兵衛は十兵衛で、隼綺の伎倆を即座に見抜き、密かに舌を巻いている。二年にもなるまいに、よくぞここまでの弟子を育てたものよ、と。いや、そんなことより、又十郎は大丈夫なのか――。

陽光は樹々の葉を透かし、対決者二人に等分に降り注いでいる。緑に染まった宗冬はまさに芋虫のように映じ、片や隼綺は緑陰の妖精の如くであった。ゆっくりと、二人は間合いを詰めてゆく。

この時、思いがけないことが起きた。人間界の争闘など我関せずとばかりに鳴き頻っていた蟬が、隼綺の頭上だけ、ぴたりと鳴き止んだのである。

「や、引けィ、又十郎」

十兵衛が叫ぶと同時に、しかし二人の剣士はダッと地を蹴っていた。宗冬の大刀が垂直に振り下ろされ、隼綺の大刀は水平に疾る。

一瞬後――。

宗冬は残心を下段にとっていた。大刀は虚しく大地を割っている。

隼綺は左足を横に出し、両腕を水平に突き出していた。大刀の切っ先は宗冬の口腔に消えている。しかもそれは未だ残心ではなかったのである。隼綺の大刀は今まさに活動中だった。隼綺の両手首が微妙に動く。切っ先を少しさぐるように。大刀が纔かに前後したかに見えた。

じゃり、り。

いやあな音がした。

隼綺は大刀を引き寄せ、つつと後方に退いた。

げほ。

宗冬は白目を剝いて、咳《せ》いた。口から大量の血飛沫が迸《ほとばし》り、白い破片が陽光に幾つもきらめいた。

「右旋左転か!」

その叫びは十兵衛のものだ。

――打太刀《ウチダチ》ヨリ上段ノ青眼ニ構ヘ、ツヨク斬リカクル時、斬リ合ヒ、打太刀ノコブシヲ斬ルヤウニ、左ヘ一足二足マハリ、其ノウチニ左ノ足ヲ少シク左ヘ横ニ出シ、太刀先ヲ少シサグルヤウニテ抜クル。

隼綺は、宗冬の口腔へと差し入れた切っ先を「少シサグルヤウニ」右旋左転させ、宗冬の歯をすべて、上下根こそぎに斬り払ったのだった。

宗冬の身体が地面に転がった。

「見事だ、隼綺！」

これは友矩の叫びである。新陰流の右旋左転は、まだ隼綺に伝授してはいない。かつて家光に用いた衆道房術としての右旋左転なら、彼を喜悦に導くのに用いたことが幾度かある。隼綺は、それが新陰流の応用と察し、自分なりの工夫を加えて、剣技に還元してみせたのだ。唐突な指名であり、対手が柳生宗冬であるにも拘らず。しかも、深手ではあるが致命傷ではない。賛嘆を惜しむどんな理由が友矩にあったろうか。

「友矩さま」

隼綺は駆け寄ると、剣を斂《おさ》めて一礼した。

友矩は促す。

「馬に戻れ、隼綺」

隼綺とは逆に、馬から下りてきたのは十兵衛である。

「又十郎、大丈夫か」

口辺を血塗れにした弟を抱き起こした。すぐにうつ伏せにしたのは、口腔に溢れる血が咽喉に逆流して気孔を塞がぬようにとの配慮である。小柄《こづか》を抜いて袖を裂き、急場の止血のため布片を口腔に押し込んだ。

宗冬の意識は、あった。口中血だらけにして、失心せんばかりなのを、紙のような顔の白さの儘《まま》で怺《こら》えている。十兵衛を見る気力はもうなかった。充血した眼が、どろんと恨めしそうに見えた。

十兵衛が宗冬に代わって仕掛けず、介抱を優先させたのは、兄としての保護者意識からであったろうか。いや、もうこの頃から十兵衛には、嫡男でありながら柳生家を継ぐ気が失せていたのかもしれない。となれば、宗冬を死なすわけにはいかぬ道理である。

「兄上」

十兵衛は顔を振り上げた。

「今日のところは、これまでといたしましょう。いずれ清は朝鮮を討つ。わたしも出陣することとなります。決着は、その時に」

「おう、待っているぞ、友矩」

十兵衛は硬い表情でうなずいた。

彼の目の前を、友矩、隼綺、金甲樹、察鐸が次々に馬を走らせて消えた。

十四

盛京に戻って事の次第を報告した友矩に、

「ご苦労であった」

皇太極は特に失望の色も見せず、うなずいただけだった。

陛下が皇帝となられたのは、方便であればよいが――光海君のその言葉を察鐸が伝えた時には、苦笑して云った。

「廃王は、夷の我らが中華と化するを懸念されたか。明を滅ぼした後に考えるとしよう」

皇太極がそれを考えることはなかった。明が滅びるのは、彼が死んだ翌年のことだからである。なお、『康熙字典《こうき》』を編纂したことでも知られる清朝第四代皇帝聖祖康熙帝・愛新覚羅玄燁《げんよう》は、皇太極の孫である。

負傷した宗冬を連れて十兵衛は漢城に戻った。友矩を斬り損じ、逃がしたことは特別に問題とならなかった。今回の件は、あくまで廃王光海君の身柄が清に奪われるか否か、というところに焦点があったからである。

南錫煥が大いに力説した。廃王奪取を阻止したのは、我々の殊勲である、と。彼は光海君と牧使を問い質し事情を知ったが、真相を糊塗し己の加点としたのだった。

宗冬の負った傷は、済州島に潜入した友矩ら清の武装密使との奮戦の証、輒ち名誉の負傷ということになって、十兵衛は友矩を見逃したことを問責されるどころか、面目を施すという結果に終わったのである。

十五

友矩が盛京で己の剣士団の再建に取りかかり、漢城では十兵衛が宗冬の看病に時を空費している間にも、清と朝鮮の関係は悪化の一途を辿っていった。

朝鮮全土に後金討つべしの声が沸き起こっている――ということは、一月の時点のこととして前に述べた。「来月には最後通牒かとも囁かれている後金の使節団が派遣されてくる運びになっていた」とも書いた。果然、二月に入って、後金は馬夫太、龍骨大の二使を送り込んできた。尤も最後通牒ではなく、近く皇太極が皇帝になる旨を事前通告し、朝鮮もこの推戴に加わるよう要請するのが目的であった。

いや、やはり朝鮮側にしてみれば最後通諜も同然だったろう。推戴した以上は臣従の屈辱が待っており、何度でも云うが朝鮮人にとって皇帝は大明皇帝あるのみである。重臣たちは金使斬るべしと息巻き、事の次第を知った朝野の憤激は頂点に達して、馬夫太と龍骨大は宿舎を一歩出るや、そこらの子供たちから石礫を投げつけられる、という有様となった。身の危険を感じた二人は、民家から馬を奪い、慌てて朝鮮から逃げ出した。

しかし、ただでは逃げなかった。途中、平安道観察使に宛てられた機密文書を奪っていった。

「八道忠義ノ士ハ、各策略ヲ効シ、勇敢ノ人ハ自ラ従征ヲ願ヒ、共済ヲ艱難ニ期シテ、以テ国恩ニ報ゼヨ」

奪われたのは、後金を討つため兵を募るという国王の布告文であった。かくて朝鮮の戦意は後金の確実に知るところとなった。それが三月七日のことで、明けて四月十一日、皇太極が皇帝に登極して国号を清と号し、国書を巡る朝鮮側の苦慮があって、五月三日には柳生宗冬と李隼綺が済州島で剣を交えたわけである。

扨、その後の情勢だ。


六月十七日——。

朝鮮は清に国書を送りつけた。尤も、清という国名どころか、皇帝であるとすら認めていないから、宛先は従来通り「金汗」であったが。

「両国ノ通好、茲《ココ》ニ十年……意ハザリキ、事端横生シ、嘖言《サクゲン》大至セントハ。……以テ盟ヲ敗ルノ端、我ヨリ始マラザルヲ明ラカニス」

通好して十年になるのに、両国の関係がここまで悪化したのは、一方的に後金に責任があると非難し、

「大明ハ乃《スナワ》チ二百年混一ノ主ナリ、安《イズクン》ゾ……貴国ノ所為ニ従フヲ得ンヤ」

我が朝鮮の主はこの二百年、明だけであって、貴国になど従うものか、と明言し、かつて倭国が我が国を犯したことがあったが、

「未ダ幾時ナラズシテ秀吉自ラ斃《タオ》レ、其後、国中自ラ乱レテ、伏屍《フクシ》丘ヲ成シ、流血川ヲ成ス。其首ヲ隕《オト》シ、躬《カラダ》ヲ亡《ナク》ス者、皆ナ前日、我ヲ毒セルノ将士ナリ。今ヤ源氏、平氏ヲ黜滅《チュツメツ》シテ我ト通好スルコト三十年間、国富民盛、平秀吉ノ時ニ倍ス。天道、兵ヲ厭ヒ、佑善罰悪ス、茲レ其明致ニ非ズヤ」

朝鮮に仇なす者は滅び、通好する者は栄える、これがいい例であるから、

「貴国、之ヲ広ク慮リ、之ヲ深ク思へ」

と勇ましく結んだ。

七月二十七日――。

明将の白登庸《はくとうよう》が密使としてやって来た。白将軍は、我が国も苦境にあって反撃計画を立案中であるが、いま必要なのは敵の情報である。朝鮮も賊情を探る路を確保しておかなければならぬ、と諭《さと》した。

国王の答えて曰く、

「偵探、誠ニ易カラズ」

已に清との国交は絶えていたのである。

九月一日――。

明の監軍黄孫茂《こうそんも》が皇帝の勅書を奉じてやって来た。国王は、彼を歓迎する宴の席で思わず弱音を吐いた。

「小邦、斥和ノ後、朝夕兵ヲ被ル。而モ兵残シ、力弱ニシテ、以テ抵敵スル無シ。唯ダ父母ノ邦ノ来救ヲ望ムノミ」

――その時は、どうか助けてネ。

黄孫茂は尊大にも答えた。

「貴国ハ専ラ文華ヲ尚《タット》ビテ武略ヲ事トセズ、且《カ》ツ兵農ヲ分カタズ、故ニ是《カ》クノ如ク萎靡《イビ》セリ。若《モ》シ操錬ヲ加ヘナバ、何ゾ兵力ノ単弱ヲ患《ワズラ》ヘンヤ」

――文にかまけて武を疎《おろそ》かにしているからこのザマですぞ。云うではありませんか、備えあれば憂えなし、と。


……これらの経過を、十兵衛は姜両基を通じて知った。時局に関しては当初、慎重以上に口の重かった姜両基だが、済州島の一件以来、十兵衛を同じ仲間として認めたのか、憤懣《ふんまん》やるかたなしとばかりに何でも喋るようになっていた。

十兵衛は、宗冬の看護の傍ら、適当に相槌を打って聞いていたが、王が弱音を洩らしたと耳にして、

「で、助けに来てくれるのか、明は」

と思わず訊いてしまった。

姜両基は一瞬、不安を言い当てられたという表情をしたが、

「来ます。来ないはずがありません。明は我が国の宗主国なのですから。倭国——いや、貴国が攻めてきた時も、明は援軍を送ってくれました」

自分に云い聞かせるように答えた。

「後金が攻めてきた時は、援軍がなかったと云うじゃないか」

「あ、あの時は……すぐに講和が成立したものですから、そんな必要はなかったのです」

「しかし何だな」

「何です」

「その、女真への手紙さ。まるで喧嘩を売ってるようなものだぞ」

「喧嘩ではありません。不正を匡《ただ》し、非理を諫めているのです。分からせてやるのです。当然です」

「相手はそう思わんだろう」

「相手がどう思うかは関係ありません」

「何？」

「きっちり相手を窘《たしな》めてやったのか、ということが問題なのです」

「高みから説教のように云ってもなあ」

「説教です」

「え？」

「野蛮人には説教あるのみです」

「説教には誰も耳を貸さんだろ」

「というより、理解できないでしょうね。野蛮人には」

「ちょっと待ってくれ。おれにも、その、よく理解できないんだが、野蛮人には理解できないんなら、なんで説教などするんだ？」

「だから、申し上げたではありませんか。相手がどう思うかは関係ない、と。つまり、野蛮人にはきっちり説教してやるということ、大事なのはそれなのです」

「…………」

十兵衛は口を噤《つぐ》んだ。姜両基は、それで十兵衛が納得したと思ったか、

「そういうことです」

満足そうにうなずいた。

「おまえには理解がいったか、又十郎」

ひとしきり女真族への不満をまくしたてて姜両基が辞すると、十兵衛は布団の中の宗冬に訊いた。

「ひっほもわはひまへん」

と宗冬は歯のない口で答え、次いで力なく首を横に振った。

「よしよし。江戸に戻れば入れ歯を作ってやる。それまで辛抱しろ」

十兵衛は苦笑して云ったが、ふと思いついたように、

「お、そういえば、通信使の派遣が正式決定したとか申しておったな」

抑、事の発端は徳川幕府が対馬藩を通じて要請した通信使派遣を、朝鮮側が諾わなかったことだった。そこで対馬藩に恩を売るべく兄弟の父宗矩が仲裁を買って出、太祖柳生悪十兵衛《あくじゅうびょうえ》よりの代々の秘伝『一然書翰《いちねんしょかん》』を、謂わば悪用した結果、「柳生十兵衛イン・コリア」という今の事態を招いたのであった。友矩が後金に奔った件を措けば、しかし宗矩の恐喝は見事に実を結び、朝鮮側は通信使派遣を受諾、このほど正使に承政《スンヂョン》允《イン》副承旨《プスンヂ》（正三品）の任絖《イムグァン》が、副使には行《ヘン》弘文館《ホンムングァン》応教《ウンギョ》（正四品）の金世濂《キムセリョム》が任じられた——と十兵衛は姜両基から聞かされていた。派遣の理由としては「泰平ヲ賀ス

ル」という前代未聞の名目がひねり出された。過去三回の名称だった「回答兼刷還使」が今回から正式に「通信使」と復号することになったのも、宗矩が振りかざした「一然書翰」の威力であったろう。

「どうだ、又十郎。通信使一行と一緒に江戸へ戻っては」

宗冬は布団の中で眼を剝いた。

「ひやれふ！　へっはいひはえひばへん！」

「いやです、絶対に帰りません、か。そうだな、おめおめと、どの面下げて戻れようか」

遉《さすが》に弟の苦衷を哀れに思ったか、十兵衛は笑いを消して、しんみりと云った。

十六

八月十四日――。

柳生但馬守宗矩にとっては、生涯忘れられぬ日となった。この日、竟に四千石の加増あって、現有石高六千石に合わせ一万石、つまり宗矩は待望の大名となったのである。大和柳生ノ庄の小豪族に過ぎなかった柳生一族が大名に列せられるのは、父石舟斎宗厳《せきしゅうさいむねよし》から父子二代の夢だった。それがようやく叶えられた。宗矩は六十六歳になっていた。

しかし彼はこの時、大名昇格を共に祝うべき子息たちを膝元に欠いていた。父の足を斬り落として朝鮮に逐電《ちくてん》した友矩は云わずもがな、その友矩を斬るべく十兵衛と宗冬にも海を渡らせて、父として宗矩は孤独であった。しかも、十兵衛と宗冬からは未だに何も云ってこない。

〈何をしておるのだ、きゃつらは〉

後金を頼ったという友矩が表舞台に現われたが最後、柳生一族は破滅する。大名も何もあったものではない。

〈叶うものなら、わしが朝鮮に行き、この手で友矩めを……〉

その夜――、

「ささ、殿さま、もう一杯」

「かような目出度き酒はございませぬぞ。もう一杯聞こし召されませ」

「我らも大名家の家臣、鼻が高うござる。殿にお仕えして参った甲斐があると申すもの。ささ、もう一杯」

高足たちの祝盃を受けながらも、宗矩の心は「飛んでコリア」だったはずである。

十月六日――。

朝鮮通信使一行は釜山を出航。その日のうちに対馬に到着した。総勢四百七十八名という大所帯であった。

十七

十一月十三日――。

十兵衛は日課の素振りを終えて離れに戻った。済州島から帰って以来、彼が剣を振るう機会は一度としてない。以前のように事実上の軟禁状態が続き、身体はなまってゆく一方だった。李曙邸の冬枯れた中庭で、黙々と剣を千回ふるう。友矩との対決を念じつつ、十兵衛はそれを自分に課していた。

「お帰りなさいませ、兄上！」

宗冬が転がるように玄関口に出てきた。満面の笑みで出迎える。

「おまえ――」

十兵衛はその顔にまじまじと見入った。

「ふがふがはどうしたのだ」

宗冬は、得意げに顎を突き出し、見せびらかすように口を大きく開けた。

眩《まぶ》しいほど白い歯並びが、燦然《さんぜん》と十兵衛の目を射た。

「おお、入れ歯か！」

「はい！」

「どこでそんなものを」

「この家の用人が届けてくれたのです」

「ふうむ。もう一度見せてみろ」

宗冬は云われた通りにした。兄弟は玄関口にいる。冬の陽射しが宗冬の口腔にも射し込み、細部を明瞭に照らし出した。十兵衛はしげしげと歯並みを観察して、

「精巧にできておるなあ。朝鮮にこんな技術があったとは。おい、又十郎、おまえの歯と来た日には、腐れ味噌のような色をした乱杭歯《らんぐいば》だったが、これで男前が一段上がったようだぞ」

「そ、そうでしょうか」

と云いながらも、宗冬は満更でもなさそうな顔をする。

「それにしても見事なものだ。材質は何でできておるのだろう？」

「蠟石《ろうせき》だそうです。歯床は黄楊《つげ》製だと云っておりました。黄楊の床に蠟石の歯を埋め、琴の糸と竹の

針で固定したのだそうです」

「と聞かねば、本物の歯と信じて疑わぬところだ。いや、そうだと知ってなお、これが入れ歯とは思われぬ」

刹那、十兵衛は眉間に皺を刻んだ。

「姜両基が来たのか？」

「あの通詞は、今日明日は休むと云っていたではありませんか」

「だから訊いたのだ。入れ歯を持ってきた者は、ならば日本の言葉を喋ったのだな？」

「いいえ、朝鮮の言葉でしたよ」

「おまえ、いつから朝鮮の言葉がわかるようになった」

「あ」

初めて気がついた顔で、宗冬は自身を怪《あや》しんだ。

「ですが、あれは慥かに朝鮮の言葉、こんなふうに――」

歯は蠟石、歯床は黄楊――という朝鮮語が宗冬の口から流れるように飛び出した。

十兵衛は驚愕した。もっと驚いたのは宗冬自身だ。

「やや、これはどうしたことだ？」

と思わず叫んだ言葉も朝鮮語だった。

十兵衛は電撃的に動いた。その手が速影と化して宗冬の口に伸び、次の瞬間には義歯を抜き取っていた。「抜討ち」ならぬ、鮮やかな「抜取り」の早業である。

「あ、あひふえ、はひほふるほれふ」

あ、兄上、何をするのです、と宗冬は叫んだ。元通りのふがふが語だが、一応、日本の言葉である。だが、奇怪なり！　この時、二人の耳には、なおも朝鮮の言葉が止まらず聞こえていたのだ。

逍の十兵衛も片眼を剝き、絶句した。朝鮮語は、彼の手にした義歯から発せられているのだ。おお、喋る入れ歯！

「こいつか」

十兵衛は義歯を抛擲《ほうてき》した。玄関に通じる石段に叩き付けるように投げつけた。

蠟石と黄楊を糸と針で繫いだ義歯は、粉々になって砕け散るかと思われたが、そうではなかった。石段にぶつかった瞬間、それは一跳ねして変容した。

見よ――胴部が丸々と、大人の拳ほどもある一匹の大蜘蛛《おおぐも》が、四対の肢《あし》を無気味に動かし、深紅の両眼を妖しく光らせて十兵衛を睨んでいる。毛のびっしりと生えた胴に描かれている黒と黄色の模様は、歯並びであった。

「化物っ」

十兵衛が大刀の柄に手を疾らせた時、

「戻っておいで」

柔らかい声がして、蜘蛛は身を翻すと、石段を駆け降り、落葉の舞う庭をするすると進んでゆく。そっと差し伸べられた白い手に乗り移り、細くたおやかな前膊部《ぜんはく》を伝って、袖の中へと消えた。

十兵衛は視線をあげた。

一人の少年が立っていた。この国の儒者がよく着る鶴氅《かくしょう》と呼ばれる白い道服に身を包み、黒い冠をかぶっている。だが、儒者としての荘厳さが感じられないのは、彼の若さというよりも、妖しいまでの美しさゆえであった。玲瓏《れいろう》とした蠟細工の如きその美貌は、人ならざる、あやかしの化身かと思われる。この時、中庭を照らしていた陽が翳《かげ》り、光景は急に寒々としたものに転じた。美少年の背後は、真夏の陽炎《かげろう》でもあるまいに、樹々が歪み空気が圧縮されて、空間そのものが揺らぎを帯びているようである。

「卒爾《そつじ》ながら、初めて御意を得ます、柳生十兵衛三厳《みつよし》さま」

少年は綺麗すぎるほどの日本語で云った。

「あひふら！　あひふえ、ひればほわひひふれはほは、あひふれふ！」

あいつだ！　兄上、入れ歯をわしに呉れたのは、あいつです！　と宗冬はふがふが語で叫ぶ。

「何者か」

油断なく身構えつつ十兵衛は訊いた。

「安巴堅《アンバギヨン》と申します」

美少年は微笑を浮かべて答える。

「戯れの過ぎたること、どうかお許しを。そちらの宗冬さまが余りに不憫《ふびん》で」

「何用あっての推参だ」

「まずはお顔を、と。柳生十兵衛さま――どのようなお方か、それを知っておかねば」

「何」

顔を見に来ただけというのか。まずは、とはどういう意味だ。

「ですから、もう用は済みました。これにて今は罷《まか》らむ」

ぬけぬけと――まさにそんな感じで美少年は慇懃《いんぎん》に云って、静かに一歩、後退した。

「待て」

十兵衛は跳ぶように石段を駆けおりつつ鯉口《こいぐち》を切った。本能が命じた動きだ。こいつは危険だ、生かしてはおけぬ、と。

「しゃ」

抜討ちに斬りつけた。朝鮮に足を踏み入れてから、初めて人を斬るべく抜かれた三池典太。しかし——空を裂いた。一瞬早く、美少年の全身は、揺らぐ背景に溶けるように呑み込まれていたからである。十兵衛の豪快な一閃とともに空間の揺らぎはおさまり、再び陽が射した。

「………」

白々とした淡い冬の陽射しが、かそけく照らし出す庭園に、美少年の姿はどこを探しても見えなかった。

十八

「安巴堅ですと？」

姜両基は不審の色を顔に刷いた。

「なぜそのような者が十兵衛どのを？」

「知りたいのはこっちだ」

十兵衛は憮然として云った。義歯が言葉を喋り、蜘蛛に化したことは、到底信じてもらえないだろうから伏せて、安巴堅なる年少の者が一昨日、訊ねてきたとのみ告げ、身元を問い質したのだ。

「おれの顔を見に来ただけだと、きゃつめ、ふざけたことを申しよった」

「わたしも名前で知るのみですが、安巴堅なる者、昭格署《ソギョクソ》に属する祭祀官と聞いております」

「昭格署？」

「道教の祭祀を掌《つかさど》る役所です。わたしたち朱子学の徒から云わせてもらえば、淫祠邪教の巣窟のようなもので。ああ、歎かわしい。国王殿下ともあろうお方が、なぜかようなものをお認めになっておられるのか、さっぱり理解できません。ですから、十兵衛どの、安巴堅は云ってみれば妖術師の類いですよ」

「妖術師だと」

十兵衛は思わず唸《うな》り声をあげた。

「何かあったのですか」

通詞は俄《にわか》に関心の表情になる。

「……いや、何もかにもあるものか」

「蟹《かに》？　蟹がどうしたのです」

「それにしても、あれはまだ子供だったぞ」

「ああ、それは別に不思議なことではありません。安巴堅という名前は、云ってみれば姓のようなもので、昭格署の筆頭術客が代々これを襲名しているのです。尤も、血の繋がりはないそうですが」

「代々？　どのくらい続いているのだ」

「詳しいことは、わたしだってよく知りませんよ。我が朝鮮太祖が前王朝高麗の妖術師を召し抱えたと伝わっておりますから、少なくとも高麗王朝から続いていることは慥かでしょうね」

「高麗か……」

柳生の太祖、悪十兵衛が伝えた「一然書翰」は高麗僧侶の手になるものだ、ということを思い出して、十兵衛は粛然と腕組みした。

「ま、高麗のことは実際よく分かりません。ここだけの話ですが、我が朝鮮太祖が高麗を滅ぼした後、史書という史書を徹底的に湮滅《いんめつ》してしまって、殆ど何も残ってはいないのです。それじゃあまずかろうというので、後代になって『高麗史』『高麗史節要』という二書が作られましたが、どこまで真実が書かれているのか疑わしいと云われています。何しろ、検証したり、突き合わせたりする史料が他に何もないのですからねえ。結局、国史と云っても、この通り。お寒い限りですよ。実を云うと、新羅、百済、高句麗の古代史にしても――」

「もう、いいぞ」

なおも調子に乗って喋り続けようとする姜両基を十兵衛は遮った。

「そうですか。ところで、蟹って何のことです？」

「蟹？」

十九

十一月十五日――。

後金討つべし、との声が日増しに高潮してゆく中にあって、しかし朝廷の一角を、今なお厳然たる重みを以て和睦派が占めている。その領袖が完山君《ウォンサングン》崔鳴吉《チェミョンギル》だ。仁祖反正に功あって国王の信任厚く、九年前、後金軍の侵入に際しては、徒に決戦を叫ぶ斥和派を抑え込み、講和の成立に奔走して国難を救った。

今、崔鳴吉と彼の一派は、喧《かまびす》しい主戦論に非を鳴らし続けている。斥和派に敢然と戦いを挑んでいる。いい加減に現実を見よ、今度こそ女真は総力を挙げて朝鮮に侵攻してくるであろう。勇ましい言葉、空理空論だけで国を守れるのか。今なすべきは講和退敵――和を講じて敵を退ける、これに如かず、と。

彼らの主張は、当然ながら、斥和派の嵐のような弾劾《だんがい》を浴びている。和睦派の面々は続々と左遷されていった。それでも崔鳴吉は自説を曲げようとはしなかった。

この日、彼は一大論陣を張った。――我が国は後金への使者を自ら断っておりますが、これは彼の国との間に結んだ信義に叛き、礼儀においても野蛮人の下に自らを置く愚行であります。よって、直ちに後金へ使者を派遣しなければなりませぬ。

「和事ノ完《マッタ》キハ、一日ノ急ナリ！」

慥かに、後金――清の沈黙は今や無気味なほどであった。

国王は、斥和派を是とする一方で、崔鳴吉を庇い続けてきた。罷免の要求にも首を縦に振らなかった。戦乱がもはや秒読み段階に入ったと感ぜられると、王は崔鳴吉の主張に急速に傾斜していった。

「今一度、後金に使者を送ってみよう」

諸臣の猛反対を押しきって使者の選定を急ぎ、朴嵓を正使、朴蘭英を副使に任じた。直ちに彼らは漢城を出発した。

十二月十三日、今か今かと吉報を待ち望む王のもとに齎されたのは、清軍が侵攻を開始したとの急報であった――。

二十

〈凄い数だ……〉

さすがに友矩は驚嘆を禁じ得ない。見渡す限り曠野《こうや》は装甲の軍団で埋め尽くされている。いつもはくっきりと映ずる地平線が見えない。白々とした真冬の陽射しは、兵士たちの甲冑、刀槍に反射して、空よりも地上のほうが明るいほどだった。騎馬あり、徒歩あり、輜重車《しちょうしゃ》あり、見たこともない巨大な攻城兵器あり——十二万八千という途方もない数の大軍団のこれが全容だった。

〈合戦か、合戦が始まるのだな〉

日本では二十一年前に偃武《えんぶ》した。輒ち、元和元年（一六一五）の大坂夏ノ陣を以て合戦は終わった。戦国の騒乱は幕を閉じた。父の宗矩が先代将軍秀忠付きで従軍している。だが友矩はその年、三歳だった。兄の十兵衛にしても九歳である。従って兄弟は合戦というものを知らない。話で聞くのみである。

その合戦を、これから自分も体験するのだと思うと、身震いを感じないほうがどうかしている。

辺りに満ちていたざわめきが、急に静かになった。友矩は視線を前に向け戻した。設えられた円壇の上に、皇太極が馬で乗り入れたところだった。皇太極は円兜をかぶり、ゆったりとした身体に銀甲をまとっている。友矩からはその背が見えるだけで、表情はわからない。

皇太極は馬上、剣を抜き放ち、蒼穹《そうきゅう》に高々と翳《かざ》した。剣光が白昼の稲妻のようにきらめいた。

「大清帝国の兵士たちよ」

彼は呼びかけた。威厳を帯びた声は、冬の乾燥した空気の中、遠方まで響き渡った。

「竟にその時が来た。朝鮮を征する時が。この半島の醜悪な生き物たちは、漢人に尻尾を振ることしか知らず、そのくせ小中華面をして尊大に振る舞ってきた。我ら満洲族を永きに亘って蔑み、犬羊以下の存在として差別の限りを尽くしてきた。今こそ彼らに鉄槌を下すのだ、天誅を加えるのだ。九年前、我らは彼らに情けをかけた。しかるに、彼らは我らの差し伸べた手をはねのけ、居直っただけだった。今回は容赦せぬ。逆らう者は殺せ、抵抗する者は海に突き落とせ。あの低脳の犬どもに、誰が主人かを分からせてやるのだ。大清の勇者たちよ、朕《ちん》は予言しよう、犬どもの王は諸君の見守る前で、必ず朕に臣下の礼をとるであろう」

出陣の演説は短く終わった。爆発的に沸き起こった喊声が曠野を包み、蒼天《そうてん》を揺るがした。前回は三万の兵で今回はその四倍強の十二万八千。だが、最も大きな違いは皇帝自ら出征する点だ。輒ち親征である。そこに、朝鮮の息の根を止めずんばおかずという皇太極の意気込みが表われていた。

「今度は、朕《ちん》も出る」

井上祐美子氏の『海東青』で第二次朝鮮出兵の場面は、皇太極のその簡潔で印象的な一言を以て幕を開ける。井上氏は、朝鮮の立場をこう叙述しておられる。


北狄《ほくてき》風情が「皇帝」となり、自分たちの上に君臨するのは許せなかった。明が第一等の国ならば、その下に来るのは自分たち、朝鮮国でなければならないという論理だったのだ。

背いた朝鮮を、ホンタイジが許すはずがないということも、前回以上の厳しい戦になるということも、予想していたはずだ。それでも、朝鮮はあくまで明に従うことにした。明が、その忠誠にふさわしい国かということは考慮の他だった。

「連中は、自分たちの自尊心を維持するために、自らの国を危うくするのだ。かまうまい。今度は徹底的にたたきつぶしてやろう」

ホンタイジは、そう宣言した。


また、主人公多爾衮の眼を通しての次のような記述もある。

明の援軍がないことを承知で、不必要な戦を招くような判断をした朝鮮王が悪いのだ。

朝鮮を攻めること自体は、ドルゴンには異存がない。放置しておけば、朝鮮は再び明と手を結んだと称して、後背を衝いてくるだろう。自衛のためにも、朝鮮は確実に清に服属させておくべきだった。

井上氏は、全分量三百二十ページのうちこの第二次朝鮮出兵に二十ページを割いておられる。明を滅ぼし、清の礎を築いた摂政王多爾袞の一生において、かくまでの比重を占める重要事項だということであろう。

扨、友矩は、配下の花郎剣士団七人を連れて皇太極の幕下に配備されていた。兵士としての戦力を期待されてではなく、皇帝の身辺警固が主たる務めである。

耳を聾《ろう》するような喊声を聞きながら、友矩は隼綺ら美少年剣士の顔を窺った。彼らにとっては、異民族に従って祖国を征する行軍である。だが、已に祖国を捨てた少年たちに特別の感慨の色は見られなかった。出陣式の勇壮さに酔い、頬を紅潮させ、溢れる闘志に武者震いさえ覚えているようだった——。

二十一

翌十二月二日、遠征軍十二万八千は進発を開始した。皇帝皇太極を総司令官とし、礼親王代善、睿親王多爾袞、予親王多鐸《ドド》、貝勒《ベイレ》（八旗の首領）の岳托《ヨト》、豪格《ホーゲ》らが各軍を率いた。清兵七万八千、漢兵二万、モンゴル兵三万という内訳である。

鄭親王済爾哈朗《ジルガラン》は盛京に残って留守を総括し、明軍が朝鮮に援軍を送る場合に備え武英郡王の阿済《アジ》格《ゲ》は海路を、貝勒の阿巴泰《アバタイ》は陸路を遮断すべく、それぞれ要衝に配置された。

遠征軍の先鋒大将を任ぜられたのは、かつて朝鮮に使者として赴き、不穏な情勢に民家から馬を奪って逃げ出した馬夫太と龍骨大の二将である。彼らは、その時の雪辱とばかりに闘志を燃やし、九日、国境線である鴨緑江を越えた。そして、義州の南、林慶業将軍が死守する白馬山城など一顧だにせず、夜を日に継いで一気に王都漢城を狙った。

漢城の朝廷が急報に接したのは、前述の如く、清軍の鴨緑江渡河から四日を経た十三日のことである。敵は何と、平壌を目前にしているという。寇、已に深し、であった。

――事態のかくも急とは！

王はじめ重臣らは耳を疑い、うち揃って魂を失った顔になった。平壌を南下すれば開城《ケソン》があり、その先の臨津江《イムヂンガン》を渡ると漢城なのである。王都の陥落は、この初報を以て決定づけられたも同然であった。『朝鮮王朝史』の著者李成茂氏が「敵と急報は共にやって来た」と記す所以《ゆえん》である。


因みに、奇しくもこの日、任絖を正使とする朝鮮通信使一行が、壮麗な行列を仕立てて江戸っ子たちの目を奪いつつ、得意然として江戸城へ入城を果たし、国書を家光に奉呈している。

家光の歓びはひとしおだった。前回の寛永元年（一六二四）に迎えた朝鮮使は、彼の将軍襲職を祝うための来日であったが、あの時はまだ父の秀忠が大御所として君臨し、将軍といっても名ばかりのものに過ぎなかった。だが、今は違う。名実ともに彼は将軍、生まれながらの将軍であり、この国は彼のものであるのだ。戦乱は過去のものとなった。彼は彼の国に一度の戦乱も許してはいない。これからも許すつもりはない。

世はあげて泰平。さなり、泰平こそは為政者たるの誇りであった。

「まさに泰平の賀であるかな！」

家光は悦に入って、心から口にしたことである。

第二報は同日夜に届いた。已に平壌は十一日、清軍により抜かれた後という。かくて王都は未曾有《みぞう》の大混乱に陥った。破竹の進撃と云われた秀吉の侵攻の時ですら、釜山上陸の初報に接してから王が都落ちするまで、十三日あった。だが、今や王都陥落は焦眉の急である。また、李适の乱の時は、王は逃げたが漢城の民は留まった。光海君を逐った新王は民衆に人気がなく、民は都落ちする王を冷ややかに見送り、入城してきた李适を歓呼で迎えたものである。だが、今回やってくるのは同族の将軍ではない、野蛮人のオランケなのだ。事態を知った人々は先を争って漢城を脱出せんとし、城門は避難に向かう人の波が渦を巻いた。

二十二

一夜明けて十四日、清軍が開城を通過したとの第三報が齎された。混乱の内にも王都を脱出する準備が慌ただしく進められる。まず宗廟の位牌、王室——世子嬪《ひん》姜氏（昭顕世子夫人）と、三月に生まれたばかりの長男（王の嫡孫、後の慶善君《キョンソングン》李栢《イベク》）、王の二男鳳林大君《ボンニムデグン》、三男麟坪大君《イムピョンデグン》ら——、重臣たちの家族を江華島へ避難させた。昭顕世子は父王の傍らから決然と離れなかった。

夕刻、ようやく王は輿駕に乗って漢城を出発しようとした。しかし、これは如何に、担ぎ手たちが姿を消している。王を捨てて逃げたのである。やむなく自ら騎乗し、崇礼門（南大門）を出て江華島へ向かおうとしたところで新たな報告を聞いた。清軍の先鋒将馬夫太が数百騎を率い弘済院を占拠したという。弘済院は漢城城外の西北にあり、明使が入城の前日に宿泊する宿館である。かつて王は反正軍をここに待機させ、一気に漢城内に突入して光海君を王位から引きずり下ろしたものであった。弘済院に駐屯した馬夫太は、さらに部隊を進め陽川江をも遮断したという。それは漢城から江華島に向かう路が断たれたことを意味した。

王は虚しく城内に引き返した。崇礼門の門楼に坐し、途方に暮れた。この時、鉄山府使の池汝海《チヨヘ》が進言した。敵は長駆して疲労しておりましょう。そこへ砲撃を加えれば、江華島への血路は開かれるはず。請うらくは、臣に精兵五百を与えたまえ、と。だが、失敗を憂慮する重臣たちの反対でこの案は容れられなかった。ならば講和の使者を装い馬夫太の陣営に乗り込んで時間稼ぎを、と発案する者あり、これは容れられて、発案者たる崔鳴吉が直ちに弘済院へ向かった。

日が暮れた。王は江華島行きを断念し、東南の水門（光熙門）を出て、一路、南漢山城を目指した。侍臣たちの中には、馬がなく、徒歩で従う者も少なくはなかった。史書は「城中ノ人、父子、兄弟、夫婦相失シ、哭声《コクセイ》天ニ震フ」と記している。

夜半、王は南漢山城に入った。

「南漢山城は、百済の最初の王朝があったと伝えられるところ。山頂をとり囲む長城は、朝鮮朝時代に光海君が清の侵攻に備えて古城を復元したものだという。城南市の郊外からハイキングコースが山頂に向かって整備されていて、山頂や山腹一帯には、山寺や史跡が散在している」（『地球の歩き方韓国』）

少し敷衍《ふえん》すると、南漢山城は漢城の東南に位置し、標高四五三メートル。現在の行政区域で云えば京畿道広州郡中部面となる。抑は西紀一五九五年、日本軍の再侵攻に備え〝王都の山城〟として築城されたものだが、女真との緊張が高まる中、さらなる重修築が加えられ要塞化が進められてきた。敵が迫ると平野部の都市から山城に官民一体となって避難し、籠城戦を構えるのが、古来この国の伝統的な防衛戦略である。

　――このまま南漢山城に留まるべきか、あるいは江華島へ向かうべきか。

「一夜ノ間、城中鼎沸《テイフツ》ス」と史書の伝える通り、重臣たちの議論は沸騰し、喧々囂々《けんけんごうごう》、夜を徹して行なわれた。

　領議政の金瑬《キムユ》は熱弁を振るった。

「孤城ニ蹕《ヒツ》ヲ駐メテ、外ニ所援無シ。糧秣《リヨウマツ》亦《マ》タ乏《トボ》シ。江都（江華島）ハ則チ我ニ在リテハ便好ニシテ彼ニ在リテハ犯シ難シ。且ツ伊賊、意、上国ニ在リテ必ズシモ我ト久シク相持セズ。故ニ臣曰ク、江都ニ幸スル便ナリ、ト」

　――援軍も期待できず兵糧も充分ではないこの孤城に留まってはなりません。女真の本当の目的は明の征服にあります。我が国には長くかまっていないはず。そのうえやつらは海戦が不得意なのですから、江華島に移駕して時間を稼ぐのが上策でありましょう。

　十五日。暁闇を衝いて王とその一行は南漢山城を出た。だが天は味方せず――季節は冬であった。一夜のうちに山道は氷結し、馬は足を滑らせるばかり。いや、自らの足を以てしても歩行は叶わない。王は山城に戻らざるを得なかった。

　かくて最悪の選択、籠城戦を王は余儀なくされたのである。だが、そうと決まれば肚を括るしかない。直ちに軍議が開かれ、部署が定められた。兵力は、一万二千七百の城兵に加え、王に従ってきた御営庁、訓練都監ら王都の軍営の兵士を合わせ一万三千八百。これに文武大臣とその家族、奴僕ら七百人が運命を共にする。八道に勤王の兵を募る使者が急派された。宗主国明に来援を求めるべく告急使も城を離れた。問題は兵糧だった。糧米が一万四千三百余石、雑穀三千七百余石、皮穀五千八百余石、醬《ヂャン》が二百二十余甕《かめ》で、これでは五十日分にしかならなかった。

その最中、弘済院から崔鳴吉が戻ってきて告げた。馬夫太は和議を望んでいる。人質として王弟と大臣を送れば、和睦の会談に応じよう、と。

二十三

「——和議だと？」

十兵衛は呆れたように云った。彼と宗冬は昨日、清軍迫るとのみ告げられて、詳しい状況説明はないまま、慌ただしく王の一行に加えられ、気がついてみたら、南漢山城で籠城する身となっていたのである。

「九年前と同じですよ」

姜両基が云った。その顔には安堵の色がある。

「で、王弟と大臣は送ったのか？」

「ええ」

「莫迦な」

「と見せかけ、送ったのは実は偽者です。これぞ孫子の兵法ですよ」

姜両基は胸を張った。

十兵衛は鼻を鳴らした。

「それも輪をかけて莫迦だが、おれが最初に莫迦だといったのはな、和議に飛びついたことだ」

「どうしてです？」

「考えてもみろ、漢城に踏み込んだばかりの清軍が、なぜてめえのほうから和議を云い出す必要がある」

「何のためだと云うんです」

「時間稼ぎだよ。何もおまえさんたちの専売特許じゃあるまい」

「では……」

「まだ本隊が来てはいないのさ。連中の快進撃もこれで説明がつく。和議を餌にぶら下げておまえさんたちの気を引き、主力が到着すれば力攻めに攻めるって寸法だ」

「オランケにそんな知恵のあるはずが……」

だが、十兵衛の云う通りだった。馬夫太は朝鮮王の王都脱出を知るや、漢城を迂回して漢江を渡河し、松坡《ソンパ》の渡し場——三田渡《サムヂョンド》に布陣して南漢山城に対峙したものの、彼の兵は連日の強行軍で疲れきっていた。和議提起はまさしく時間稼ぎの策略に過ぎなかったのである。しかも朝鮮側が送った偽王弟と偽大臣は直ぐに正体を見破られて斬られた（一説によると、偽大臣に仕立てられた沈諿は、生まれてこのかた一度も嘘をついたことのないのが自慢の正直者で、馬夫太を前に「わたしは偽者だ」と云ったため露見したという）。

十八日——。

果たせるかな、清軍の主力軍団は怒濤の如く臨津江を渡河し、漢城を占拠した。ここに清軍は万全の攻略態勢を整え、朝鮮王の籠もる雪の孤城——南漢山城の包囲作戦に乗り出したのである。

王は大臣たちを前に涙を流して云った。

「国事、此ニ至ルハ、思慮短浅、論議太激、終ニ此禍ヲ致セリ。当時、若シ彼使ヲ斥絶セズンバ、設ヒ此禍アルモ、其勢必ズ此ニ至ラザラン」

――こんなことになったのも、おまえたちが斥和派だの主和派だのと、論議にばかりかまけていたせいだ。女真の使者を追い返さなかったら、ここまで酷い状況にはなっていなかったはずだぞ。

しかし城中では、清の侵略が現実のものとなったればこそ、斥和派と和睦派の論戦はいっそう激しさを増していった。和睦派は身の危険すら覚えるほどだった。事茲に至っても論議にばかり明け暮れる重臣たちを尻目に、城兵士たちは力戦していた。山城の険しい地形を巧みに利用して防戦し、時には門を開いて撃って出た。王は重臣たちに愛想を尽かし、前線を視察して兵士たちを励ました。

「十八日、教シテ曰ク、将士、此厳寒ニ当タリテ昼夜城ヲ守ル、誠ニ極メテ尚ブベク、斬獲ノ功無シト雖《イエド》モ、予、甚ダ嘉悦ス。克敵ノ後、当ニ功ヲ論ジ賞ヲ行ナフベシ、ト」

「十九日、清兵、南城ニ逼《セマ》ル。城兵、大砲ヲ以テ撃チテ之ヲ却《シリゾ》ク。王、巡視シテ将士ヲ慰諭《イユ》シ、仍《ヨ》リテ命ジテ将卒ノ戦死者ニ恤《ジュツ》ヲ垂レ、且ツ其子孫ヲ録用セシム」

「二十三日、自募軍等出戦シ、敵兵幾《ホトン》ド五十人ヲ殺ス。王、小輿ニ乗リ、北城ヨリ巡リテ西城ニ至リ、正庁ニ出テ士ヲ犒《ネギラ》フ」

江戸にあった朝鮮通信使一行は、この頃、日光に物見遊山の旅に出ている。幕府の威信をかけて大改修されていた日光廟が竣工成ったのは、この寛永十三年四月のことであり（所謂寛永の大造替）、通信使の日光行きは家光の懇望によるものであった。副使の金世濂は感興を詩に賦した。

千岑力鎮山河定

百戦功垂宇宙新
権現極知同一揆
宏図寧復譲前人
――ここに祀られているのは、千岑《せんしん》の力で国土を鎮定し、その百戦の功業が今なお全土に新たな人である。権現とは知を極めるということ。彼の雄大なる国家経営には、誰人たりとも及ばない！

数で優る清軍は、しかし苦戦を強いられていた。野戦で得意としてきた騎馬部隊を投入し得ず、冬の山攻めはこれまで彼らが経験したことのない戦闘だった。そこで戦略が変更された。包囲網の徹底化を図ったのである。外部を結ぶあらゆる路を封鎖し、南漢山城を完全な孤立に追い込んだ。王の急報に応じて全国から勤王軍が駆けつけていたが、清軍に阻まれ、あるいは個別撃破され、なすすべもなく遠望するよりなかった。明の援軍はもとより来なかった。

「二十六日、江原道《カンウォンド》ノ営将権 井吉《クオンチヨンギル》、兵ヲ領シテ倹丹山ニ到リ、火ヲ挙ゲテ相応ゼシガ、未ダ幾クナラズ、賊（清軍）ノ為ニ襲ハレテ敗ル」

「二十七日、忠清道観察使鄭世規《チヨンセギ》、兵ヲ領シテ険川《コムチヨン》ニ到リ、山ニ依リテ陣ヲ作セシガ、清兵ノ為ニ襲ハレ全軍敗没シ、世規、僅カニ身ヲ以テ免カル」

左議政の洪瑞鳳は歎息して云った。

「目前恃《タノ》ム所ノモノハ只《タ》ダ外援ノミ。而ルニ湖西ノ軍、四息程ニ来到シ、観望シテ進マズ。両南ノ軍ノ其数多シト雖モ尚《ナ》ホ一戦スル能《アタ》ハズ。西北ノ軍、消息無ク、恃ム所ノ者、只ダ城中士心ノ不沮《フツ》ノミナルニ、日寒此《カ》クノ如ク摧傷甚シ」

――もはや城外に期待するしかない。だが援軍は来ないし、来ても進撃しない。となれば城兵の士気だけが頼り。それも、こう寒くては！

その言の通り、兵士たちを苦しめているのは極寒であった。援軍来たらずの絶望感に加え、雪、氷雨《ひさめ》が容赦なく彼らから体温を、戦意を奪った。

この状況を打破すべく、二十九日、金鎏は城門を開き、三百の決死隊を突撃させた。結果は――全滅であった。

二十四

年が明けた。

西紀一六三七年。元旦――。

三田渡に設営された清軍の本営に皇帝皇太極の姿があった。今や清軍は七万の大兵力で南漢山城を完全に包囲していた。この日、皇太極は望月峰に登り城中を俯瞰したと、その余裕ぶりを史書は記している。

一方、南漢山城の状況は悪化の一途を辿っていた。食糧は減り、折りからの寒さで凍死する城兵が続出した。二十四日、二十五日の連日に亘って行なわれた清軍による大砲撃は、城壁を砕いたという以上に、兵士の士気を崩した。城内の声は、斥和から講和へと一気に傾いていった。

竟に王は皇太極に国書を送った。次のように書き出されていた。

「朝鮮国王謹ミテ書ヲ大清国皇帝陛下ニ上ル。伏シテ惟《オモンミ》ルニ――」

結句はこうだ。

「伏シテ惟ルニ、帝徳天ノ如シ。必ズ矜恕《キヨウジヨ》ヲ垂レン。敢ヘテ実情ヲ吐キテ、恭シク御旨《ギヨジ》ヲ候《ソウラ》フト」

云わんとすることは、唯の一つである。

——降伏の条件は何でしょうか？

王が城を出て自ら頭を下げよ、及び城中の斥和派の領袖を縛送すべし、というのがその答えであった。

清に命じられるまでもなく、今や斥和を唱える者は少数派に転じ、追いつめられつつあった。

二十六日——。

一部の城兵たちが持ち場を離れた。斥和を唱える重臣たちを清の軍営に送るよう、彼らは訴え騒いだ。これはもはや叛乱といって過言ではない事態である。金瑬はやつれた顔で王に云った。

「持ち場に帰るよう諭しても従いません。斥和者を見る目は仇讐を敵視するが如く、もはや鎮定は無理でしょう」

その日には、江華島陥落の悲報も伝えられた。睿親王多爾袞に指揮された清の水軍に、朝鮮水軍は慮外の敗北を喫し、制海権を奪われたのだ。後は容易く上陸を許し、烈しい砲撃を加えられれば、ひとたまりもなかった。世子嬪、嫡孫、二人の王子は捕えられ、皇太極の本陣である三田渡の総司令部に送られたという。

二十八日——。

皇太極より降伏の条件が正式に提示された。先の二項目に加え、
一、清に対し君臣の礼をとること。
一、明と国交を断絶すること。

一、世子を含む王子を二人、諸大臣の子（子なきは弟）を人質として盛京に送ること。
一、清の年号を用い、萬壽《まんじゅ》、千秋、冬至《とうじ》、元旦と、その他の慶弔《けいちょう》時に貢献の礼をとって使臣を送ること。
一、清が明を征伐するに於ては、朝鮮は期日を違えず援軍を派遣すること。
――など十二項目に及び、さらに毎年、黄金百両、白銀千両、白苧布《しろからむし》二百匹、米一万包など二十二品目を献上せよ、というものだった。

「これを朝鮮王はどう思うであろうな」

皇太極は云った。

直ちに察鐸が朝鮮語に訳す。だが、もうその必要はなかった。この頃には、友矩は満洲語を能く操れるようになっている。だから皇太極の問いに答えを返さなかったのは、言葉の問題ではなく――。

二ヵ月に垂《なんな》んとするこの戦役が、今や最終段階に近づいていることは友矩にもわかっていた。彼と彼の花郎剣士団の出番が一度もなかったのは残念なことだ。そも宜なる哉。任務は皇帝の身辺警護。だが、まさに人壁をなす数万の清兵を突破してその命を狙うのは不可能というものだ。実際、朝鮮の荊軻《けいか》は一人として現われなかった。だのに今になって皇太極は友矩を直々に呼んだ。そのわけが分からない。況《ま》して降伏の条件を朝鮮王がどう思うかと問われても、答えに窮して当然だ。

「受ければよし――」

皇太極はすぐに言葉を継いだ。何のことはない、自問自答だったようである。

「だが、これほどの条件だ。耐え難きを耐え得ず、忍び難きを忍び得ず、却って態度を硬化させないとも限らぬ。窮鼠《きゅうそ》猫を嚙むの譬えもある」

友矩は思わずうなずいていた。彼の朝鮮滞在は一年以上に及んだ。どういう国であるか理解している。

皇太極は云った。

「そこで、一働き頼みたい」

二十五

〈もはや保つべくもないな――〉

籠城軍が、命、旦夕に迫っていることを、十兵衛は彼なりに察していた。状況説明は姜両基の口から聞くよりなかったが、そうでなくとも、日増しに凄愴、沈鬱になってゆく城中の雰囲気、食事の度重なる遅配、さらには兵士たちの叛乱とさえ云っていい反抗的態度と職務抛棄を見れば、一ヵ月半に肉薄する籠城の始末は、もはや火を見るより瞭《あき》らかだ。よくて二、三日であろう、と思われる。

十兵衛は眠れぬままに輾転反側《てんてんはんそく》を繰り返している。狭いが一室を与えられて、宗冬と過ごしてきた。この部屋は王や重臣たちの居室に近く、彼らが罵り、いがみ合う声が筒抜けも同然にいつも聞こえてくる。勿論、言葉は分からないが、徹底抗戦を続けるか、開城するかで争っているのだということは容易に想像がつく。論戦の凄まじさといったら、時として叫び声が鳥獣か化物の咆哮《ほうこう》の如く化すほどだ。このままゆくと血の雨が降るのではないか、城が落ちる前に同士討ちが始まって自滅するのではないか、と本気で案じられたことも二、三度ではなかった。だのに、そこまでは到らない。不思議なのは、罵り合いと同じくらい派手な泣き声が聞こえてくることだった。最初、罵る者と泣く者、それぞれの役割がいるのだと思っていたら、何と彼らは皆が罵りつつ泣き、激しく泣いた後でまた烈しく罵るのだ——と知って、十兵衛は少し呆れた。慥かに、追いつめられ、国が滅ぶかどうかの瀬戸際とはいえ、何とも豊かな感情表現ではないか。

しかし、今夜は静かだ。無気味なくらいに静まり返っている。抗戦を唱える者も、講和を叫ぶ者も、この城の運命を悟って、沈黙に打ち沈まずにはいられないような、悲愴で神聖で滑稽《こっけい》な静けさだった。

十兵衛は傍らの宗冬を見やった。窓の隙間から星影が射し込み、薄い寝具の中で寝息をたてる弟の顔を仄白《ほのじろ》く照らしている。頬が削げているのは、歯を失っているからばかりでなく、飢えによるものだ。十兵衛も今日は一粒の雑穀さえ口に入れていない。

〈もう少しの辛抱だ、又十郎〉

十兵衛は呼びかけた。

〈それにしても、何のために、おれたちはここにいるんだろうな〉

今さら問うまでもない。父命だ。友矩を討つためだ。だが、江戸を出立する時、このような自分たちを想像できたろうか。父だって考えてもいまい。清と朝鮮の間に大戦争が起こり、三人の息子たちが、侵す側、抗する側に分かれて対峙しているとは。抗する側に巻き込まれた二人は、籠城戦への参加を余儀なくされ、厳寒と飢餓までも敵にまわしているとは。おおかた父は、今ごろ朝鮮通信使を見送って、己が功を密かに誇り、ほくそえんでいるに違いない。

しかし、この状況は、泰平の日本にいては得難い貴重な体験を積んでいるのだ、と云えなくもなかった。十兵衛は改めて学んだ思いである。文と武は両輪であることを。武を侮れば、畢竟《ひっきょう》どのような恐るべき事態が齎されるかを。日本は今、元和偃武以来、武を無用のものとする風潮が擡頭《たいとう》し始めていた。遠からず、武士が武士であることを恥じる世になるのではないか。だが、泰平を望んで武を蔑する者は、結局、武から手ひどい仕返しを受けるのだということを、この一ヵ月半で十兵衛は身を以て学んだ。

〈彼らは何を学んだろうか――〉

ふと考えが、連日論戦を繰り広げているこの国の重臣たちに飛んだ。

彼らは学んだか――。

武を蔑み、他国をも蔑み、国際情勢の現実を見ず、自国が侵される可能性からも目を背け、そうなっても明が助けに来てくれるだろうと、甘い幻想を抱いて来た彼らは、学んだのだろうか。何よりも、自分の国は自分たちの手で衛らねばならず、そのためには日頃の周到な用意が必要であり、宗主国をあてにするなど愚の骨頂であるということを。

「他山の石、か」

十兵衛は、小さく声に出して呟いた。

〈友矩はどうしているだろう――〉

すぐに考えは飛んだ。眠れぬがゆえの、とりとめのなさだった。友矩が自らの出陣を予告した済州島の一件から、八ヵ月以上が経過している。長いようで短かった。今、この孤城の周囲を蟻のように埋め尽くす十万近い清軍の中に、友矩は必ずいるに違いない。城を開くにせよ閉じ続けるにせよ、友矩との対決が目前に迫っていることも慥かだった。

〈友矩は――〉

刹那、静寂が破られた。

悲鳴、怒号、乱れる跫音《あしおと》が連続する。十兵衛は身を起こし、三池典太を引き寄せた。

「チョナ！　チョナ！　チョナ！」

泣き声のような、叫び声のような、けたたましい声が重複する。チョナとは殿下、輒ち国王への呼びかけであることは、十兵衛も聞き知っていた。

異国の客である十兵衛の居室を、かくも王の至近に置いたのは、彼の剣に警固を無言のうちに期待してのものであったろう。今がその時だった。

「あひふへ！」

宗冬が飛び起きた。

「おまえは残れ。いいな」

云い置きざま部屋を飛び出す。

狭い廊下に、燭台を持った官僚、下僕たちが右往左往している。大刀を引っ提げた十兵衛を見るや、口々に何かを喚き立て、道を譲った。

一瞬、姜両基を探した。だが、事態は一刻を争う。十兵衛は先を急いだ。

常に番兵たちがものものしく詰めて、十兵衛などは決して入れない区域——だが、今はその一人が彼を見るや、手招きし、自ら先導した。

まさに惨状。あちこちに護衛の兵士たちの死体が転がっている。あるいは打ち重なって倒れている。首がなく、血を間歇泉《かんけつせん》のように噴き上げている死体もある。迸る血が小川となって廊下を潺々《せんせん》と流れ、十兵衛は何度も足をとられかけた。

突き当たりが王の寝室だった。十兵衛は踏み込んだ。狭い空間での接近戦に備え、大刀ではなく脇差の柄に手を添えている。

二人いた。いや、三人だ。二人の侍従が床に屈み込み、

「チョナ、チョナ、チョナ」

と、頻りに呼びかけている。

十兵衛に気づき、二人はギクリとしたように振り返った。

その時、彼らが屈み込んでいる対象が十兵衛の隻眼《せきがん》に飛び込んだ。王だ。朝鮮国王李倧殿下。床に長々と伸びている。

十兵衛は大股で近づいた。侍従たちは慌てて彼の眼から王を隠そうとしたが、一瞬遅かった。

王は、生きていた。真っ青な顔色で、天井《てんじょう》の一点に虚ろな瞳を向け、唇をわななかせている。下半身は白い内衣を着け、上半身はこの寒夜に裸だった。十兵衛は見た。王の裸の胸に大きく、刀剣の切っ先で記されたに違いない一文字を。肉が裂け、滲んだ血による緋文字《ひもんじ》。それは紛れもなく「清」と読めた。

次の瞬間、王は咽喉を劈《さ》くような叫びを放った。

「——降伏だ！　孤は降伏するぞ！　降伏するぞ！」

侍従の一人が、縋《すが》りつかんばかりに十兵衛の袖を引いた。もう一方の震える手で指差している先は——窓が、外の闇に向かって大きく開き、寒風が吹き込んでいる。曲者《くせもの》はそこから逃げたのである。

「任せろ」

十兵衛はうなずき、窓辺に駆け寄った。

外は積雪していた。ただし雪は降り止んでいる。朔《ついたち》を三日後に控え、月はまだ昇っていない。満天の星空だ。大小無数の星々が燦然と地獄のように輝き、地上に銀の光を降り注いでいる。まばゆいばかりの銀世界。陥落寸前の孤城が見せた、これは束の間の幻想的光景であった。その中を、二つの影が城壁の下を滑るように逃げてゆく。

——忍者！

十兵衛は呻いた。いや、かかる時、かかる場所に、伊賀者、甲賀者の現われようはずもないから、これは忍びを知る者が装束を真似たのだ。深夜、籠城の真っ只中に潜入し、国王を脅えあがらせるという、まさに忍者ならではの任務を遂行すべく。

十兵衛は窓から身を躍《おど》らせた。雪が踝《くるぶし》までを埋めた。

護衛兵の死体を見た時から、あるいはと疑いを抱いていた。創口《きずぐち》を詳しく検《あらた》めたわけではなかったが、一瞥《いちべつ》して鮮やかなあの斬り様は――。

二つの影を追って雪の中を駆けだす。足元に舞い上がった雪が、寒風に乗って細かな宝石のようにキラキラと吹き流れる。

そして、何よりもあの忍び装束だ。もはや間違いない――。

夜番の城兵たちはどこへ行ったのか。辺りには人っ子一人見えない。音の絶えた銀世界で、三つの影法師による追いかけっこが始まった。

それにしても、なんという放胆なやつなんだ。落城寸前とは云え、敵陣に乗り込み、あれほどのことをしてのけるとは!

「友矩!」

十兵衛は叫んだ。

二つの影法師が振り向いた。黒い覆面の眼の部分のみ薄く切れ込みが入っている。どちらも足を止めようとはしない。なおも逃げてゆく。この城壁の向こうは断崖絶壁だ。しかし、あと少し進むと、なだらかな斜面に変ずるのである。その時点で城壁を越えれば、そこはもう清軍の勢力圏。輒ち、任務を果たして無事帰還というわけだ。

〈そうはさせぬ〉

十兵衛は速度をあげた。二人との差はみるみる縮まった。これは脚力の差ではない。十兵衛はこの山中に籠城して一ヵ月余り、連日のように雪を踏み、氷を割って歩き回ってきた。片や二人は、清軍のおそらくは本営にあって、このような環境に身を置くことはなかったのであろう。その差が今、歴然と表われたのだ。

「友矩！」

再び十兵衛は叫ぶ。

一人はそのまま駆けつづけた。

今一人は、歩みを止めた。振り返り、背に斜めに負った大刀を抜き上げた。磨き上げられた鋼《はがね》の肌が忽《たちま》ち星明かりを吸って、大刀は発光体のように輝きつつ彼の両腕に敢然と構えられる。――新陰流是極一刀の位！

先頭をゆく影は、城壁の突き当たりに到ってこれに気づいた。

「隼綺！」

切迫した声を放った。

「何をしている。早く来い！」

「友矩さま、ここはわたくしが。どうか、お逃げください」

「おまえの敵《かな》う対手ではないぞ」

隼綺は、しかし答えを返す余裕をもたなかった。

十兵衛は走りつつ抜刀した。間合いが詰められる――というどころではなかった。二剣士は彗星《すいせい》の交差する如くに激突した。

金属音が鳴り響いた。この星夜に、この冬銀河に、白銀の世界に、寔《まこと》に相応しい澄みきった音色。

柳生十兵衛を対手として、彼の三池典太から、この天上無類の剣音を引き出したことこそ、李隼綺の一世一代の誉れであったろう。それは彼が魂を以て奏《かな》でたのだ。隼綺の剣気は、その一度の交刀によって使い果たされてしまった。あるいは十兵衛の剣気に吸い込まれたか。

十兵衛は三池典太を反転させた。下段から剣光を垂直に上昇させた。隼綺の白刃は夜空の星をかすめた。

一撃目で互いの位置を入れ替えた二人は、そのまま百八十度身を翻して第二撃を打ち交えた。だから今、友矩の目に十兵衛は背を、隼綺は正面を晒《さら》している。

忍び装束の黒覆面が割れた。はらりと、中央から真っ二つに。友矩を魅惑して已《や》まない薔薇のような美貌が現われた。愛に生きる者は、愛する者のために死ぬ瞬間こそ、幸福の絶頂であるというが、星影を浴びた隼綺の顔は、たとえようもないほど幸せな色を浮かべていた。殉愛の至福に彩られていた。

やがて、その美貌の中央に、顎から鼻筋を通って額《ひたい》まで、絹糸のように細い朱色の線がすうっと引かれ、妖華の開花する如く、ぐわりと左右に裂け開いた。

友矩は己の手で覆面を剝いだ。これは隼綺に対する弔意である。

十兵衛は振り返った。背後に、骸の倒れる音を聞きつつ、友矩に向かってゆっくりと歩を進める。

「……兄上」

友矩の口から呟きが洩れた。彼は一瞬、顔を歪め、泣き笑いのような色を浮かべると、城壁に登る階段を一気に駆け上がった。

「待て、友矩。おれと立ち合え」

十兵衛は叫んだ。

彼の叫びと同時に、友矩は城壁から身を躍らせた。

二十六

王が降伏を決意したその夜、斥和抗戦論を強硬に唱え続けてきた二人の重臣が自殺を図った。吏曹参判鄭蘊は佩刀で屠腹《とふく》した。従者に発見され、一命を取りとめた。

かつて柳生但馬守の恐喝に対する御前会議の席上、得意然と『神々の履歴書作戦』を説いた礼曹判書金尚憲《キムサンホン》は、悲憤の余り六日間絶食した果てに、首を縊った。息子に見つかり、これも一命を取りとめた。

二人の自殺未遂が、結局はこの戦乱を総括して余りある。現実には自決すらできない観念世界の住人が、戦争という現実の最たるものを領導したのだった。

一夜明けて二十九日――。

降伏の国書を皇太極に正式に伝達すべく崔鳴吉が使者となって清軍に赴いた。国書の他に手土産を持参していた。斥和派の領袖を縛送すべしとの命令に応じ、副校理尹集《プギョリユンヂプ》、修撰呉達済《スソンオダルチェ》の二人を連れていったのである。彼らは戦役の始まる以前から崔鳴吉を弾劾し、籠城に追い込まれてからも、崔鳴吉斬るべしと何度も王に訴えていた。

「わたしたちをオランケに差し出して命乞いか、軟弱者め」

「こうなると知っていれば、おまえを殺しておくのだった、崔鳴吉」

満面を朱に染めて罵る二人に、崔鳴吉は冷たい眼を向けて云った。

「口を慎まれよ、売国奴」

王は涙を流して二人を見送った。だが、かけた言葉は非情だった。

「——爾《ナンジ》ラノ識見、浅シ」

二十七

竟に降伏の日は来た。中華の次に位する文明の朝鮮が、不遜《ふそん》にも皇帝を称する野蛮人の酋長《しゅうちょう》の前に額《ぬか》ずかねばならぬ——屈辱のその日が。

一月三十日早朝、第十六代朝鮮王李倧は、籠城四十五日間の短きに及んだ南漢山城を出た。その時点で、已に彼は二つの恥辱を強いられていた。

まずは服である。王は出御《しゅつぎょ》に際し袞龍袍《こんりょうほう》を着る。「袞」字は衣と公の組み合わせで、輒ち公服のことである。龍は王の象徴である。金糸で四爪龍を図案化した壮麗なエンブレムが胸と背に飾られる。その袞龍袍の着用を禁じられた。何とならば朝鮮王は大清帝国皇帝に叛逆した罪人だからである。

同じ理由で、王は西門から城を出ねばならなかった。天子ハ南面ス。南門が正門なのである。正門から出御することさえ禁じられたのだった。

城外には龍骨大、馬夫太の二将が手勢を引き連れ待っていた。彼らは王を降伏の儀式の場まで護送する役を任ぜられていた。藍染《あいぞ》めの戎服《じゅうふく》を身にまとった王に従うのは、昭顕世子、重臣、侍従ら纔かに五十余人。一人の儀仗兵も伴ってはいなかった。

王は歩みを止めた。現実から眼を背けるように空を振り仰いだ。冬の蒼穹は、抜けるが如く澄みわたって、一瞬、王は自分が空に吸い込まれて消えることを念じた。

すぐに重い足取りで歩き、用意された白馬に自ら打ち跨った。鳳輦《ほうれん》に乗ることも許されなかった。雪の山道を下ってゆく一行は、宛《さなが》ら葬列であった。風は冷たく、容赦なく彼らに吹きつけた。

南漢山を降り、行先の三田渡までは約十キロの道程である。沿道には民百姓が詰めかけていた。厳格な身分制を敷いて自分たちを擅《ほしいまま》に差別し、重税で苦しめてきた王という名の憎むべき独裁者と、その手下たちが、うなだれ、うちしおれて降伏の場へ向かう光景を、彼らは眼に喜悦の色を浮かべて見送った。

三田渡の渡し場は、方陣を結んだ清軍の兵士たちで埋め尽くされていた。その数は瞭らかに五万を超えている。黒い甲冑が冬陽を反射して、ここはもはや朝鮮に非ず、異国であった。

漢江南岸の川縁に設営された異様な建築物が一行の眼を引いた。遠くからは、古代の神殿かとも映じる。天子の印を意味する黄色の幕で覆われた九層の巨大ピラミッド。降伏の儀式を執行する受降壇である。黄傘《こうさん》が連ねられ、軍旗が冬空に龍のように翻っている。壇上に、胡服《こふく》をまとった皇太極が悠然と着座しているのが見えた。

王は、命じられるがままに馬を降りた。東の陣門まで歩行を強いられた。朝鮮王の来着を告げるべく龍骨大、馬夫太の二将が皇太極のもとへ赴く間、一行は寒風の中を無情に待たされた。軈て二将は戻り、皇帝の言葉を伝えた。

「今、能ク勇ヲ決シテ来タル。深ク喜幸ス」

王は答えた。

「天恩極マリ罔《な》シ」

そして、その場で三度、壇上の大清皇帝を拝し、九度、自ら地面に額を打ちつけるが如く頭を下げた。輒ち満洲族が大汗に拝謁する際の礼である「三跪九叩頭」を、朝鮮の王が行なったのである。降伏の儀式のこれがハイライトであった。

朝鮮史では、清軍が侵入した西紀一六三六年の干支を冠して「丙子胡乱《ピョンヂャホラン》」と呼ぶ。「朝鮮は明との関係を完全に断ち切り、清に服属するようになった。この関係は一八九五年、清日戦争で清が日本に敗北するまで続く」(朴永圭『一巻で読む朝鮮王朝実録』)「国王としての権威と朝鮮の国体は、疑う余地なく崩壊した」(李成茂『朝鮮王朝史1』)

なお、これは後日のことになるが、皇太極はこの三田渡に戦勝記念碑を建てるよう要求してきた。朝鮮にとっては屈辱の碑という以外の何ものでもない。だが、拒めるはずもなく、二年後の一六三九年、「大清皇帝功徳碑」は建てられた。高さ約四メートル、幅一・四メートルという巨大な石碑である。愚かにして無礼な朝鮮の罪を、寛大にもお赦し下さった大清皇帝の慈愛と功徳を称えます――そんな言葉が、表に満洲語とモンゴル語で、裏には漢文で彫り込まれた。この碑は二十一世紀の今なお現地に存在し、韓国の史蹟第一〇一号に指定されている。

扨、この丙子胡乱を井上祐美子氏の『海東青』が全分量の十六分の一をあてて描いておられることは、前に触れた。大家司馬遼太郎の『韃靼疾風録』でも、主人公の桂庄助は皇太極に従って朝鮮に出陣している。では、司馬は、文庫本上下併せて千ページを超すこの大著の中で、何ページを丙子胡乱に割いたのであろうか――。

全文引用してしまおう。

ただ、このとしの十一月、復讐に出た。山河が凍るのを待ってホンタイジはみずから十万の大軍をひきいて朝鮮を討ったのである。朝鮮としてはひとたまりもなく、仁祖はふたたび漢江のほとりの三田渡までゆき、河畔の野でホンタイジの足もとに伏し、降伏した。同時に、明を捨て、清を宗主にすることを誓った。

庄助はこのとき、従軍し、朝鮮のために重い悲しみを感じた。

遉は『故郷忘じがたく候』の作家である。

なお、十一月とあるのは十二月の誤りであり、王が以前にも三田渡に赴き降伏したことがあるというのも、史実と反する。今頃、泉下で司馬遼太郎は朝鮮王李倧に執拗な抗議を受けて――。

〈……惨いものだ〉

暗然として十兵衛は、降伏の儀式の進行に身を委ねている。彼は、一行の中に加えられていた。姜両基によれば王が直々に懇望したのだという。さては一昨夜、玉体に傷をつけた曲者のうち一人を斬ったことの、これが恩賞のつもりかもしれなかった。

だが有難迷惑もいいところだ。他国のこととはいえ、降伏の場に立ち会わされるなど見るに忍びざるものがある。況して十兵衛は、不本意ながらも朝鮮側について四十五日の籠城戦を共にした。彼らの愚かしさは、他山の石――そう冷静に見る半面、情が移った部分もあり、心は虚ろで、音をたてて風が吹き抜けてゆくようだった。

十兵衛は王の姿から眼を背け、皇太極とその周囲に視線をぼんやりと投げた。清兵たちは皆、誇らかだった。嬉しげだった。そして陽気だった。胸を張り、敗戦国の王以下をぶしつけに、遠慮ない眼で眺めている。その中に、皇帝に近い親衛兵たちの中に、ひどくむなしい顔を見つけた。

友矩だった。

二十八

雪が舞っている。

昼過ぎから降り始め、已に二刻、積もる気配を見せ始めた。

十兵衛は離れの石段に、三池典太を抱え込み、うずくまるようにして坐っている。飽かず雪空を眺めている。

漢城の李曙の屋敷に戻って三日が経過していた。主の李曙は籠城中に病死し、目下のところここは喪家《そうか》である。

降伏の儀式の後、国王は漢城に帰還するを赦《ゆる》された。十兵衛も一行に従って、屋敷に戻ったのだった。その翌日には、宗冬が姜両基に連れられて帰ってきた。

『近く帰国して頂くことになりましょう』

姜両基は力なく告げた。国がこうなってしまった以上、「一然書翰」などにかまっていられないのは当然のことだった。異国の客など目障りなだけであろう。

十兵衛は待っていた。雪を眺めながら待っている。今日こそは来るだろう、そんな予感があった。

夕刻間近になって、視界に動くものがあった。

「冷え込みますね」

友矩はゆっくりと近づいてきた。白い朝鮮服が帷子《かたびら》のように映じた。十兵衛に向かってなつかしげに笑いかけたが、その顔には三日前と同様、深い虚無の影があった。

「そろそろ終わらせよう、友矩」

十兵衛は云った。腰を上げず、友矩を見上げたままだ。

「いいですね。わたしもそのつもりで参ったのです」

「おまえを斬りにきたはずが、途轍《とてつ》もないものを見てしまった気分だよ。何やら、虚しくてならぬ。早く終わらせてしまおう。といって、あんなものを見たおれが、江戸に戻ったところで元の自分でいられるか、どうにも心許ないがな」

友矩は足を止めた。からかうような、甘えるような微笑を浮かべて云った。

「ほう、江戸に戻れるとお考えですか」

「おまえのほうこそ、清に戻れると思っているのか」

「わたしは……」

友矩は、纔かに逡巡したが、坦々とした口調で続けた。

「わたしには居場所というものがなかった。柳生家でも、朝鮮でも」

「…………」

「わたしは流離から解放されれぬ身、ならば人生を澱《おり》まで呑み乾そう――そう思ってきたのです。けれども澱は、やはり苦い」

友矩は小さく笑った。自嘲の笑いだった。

十兵衛はうなずいた。友矩の云う澱とは何か、少しは分かるような気がする。

「結局、わたしの居場所は、あの子――隼綺だったのかもしれません」

「…………」

「さあ、もう終りにしましょう。わたしは兄上をここで討ち果たし、清に戻る。大清皇帝のもとで新陰流の剣を振るい続ける。それが宿命なれば、友矩はどこまでも流離してゆく覚悟です」

書かれたものを棒読みするような、およそ気のない調子で友矩は云った。

「よかろう。おまえの希《のぞ》みは分かった」

十兵衛は身体から雪をふるって、うっそりと立ち上がった。

「宗冬」

振り返らずに云った。宗冬は少し前から戸口に姿を現わしていた。

「手出しならんぞ。友矩はおれに斬られたがっているのだ」

「莫迦なことを。わたしは柳生但馬守に一太刀浴びせた男です。兄上が対手でも、手加減はしませんよ」

友矩の全身から、闘気が静かに放たれ始めた。宗冬に一揖《いちゆう》すると、庭の奥に向かって歩いてゆく。十兵衛はその後に従った。

雪は小歇《こや》みなく降り積み、二筋の足跡が宗冬の目の前からまっすぐ伸びてゆく。その足跡を、すぐにも埋め消すように雪は次第に勢いを強めてゆく。宗冬の眼にも遠く、二人は足を止め、向き合った。その一対の影は、夕暮れの雪景色の中にぴたりと嵌め込まれた如くだった。

友矩から抜刀した。刀身が鞘を走り出る音は雪に吸い込まれ、限りなく無音である。剣尖を垂れ、「無業の位」につけた。

次に十兵衛が大刀を抜いた。こちらも無音。同じく無業の位につける。

「やるな、友矩」

「兄上こそ」

十兵衛の大刀がすうっと上がった。青眼中段へ。友矩は剣尖を下げたままだ。一歩進めば、もはや間合いは踏み越えられる距離で二人は対峙している。十兵衛は剣尖をゆるやかに浮沈させた。友矩の先を誘っているのだ。自らは仕掛けず、対手に先をとらせて勝つ。新陰流の極意である。だが、友矩は動かない。ひくりとも動かない。友矩は友矩で、十兵衛の先をおびき出そうとしているのだった。

雪は霏々《ひひ》として降りつづける。二人は白き剣神と化した。

刹那、乱舞する雪の中、二条の銀光が孤を描いた。一方は閃くように短く、一方は流星のように長く。どちらがどちらの太刀筋であったかは分からない。

「兄上」

声を発したのは友矩のほうである。十兵衛の両腕が、だらりと三池典太を提げた。

友矩は優雅に笑った。両眼を閉じ、手から大刀を離し、舞でも舞うような足どりで回転し、仰《あお》のけに雪に倒れた。

友矩の死体は、左胸から右脇腹まで袈裟《けさ》がけに裂かれていたが、さまでの太刀を浴びながら、その美貌は眠るが如くであった。

「柳生刑部少輔友矩、竟に死す――か」

息を詰めて兄同士の死闘を遠望していた宗冬は、いきなり耳元でその声を聞き、弾かれたように振り返った。

いつぞやの――。

彼に義歯を贈り、束の間のあやかしを現出して見せたあの美少年――安巴堅が立っていた。

二十九

宗冬は声を上げようとした。だが、舌が凍ったように動かない。ならばと腰の業物《わざもの》に手を走らせたが、舌のみか、全身が金縛りにあったように動きがとれないのだった。

「そのままでいてもらいましょう。暫くの間だけです。どうせ歯無しなのですから、話になりませんしね、フフフ」

「…………」

宗冬は眼を剝いて安巴堅を睨みつけた。口がきけたなら、妖術師め、と叫んでいたはずである。

「そう、わたしは妖術師です」

宗冬の頭の中を読んだように、美少年は妖しく笑ってうなずき、

「嗟乎《ああ》、国王殿下は奴酋に額ずいたとか。わたしの妖術を以てすれば、殿下をかような惨めな境遇からお救いできたものを。なぜそれをしなかったかと、お問いになりますか？」

唐突の問い――しかも舌を封じておきながらの問いは、もとより宗冬に答えを求めてのものではない。

「その間、わたしはいなかったのです。出かけていたのですよ、王命で。是非もありません――。何をしに出かけていたのかと、お問いになりますか？」

「…………」

「あなたの国で云う駅伝です」

駅伝？　宗冬は一瞬、狐に化かされたような表情になった。駅伝とは、古代における交通、通信の

制度で、「駅」制と「伝馬」制の総称である。駅家から駅家へ、行く先々の駅家で馬を新しく取り替えながら先を急ぐ。今は「宿」の制度がこれに取って代わって久しいが、それにしても一体、この妖術師は何を言い出したのか？

「王命で駅伝とは、ご不審に思われるのも尤もです」

安巴堅は笑みを消さず説明を続ける。

「殿下は仰せになられました。安巴堅よ、何とかならぬか。柳生友矩の身と引き替えに『一然書輸』を奪うはずが、やんぬるかな、女真へ逃げ込まれた。倭国から十兵衛という剣客を招いたけれど、果たして虎穴《こけつ》に逃げ込んだ友矩を誘い出せるかどうか不明だ。また、首尾よく十兵衛とやらが友矩を倒したとしても、『一然書輸』は依然として倭国に、柳生の手にあることに変わりはない。おのれ、柳生但馬守め。いずれまた、何か国家的な問題が生ずれば、『一然書輸』を手に乗り出し、公表されたくなくんば——とやるに決まっている。そうなれば我ら朝鮮は未来永劫《えいごう》、倭国には逆らえぬこととなる。これを如何せん、と。そこで、わたしは答えました。殿下、柳生但馬の所業を知れば、殿下以上にこれを憎むに違いなき者がおりまする、と。殿下はお訊ねになられました、それは誰か、と」

謎かけをするように安巴堅は宗冬の眼を覗き込んできた。——それは誰か？　恫喝されて為すすべなき朝鮮王以上に、柳生宗矩を憎む者とは？　わからぬ。宗冬は首を横に振っていた。

「わたしは答えました。柳生悪十兵衛がその者でございます、と」

思わず宗冬は唸った。ああ、太祖悪十兵衛さま！　慥かに理屈だ。江戸出立の前夜、兄も父にこう云って悪態をついたのである。

——晦然とか一然とか申す高麗の坊さんは、太祖悪十兵衛さまを信用してその手紙を送ってきたのだろう……親父どのは悪十兵衛さまを裏切ったんだ。

さなり、太祖悪十兵衛は裏切られた。父宗矩に裏切られた。これを知れば、間違いなく激怒し、宗矩を赦しはしないだろう。――理屈ではその通りだ。だが、柳生悪十兵衛は今を去る三百年以上も前の人物である。已に死んだ人間なのである。だからどうだというのだ。

「だからどうだというのだ、ですか？」

安巴堅は声をたてて笑った。

「わたしは妖術師だと申し上げたでしょう。この安巴堅の名と共に、代々受け継がれる秘術あり。その術名を処刑御使と申します」

処刑御使？　その禍々しい響きに、宗冬は眉を顰めた。

「処刑御使とは、簡単に申せば、時を遡り、今の世では容易に接近し得ぬ大権力者の幼少時代を狙って暗殺する――という秘術」

時を遡る、だと？　つまり、過去に行くというのか？

「そうです。つまり、過去に行くのです。殿下は直ぐにわたしの意図を察してくださいました。そして仰せになりました。しかし安巴堅よ、処刑御使が遡れる時は、五十一年が限度と聞いておる。たかだか五十一年でどうするというのだ、と。おや、疑問にお思いですね、宗冬どの。なぜ朝鮮国王ともあろうお方が、処刑御使などという妖しの術をご存知なのか？　尤もです。実は、この術は抑、李朝太祖（李成桂《イソンゲ》）の要請によって、建国当時の安巴堅が研究、開発したものだからです。開発当時は、五百年を遡行できたとか。けれども、それでは強力に過ぎようとの太祖の聖断あって、五十一年に短縮された、と伝わっております。殿下は歎息されました。ああ、惜しい哉、惜しい哉、五百年遡れば、こたびの任に堪えたものを、と」

この寒さにも拘らず、宗冬の額には脂汗が滲《にじ》み始めた。雪はさらに激しさを増して降り頻る。

「遉は宗冬どのだ、わたしの云わんとすることがお分かりになったのですね。でも、もうしばらく御辛抱のほどを。――そこで、わたしは殿下に申し上げました。五十一年あれば充分です。多少の手間と暇はかかりますが、と。どういうことだ、と殿下は訝《いぶか》しくお訊きになります。わたしは肚積もりを明かしました。このわたしが五十一年を遡れば――フフ、宗冬どの、たかだか五十一年前と云っても、あなたの国の秀吉が朝鮮を寇す七年も前です。短いようで長いものですね――そう、五十一年を遡れば、五十一年前の朝鮮には、当然のことながら五十一年前の安巴堅がおります。処刑御使の秘術を伝える安巴堅が。祖国の危機です。扨、その五十一年前の安巴堅に、わたしは事態の急を告げるのです。頼む、と。祖国の危機です。などて諾わないなどということがありましょうか。五十一年前の安巴堅は五十一年を遡り、さらにその五十一年前の――つまり百二年前の安巴堅と出会うわけです。このようにして百二年前の安巴堅が百五十三年前の安巴堅に、百五十三年前の安巴堅が二百四年前の安巴堅にと繋いでゆけば――そう申し上げたところ、殿下はことのほかお喜びになられまして、重臣どもは皆、能無しの低脳、識見浅き者たちばかりなれど、持つべきものは安巴堅かな、あやつらの反対にも拘らず昭格署を温存させてきたのは、まさにこの時のためであった、と」

よほど嬉しかったのであろう、安巴堅は饒舌になった。妖しさの仮面が一部剝落し、外見通りの子供らしさがのぞいた。

宗冬は計算している。五十一年、百二年、百五十三年、二百四年、二百五十五年、三百六年――六人の処刑御使で三百六年！　まさしく駅伝であった。これは駅伝という以外の何物でもない。王命で駅伝とは、このことであったのだ！

驚愕の色を隠しようもない宗冬の顔を、安巴堅は愉快そうに眺めやった。

「柳生悪十兵衛など今を去る三百年以上も前の人物、已に死んだ人間、だからどうだというのだ――

宗冬どのはそう考えておられたはずです。だから、こういうことなのです。尤も、六人目の安巴堅は処刑御使の秘術を知りません。二百五十五年前といえば、この朝鮮王朝が始まる十一年前です。先ほども申し上げた通り、処刑御使の秘術は、李朝太祖の要請によって、その当時の安巴堅が編み出したものなのですから。何だ、それではおかしいではないか——そう思われましたか、宗冬どの」

宗冬は首を横に振った。驚きが大きすぎて、安巴堅が自分から言い出さなければ、そこまでは考えが及ばなかった。云われてみれば、そうだ。おかしいではないか！

「何ということはありません。二百五十五年前に遡った五人目の安巴堅が、六人目の安巴堅にこの処刑御使の術を伝授したのです。多少、そこで時間的に手間取りましたが。こうして六人目の安巴堅は五十一年を遡り、三百六年前に到着するを得たのです。六人目の安巴堅から同じようにして処刑御使の術を伝授された七人目の安巴堅は、しかし五十一年を遡る必要はもうありませんでした。三百五十七年前は、あなた方のいう弘安の役《えき》の二年前で、一然国師が倭国に趣く四年前、つまり彼が檀君神話を捏造する前だからです。七人目の安巴堅は三十九年遡りました。そう、三百四十五年前に。わたしが最初に計算して、七人目は三十九年前にと申し送ってあったのです。なぜ三十九年前なのか、お分かりになりますか、宗冬どの。三十九年前でなければならない理由があるのですよ」

宗冬は首を横に振った。答えを聞くのが恐ろしく思われた。

安巴堅は舌なめずりするような目で宗冬を見た。

「お教えしましょう。その年、柳生悪十兵衛どのは三十歳だからです」

この瞬間、額に幾つもの大粒の玉となっていた脂汗が、どっと流れ出して、宗冬の顔面をたらたらと伝い落ちた。三十歳！　慶長《けいちょう》十二年（一六〇七）生まれの兄の十兵衛は、年が明けて一つ加齢したが、安巴堅が処刑御使駅伝の一番手となって出発したであろう昨年は、三十歳だった。

「想像してください。わたしとて、この目で見たわけではない。伝言として申し送られてきたものなのです。七人目の安巴堅が目の前に現われた時、三十歳の悪十兵衛どのは、『一然書輸』を受けとって五年が経っておりましたが、三百四十五年後の世に於て、『一然書輸』が己の子孫の私利私欲によって悪用されたと知って、激怒したそうです。祖父とも慕う一然国師との好誼《こうぎ》にかけて、烈火の如く憤激したそうです。怒髪天を衝くとはこれを云うか——とは七人目の安巴堅の言葉。二人目の安巴堅がわたしにそう伝えてくれました。悪十兵衛は、いっそ『一然書輸』を捨て去ろうかと考えた、と云います。そうすれば後の世には伝わりません。ですが、それでは一然国師の願いを裏切り、信義に反することになります。この時、悪十兵衛どのは、宿願であった柳生流剣術を完成させておりました。……こうして、わたしたち七人の安巴堅は、行きは一人でしたが、帰りは二人だったのですよ」

帰りは二人、帰りは二人。

安巴堅は語り終えたようであった。

いつのまにか宗冬は震えていた。寒さのせいではなかった。そんな荒唐無稽な与太話をして何になる、と一笑に付せないのは、彼自身、その目で、勝手に喋り出す義歯や、義歯から大蜘蛛への変化、兄十兵衛の必殺の太刀を躱して消えた安巴堅を見ているからである。では、あの後すぐ、妖術師は処刑御使駅伝に出発したのだろうか。十兵衛の顔を見に来た、と云っていたが、その目的は——。

「そうでした。云い忘れておりました。悪十兵衛どのは、十兵衛どのによく似ておられます。隻眼ということも——」

不意に、宗冬の視界の中で何かが動いた。安巴堅の話も半ばに、彼はその方角に視線を向けた。舌が動けば、あっと叫んでいただろう。容赦なく降りつづける雪の中を、一人の武士が歩いてゆく。乱れ舞う雪と夕暮とで、その後姿は不鮮明だ。しかし、背中といい歩き方といい、兄十兵衛かとも錯覚される。

兄上？　いいや、そんなはずはない。十兵衛は、その武士が向かってゆく先にいる。友矩の死体を前に両手を合わせているらしいのが遠望された。

では、あれは誰だ！　誰だ！　誰だ！

宗冬は徒に心急くばかりで、足はまだ金縛りにあったように動かない。

雪は次々と舞い落ちてくる。

夕闇は急速に濃くなってゆく。

暮色の中に雪の白さが渦を巻き、おぼろおぼろとした混濁をつくりだした。

十兵衛が気づいた。顔を上げた。武士が歩みを止めた。二人は向かい合った。

宗冬は今にも心臓が口から飛び出さんばかりだ。——兄上、誰だ、そいつは。誰を見ているんだ。向かい合う二人は、暫くの間、塑像《そぞう》となったように動かなかった。さなきだに宗冬の場所からは遠景でしかない距離なのである。宗冬は目を凝らした。目を凝らすことしかできなかった。雪は吹雪《ふぶ》き始めた。一瞬、武士が消えて現われたかと思うと、今度は十兵衛のほうが消え、二人同時に姿をかき消されることもあった。

十兵衛が大刀を構え直した。武士が抜刀した。二人の間合いはあまりに近い。宗冬の距離からでは、今にも一つに重なってしまいそうに映ずる。少なくとも剣尖は已に触れ合っているに違いない。

二人はゆっくりと円陣を描くように右旋し始めた。吹雪きがその姿を何度も隠し、夕闇の濃さが加わり、もはや宗冬にはどちらがどちらであるか判別がつき難い。

刹那、二人の足元の雪がぱっと舞い上がった。と同時に、格段の吹雪きが幕となって宗冬の視界を遮った。

その時間がどれほどの長さだったか、宗冬は後になっても分からなかった。

立っているのは、一人だ。今、立ち上がったところのようにも見えた。もう一人は雪の中に倒れ伏している。では、その上にしゃがみこんで検分でもしていたものか。倒れたほうは微動だにしない。

その上に忽ち雪が降り積んでゆく。

大刀を鞘に収め、彼は帰ってきた。

「宗冬」

と呼んだ。

宗冬は辺りを見回した。妖術師の姿はどこにもなかった。

「何をしている、宗冬。すべては終わった。帰るぞ、宗……いや、父上のもとへ」

その隻眼の剣士は云った。

（完）

参考・引用文献

『三国史記』李丙燾　校勘　乙酉文化社
『三国遺事』崔南善　編　瑞文文化社
『一然』コ・ウンギ　ハンギル社
『一然と三国遺事』チョン・ビョンサム　図書出版セヌリ
『英彦山信仰史の研究』広渡正利　文献出版
『英彦山神社小史』小林健三　官幣中社英彦山神社社務所
『兵法家伝書』柳生宗矩　渡辺一郎　校注　岩波文庫

初出
第一部　剣神降臨ノ巻　二〇〇六年十一月「ＫＥＮＺＡＮ！」ｖｏｌ．１
第二部　美神流離ノ巻　二〇〇七年三月「ＫＥＮＺＡＮ！」ｖｏｌ．２
第三部　戦神裂空ノ巻　二〇〇七年七月「ＫＥＮＺＡＮ！」ｖｏｌ．３

荒山 徹（あらやま・とおる）
1961年、富山県生まれ。上智大学卒業後、新聞社、出版社を経て、韓国に語学と歴史・文化を学ぶために留学。'99年、『高麗秘帖』で作家デビュー。主な著書は『魔風海峡』『魔岩伝説』『十兵衛両断』『サラン〜哀しみを越えて』『柳生薔薇剣』『柳生雨月抄』『柳生百合剣』ほか。

柳生大戦争《やぎゅうだいせんそう》

第一刷発行 二〇〇七年十月二十二日

著 者 荒山徹《あらやまとおる》
発行者 野間佐和子
発行所 株式会社講談社
東京都文京区音羽二・一二・二一
郵便番号 一一二・八〇〇一
電話 出版部 〇三・五三九五・三五〇五
販売部 〇三・五三九五・三六二二
業務部 〇三・五三九五・三六一五

印刷所 凸版印刷株式会社
製本所 黒柳製本株式会社

定価はカバーに表示してあります。
落丁本・乱丁本は購入書店名を明記のうえ、小社業務部あてにお送りください。
送料小社負担にてお取り替えいたします。
なお、この本についてのお問い合わせは文芸図書第二出版部あてにお願いいたします。
本書の無断複写(コピー)は著作権法上での例外を除き、禁じられています。

ISBN978-4-06-214344-8
N.D.C.913 343p 20cm